topografia ideal para
uma agressão caracterizada

RACHID BOUDJEDRA

topografia ideal para uma
agressão caracterizada

tradução de
Flávia Nascimento

Estação Liberdade

Título original: *Topographie idéale pour une agression caractérisée*
Copyright © Éditions Denoël, 1975
Copyright © Editora Estação Liberdade, 2008, para esta tradução
Esta obra é o sexto volume da coleção Latitude

Revisão Valéria Jacintho
Assistência editorial Fabiano Calixto e Leandro Rodrigues
Composição Johannes C. Bergmann / Estação Liberdade
Imagem da capa Damian Fauth, *Métro Arts-et-métiers*

CIP-BRASIL. CATALOGAÇÃO NA FONTE
Sindicato Nacional dos Editores de Livros, RJ

B775t

Boudjedra, Rachid, 1941-
  Topografia ideal para uma agressão caracterizada/ Rachid Boudjedra; tradução de Flávia Nascimento. – São Paulo : Estação Liberdade, 2008
(Latitude)

Tradução de: Topographie idéale pour une agression caractérisée
ISBN 978-85-7448-139-5

1. Romance argelino (França) I. Nascimento, Flávia. II. Título.

08-0819.	CDD 848.99653
	CDU 811.133.1(65)-3

ESTE LIVRO, PUBLICADO NO ÂMBITO DO PROGRAMA
DE PARTICIPAÇÃO À PUBLICAÇÃO, CONTOU COM O APOIO
DO MINISTÉRIO FRANCÊS DAS RELAÇÕES EXTERIORES

Todos os direitos reservados à

Editora Estação Liberdade Ltda.
Rua Dona Elisa, 116 | 01155-030 | São Paulo-SP
Tel.: (11) 3661 2881 | Fax: (11) 3825 4239
www.estacaoliberdade.com.br

Linha 5

O mais vistoso não era a mala de papelão sovado como pão ruim que ele carregava quase sempre na mão esquerda (a investigação provará mais tarde que ele jamais foi canhoto), com o braço um pouco caído para frente de forma que a cada virada de corredor ou a cada subida de escada rolante ela aparecia — estourando de abarrotada, surrada e no topo da velhice, com sua pele mosqueada por centenas de rugas criando uma espécie de topografia engenhosa de tão tênue, levando a uma abstração de má índole para uma mala tão maltratada ainda mais que os fechos enferrujados davam à trava de fechamento uma fragilidade suplementar — precedendo o corpo de seu proprietário ou mais exatamente o braço dele em alguns segundos arquejantes que pareciam minutos fabulosamente longos para aqueles que, ou por inadvertência ou por curiosidade, a viam aparecer suspensa no ar entre o cinza sujo do solo atapetado de amarelo (tíquetes de metrô) de branco-cinza (pontas de cigarro) e de azul-vermelho (papéis diversos) etc. e o espaço sem dúvida mais leitoso porém cercado de tempos em tempos por losangos de luz raquítica e amarelecida emitida por lâmpadas suspensas acima das abóbadas extraordinariamente altas a tal ponto que ninguém teria a idéia, nem sequer os mais indiferentes ao espetáculo da mala volumosa, de ir olhar onde culminava o teto como se lá estivessem para desencorajá-los todos aqueles diferentes estratos e aquelas camadas de atmosfera viciada espiralada-azul condensada em graus diversos entre a cabeça da pessoa mais alta e a parte mais profunda do teto descascando pela metade em grandes placas de cal úmidas aglutinadas ao acaso e fixas como pelo milagre de um mau abalizador que, em vez de medir o espaço, decide transmutá-lo numa espécie de solidificação constante daquilo que amolece e torna-se úmido; o conjunto — a relação solo-espaço — recortando o objeto e cercando-o por todos os lados como um esboço traçado a lápis-carvão cujas partes ainda virgens tivessem sido sombreadas em meio-tom por um desenhista sem dúvida inapto, porém ardiloso, que tivesse de certa maneira sabido captar a atenção dos passageiros que é possível agora classificar em três categorias: os que fingem estar surpresos, os que fingem ser impassíveis e os que fingem ser curiosos, fascinados, ou que dão essa impressão devido à intrusão da mala deformada no espaço tão ricamente estruturado e até mesmo sobrecarregado do Metropolitano, felizes, em todo caso, pela ventura que lhes é dada de esquecer durante alguns segundos a feiúra daqueles materiais sobrepostos de acordo com uma desordem factícia, quando na verdade os olhos móveis podem descobrir uma espécie de simetria estritamente rotineira e aflitiva: o outro lado da plataforma de embarque, ponto por ponto semelhante a este sobre o qual eles vêem passar primeiro a mala e depois o homem da mala, desamparados em seguida pela enormidade do objeto dilatado e boquiaberto de tantas aberturas, cingido por barbantes de diferentes cores cujas pontas desfiadas balançavam ao ritmo do passo rápido de seu portador, que se perguntava de repente se por acaso ele não se teria enganado mais uma vez de lado, tão similares lhe eram as duas partes da estação, cada qual lhe parecendo ser o reflexo da outra, ainda mais que as placas não podiam lhe dar nenhum socorro, tendo em relação a elas uma verdadeira antipatia e mesmo uma hostilidade intangível já que não podia decifrar a escrita que surgia diante dele como um conjunto de formas inúteis cujo único objetivo era irritá-lo, daí, pois, uma desconfiança radical em relação a elas e a tudo! Nem a calça comprida de cotim, cuja trama era formada por bolinhas felpudas bicolores (vermelho e cinza) misturadas sem uma idéia preconcebida segundo uma lei combinatória duvidosa posto que nem possibilitava dizer se o tecido fora fabricado por uma camponesa detrás de seu tear ou por uma operária detrás de sua máquina zumbindo, de tal forma que, visto de longe, ele apresentava uma espécie de compromisso entre o vermelho e o cinza: uma vaga cor de vinho, segundo alguns, ou dando mais para o ferrugem, segundo outros, mas de qualquer maneira sem brilho especial, muito ao contrário embaçada segundo a opinião geral, e que o entubava — a calça de cotim — em volta das pernas, que se pressentiam magras sem que se arriscasse um juramento já que havia outra eventualidade: o portador da mala bem poderia ter pernas musculosas boiando no interior de uma calça larga demais que continuava subindo alegremente para cobrir o torso mirrado e coberto na verdade por um uniforme de operário colorido — preto desbotado, índigo ou decididamente violeta — de acordo com as fontes de luz (néon, lâmpadas ordinárias, reflexos violentos das pinturas agressivas cobrindo os bancos recentemente instalados no local — num abrir e fechar de olhos, dizem alguns — e substituindo outros bancos de madeira vermelha embaçada mais rudimentares que desapareciam de um dia para o outro sem que o público fosse avisado para tomar suas providências e usar óculos escuros, por exemplo, capazes, segundo os especialistas, de proteger dessa nova reverberação insuspeitada irradiada pela matéria plástica veemente em toda sua novidade, tanto quanto cores gritantes e de tal modo chamativas que ela podia influenciar os viajantes e desorientá-los quanto à maneira de determinar com precisão a qualidade do tecido das roupas usadas pelos outros usuários, tecido esse capaz, graças às diferentes luzes desempenhando o papel de espectrógrafo decompondo matéria e cores, de reter em invisíveis alvéolos da matéria contínuas causas de cegueira devidas à composição química da cor ou do próprio plástico revestindo as partículas com seu composto tal qual devorações flamínicas deformando os tecidos menos naturais e portanto menos resistentes a essa agressão combinada da coloração e da matéria e desnaturando os outros coloridos e etc.) e colando a seus flancos como se se tratasse de um albornoz de lã crua ou então — ao contrário — marrom, mas escuro, muito escuro, cor de café colombiano, cujas qualidades são louvadas por um anúncio publicitário para o superlucro do fabricante que tem a pretensão de misturar diferentes gêneros e obter um café-liofilizado-especial-para-filtro (com a imagem gigantesca representando quatro ou cinco fileiras de sacos de café cheios até a boca e abertos no alto sobre os quais aparece — bem centralizada e em grandes maiúsculas — a inscrição: PRODUCTO DE COLUMBIA, e mais abaixo em letras maiores e mais escuras: CAFÉ; o conjunto mergulhado numa qualidade de marrom que vai do marrom-café ao marrom da juta dos sacos, ao da escrita tendendo ao amarelo) do qual ele tem o matiz — tom por tom — e o brilho quase engraxado (talvez devido à analogia atordoando os miolos do viajante que percebe mais as nuances em detrimento das formas enlouquecedoras ainda mais que, no que toca à escrita...) usado com uma negligência totalmente calculada segundo uma velha que passara a lua-de-mel no país de onde ele vinha — à diferença insignificante de um gesto — acrescentara a mulher, muito orgulhosa de sua fórmula, antes de se lançar num desencaixotamento de lembranças ligadas à cor marrom evocando o sangue escorrendo de um ferimento da perna direita de seu filho, no país do qual o outro, o sujeito da mala vacilante, acabava de chegar. Não se tratava nem dessa mala (que aliás produzia efeitos e deixava aparecer objetos ou mais exatamente formas de objetos envolvidos em papel jornal que parecia escrito de trás pra frente, a menos que se tratasse simplesmente de uma escrita pouco conhecida no país em que se passa a cena e que não interessa a ninguém em toda a estação, que já tivera seu horário de pico das 7-9 horas e que agora só contava com os eternos retardatários, as tenazes viúvas que não têm mais nada a perder além do tempo que elas desfiam pelos corredores de metrô e pelos espaços das grandes lojas de departamentos que só abrem às nove e meia e que as vêem chegar bem antes da hora de abertura e esperar bem-comportadas, e os varredores negros que entram em cena galhofando prodigiosamente com a vassoura mas com os olhos no vazio e o vazio na alma; uma escrita que não interessa a ninguém nem sequer a alguns — mais raros — dentre os trabalhadores de tez menos escura que os primeiros e chegando atrás deles como uma vaga que toma de assalto a limpeza precária já que muito depressa o solo estará de novo atapetado logo após a passagem das duas equipes de varredores que se vão para esvaziar seus cestos ou caixas) nem da calça comprida encolhendo-se por sobre os sapatos cujo couro trincado pelas longas caminhadas através de lagunas desoladas começava a cobrir-se de uma fina película invisível para o comum dos mortais, mas que preocupava secretamente seu dono, que de tempos em tempos repetia a si mesmo perguntas sobre a origem dela, dizendo-se que era estúpido preocupar-se com essa camada de matéria puxando para o verde e dificilmente visível quando ele sabia que o esperava a travessia de todo um labirinto para chegar a seu destino, dentro dessa tripa cujo aspecto físico fora tão bem camuflado sob o lajeado, as colunas, os bancos, os anúncios publicitários, as pequenas vitrines de exposição, as máquinas de vender balas e outros acessórios cujo único objetivo — segundo o espectador — era fazer com que os usuários esquecessem que estão enterrados sob a terra num subsolo cavado profundamente na matéria através de mil obstáculos geológicos e graças a uma escavação metódica e perniciosa sobre a qual se deve hoje aplicar uma demão de cores a fim de que a pessoa não pense na morte; mas ele, que fizera da desconfiança um substrato mágico da vigilância, permanecia atento, punha-se a imaginar um monte de coisas e contornava o aglomerado humano e a acumulação dos objetos com grandes precauções, transtornado que estava por essa longa viagem sob a terra que ia começar e da qual ele não sabia nada. Não, não se tratava nem de uma nem de outra, mas somente dum pedacinho de papel que ele trazia apertado entre o polegar e o indicador da mão direita e cuja importância parecia desmedida para os que lá estavam, o conjunto inscrevendo-se num atalho conceitual fulgurante carregado de evidência, pior que um axioma! Uma certeza interior e não-demonstrável, fundamentada, talvez, numa falsa interpretação que no entanto obtém, pelo menos dessa vez, a unanimidade, o que não impede ninguém de acrescentar que nem por isso deixam de existir alucinações verdadeiras, erros coletivos etc.

Depois corredores sucedem a corredores numa monotonia que em nada contraria sequer os outdoors publicitários sucessivos também, uns aos outros, numa invariabilidade sistemática perfurando a retina enlouquecida e superpondo as imagens umas às outras, perseguindo-se, alcançando-se, encavalando-se como quando se olha um objeto fechando um olho de certa maneira e deixando o outro entreaberto de tal forma que se possa ter a impressão de uma multiplicação, até o infinito, sob forma de espirais que estremecem quando na verdade nada se mexe. Isto por causa da presença do mesmo outdoor colado em intervalos regulares e representando sempre a mesma cena louvando este ou aquele produto (PRODUCTO DE COLUMBIA. CAFE), e assim por longas distâncias que provocam uma dupla vertigem devido aos corredores e aos outdoors pregados à direita e à esquerda na expectativa de que um dia também sejam colados no teto quem sabe até mesmo no solo para realmente dar aos eventuais compradores a impressão de que eles caíram na armadilha e não podem fazer nada além de comprar e consumir sem moderação, o que é um jeito como qualquer outro de adquirir confiança em si mesmo e, no mínimo, de liberar-se por esse meio, uma terapêutica da saciedade. E depois o outro se esquadrinha por esses corredores, fazendo duas ou três vezes o mesmo itinerário sempre flanqueado por sua memorável mala e segurando seu pedacinho de papel como se toda sua vida tivesse sido resumida nele, microfilmicamente, com a ajuda de alguma máquina de experiência científica, parando de tempos em tempos para descansar a mão dolorida devido à carga, chegando ao final de algumas horas de errância a ter um ombro — o que sustenta o braço cuja mão carrega a mala — mais baixo que o outro e habituando-se à má sorte já que ele continuava dissimétrico mesmo quando conseguia parar a fim de descansar um pouco. Talvez ele nem tivesse tempo de se dar conta, obcecado que estava pelo pedacinho de papel, parecendo minúsculo entre o indicador delgado oblongo e o polegar maciço, dobrado sobre ele mesmo e irremediável, a menos que essa história de um ombro menor que o outro tivesse sido inventada de cabo a rabo por alguma testemunha ocular curtida no vinho e semi-sonolenta, que o tivesse visto passar quando na verdade a testemunha estava sentada num banco com o olho semi-aberto mas deliberadamente ligada na gaiola envidraçada, por detrás da qual se mantém — é possível adivinhar — um encarregado de serviço que urra ao telefone, pronto para dar o fora diante do menor sinal de alerta, contando qualquer bobagem só para permanecer o maior tempo possível num lugar quente, na sala do juiz de instrução ou do investigador de polícia, dizendo: mas é isso mesmo é isso mesmo eu tenho certeza. Talvez até aquele defeitinho, quase invisível, aliás, fosse congênito ou adquirido, talvez ele até tivesse feito disso, durante alguns anos, um meio de vida (mas como será, hein?) deformante.

O fato é que ele tinha sido visto indo e vindo pelos corredores tropeçando visualmente nessas imagens de queijo de pacotes de detergente de molhos de tomate de paisagens exóticas de alimentos preparados de frigideiras de produtos de maquiagem de cuecas de letras às avessas de máquinas de lavar de tampões para menstruação de casas de campo de sofás de couro de papel higiênico de mulheres nuas de televisores de sutiãs de colchões macios de geladeiras de automóveis de máquinas de lavar louça de viagens lotofágicas de marcas de espaguete de bicicletas de desodorantes de iogurtes. Dizendo: "Mas é isso mesmo, é isso mesmo, eu tenho certeza, não é dizer por dizer mas eu o vi muito bem indo e vindo pelos corredores e olhando as bicicletas, as propagandas de espaguete, ora essa! o senhor sabe muito bem depois ele era esquisito, uns ombros! é isso mesmo, um dos ombros era mais." Tropeçando, portanto, nesses corredores em cujas encruzilhadas havia correntes de ar terríveis que não faziam com que ele sentisse mais frio mas que faziam com que se enrolassem em volta dele os panos de seu uniforme de operário no qual dançava seu corpo, subindo as escadas rolantes em funcionamento que não param de engolir o solo metálico e de brilhar girando em volta delas mesmas e voltando, reaparecendo com um chiado quase inaudível como um enorme peixe de mil escamas brancas cintilando ao sol das centenas de tubos de néon que iluminam os famosos outdoors e reverberam sobre o inox que recobre as escadas rolantes, multiplicando assim as estruturas, falseando as topografias e criando artificialmente imitações de espaços que têm para eles apenas a qualidade de inexistência e que no entanto não são verdadeiras ciladas mas resta a grande tentação de experimentá-los ou pelo menos de saber qual é a relação que eles têm com o espaço real, sombreado, estriado, seccionado e desarticulado como uma centopéia que estivesse impossibilitada de desembaraçar a cabeça da cauda, triturando — a escada rolante — as sombras de tempos em tempos (os acidentes são raros) as pernas das criancinhas imprudentes, as patas dos cães afetados ou de velhas cheias de varizes num holocausto gestual como que fixado pela falta de ruído que se teria o direito de escutar quando se vê funcionarem tais maquinarias complicadas; segurando sempre a mala com a mão em vez de pousá-la sobre um degrau da escada rolante, sempre desconfiado, com conhecimento de causa, o olho espreitando o meio ambiente hostil, descobrindo aqui e acolá um velho sujo e hirsuto cochilando num banco embaixo da escada que lembra uma espécie de roda-gigante mas sem a música de parque de diversões, tendo ao lado dele um saco de algodão cáqui grosseiro do qual sai o gargalo de uma garrafa cujo conteúdo não pode ver o viajante; ou uma bela moça fisicamente parecida e vestida tal qual as belas moças dos outdoors (AS VERDADEIRAS CHESTERFIELD. AGORA OS HOMENS VÃO ADORAR AS MEIAS-CALÇAS) com uma diferença apenas: a bela moça de carne e osso não traz o sorriso daquelas que exibem em imensos painéis dentes brilhantes mas antes uma má expressão teimosa de criança mimada e que sabe que é bela e orgulhosa demais para sequer dignar-se a lançar um olhar ao intruso cujo aspecto com certeza ela não aprecia, com essa mala percebida numa piscadela às escondidas que permite olhar o outro sem que ele possa saber ao certo se é olhado ou não. De toda maneira, para ele não faz a mínima diferença! Ele está com pressa de chegar ao destino. Ele não quer perder tempo. Sabe que a empreitada será difícil.

E depois de novo ele contorna os seres e os objetos para voltar a seu ponto de partida. Ele dá um encontrão no portão automático pintado de verde brilhante que tem uma placa vermelha com letras brancas e que é da altura de um homem e se fecha bem no seu nariz — como se alguém quisesse fazê-lo permanecer em sua longa deambulação — tanto os portões de uma folha como os de duas. Dá no mesmo! A progressão por isso diminui de velocidade. O tempo passa. A fúria brota, aglutina-se no nível do cérebro. Mas ele está acostumado às paragens inóspitas! Seus sapatos de couro rachado, que lá ele lustrava com azeite de oliva quando tinha andado muito, podiam testemunhar, sem chamar a atenção dos outros, tal como ocorria com sua maneira de segurar o pedacinho de papel, nem por isso eles passavam completamente despercebidos. Acostumado às paragens inóspitas... Mesmo assim ele não tinha entendido quase nada do mapa que alguém lhe mostrara com o indicador.

No qual as linhas ziguezagueiam através dos meandros dando à memória vontade de se desfazer de um excesso de impressões vividas há dois ou três dias superpondo-se umas às outras à maneira dessas linhas pretas, vermelhas, amarelas, azuis, verdes, vermelhas de novo mas dessa vez sombreadas de preto, depois azuis mas sombreadas de vermelho, depois verdes e sombreadas de branco com pequenos círculos vazios no interior e pequenos círculos com um centro preto, depois números que ele sabia ler (10, 12, 7, 1, 2, 5, 13 etc.), depois nomes, uns escritos em negrito e outros não mas o conjunto desenhado com letras que parecem do avesso a não ser que se trate, com uma linha em azul e branco cujo traçado mais forte faz um meandro semelhante a um braço marítimo cortando o mapa em duas zonas iguais ou talvez não inteiramente iguais com a parte de baixo com certeza menor que a de cima, sem que se saiba qual é o norte do sul e qual o leste do oeste e, em torno do encavalamento das linhas, com um traço pontilhado como se se tratasse de alguma fronteira vergonhosa esboçada às pressas, um pouco às escondidas, durante uma noite muito chuvosa, a fim de pôr os que estão de fora do traçado diante do fato consumado, e também, aquém da linha fronteiriça, uma tinta diferente daquela (branca) sobre a qual correm as diferentes linhas de cores variadas, uma espécie de amarelo impresso com minúsculos pontos vermelhos quase invisíveis e que não alteram fundamentalmente a cor essencial do amarelo que lambuza, por assim dizer, o contorno da linha pontilhada formando um círculo imperfeito (até mesmo com excrescências, caracóis, losangos e quadrados cujo traçado vinha rapidamente juntar-se de novo à curva do círculo inicial) transbordando aqui e acolá, prolongando-se às vezes mas obstinando-se ainda assim a respeitar um mínimo de circularidade, seja ela precária, com a diferença de que na memória ela é mais essencial, mais espiralada sobre si mesma com transbordamentos que, em vez de irem buscar nas outras formas (quadrados, retângulos, losangos etc.) as dobras necessárias à sua sobrevivência e sua secreção perpétua, bastam a si mesmos superpondo os círculos concêntricos, acumulando-os numa febrilidade interior que não perde necessariamente sua moleza mas que aniquila toda esperança de reencontrar o centro de um tal desenvolvimento fantástico que só dá conta de sua própria lógica inerente a seu próprio sistema e só dá conta do grau de concavidade necessário a seu próprio equilíbrio e a sua própria felicidade. Mas a similitude é verdadeira com essa rede de linhas encavaladas umas sobre as outras, detendo-se arbitrariamente no ponto mais inesperado, cortando-se com o desprezo de todas as leis geométricas (e aquilo a que falta rigor não parece preocupar ninguém entre os usuários: entretanto o metrô abriga 345 estações e 200 km de corredores e transporta 4 milhões de viajantes por dia!), encavalando-se, ramificando-se, desdobrando-se, encarquilhando-se um pouco à maneira dessa memória sempre lépida para partir e também lépida para voltar a espiralar-se sinusoidalmente no oco das coisas, dos objetos, das impressões que formam também uma rede que percorre em todos os sentidos os meandros do tempo, enlouquecendo-se, bloqueando-se, reagindo mesmo por meio de uma gagueira ou de uma cintilação ou de uma ofuscação muito curta indo e vindo, intermitente e irregular como um *spot* percorrendo uma linha curva numa hesitação que o bip-bip sonoro torna ainda mais dramática ou mais engraçada, isso depende. E ele pensando, confusamente: como se reencontrar nesse aglomerado vertiginoso e nessa confusão colorida como uma garatuja de criança caprichosa, indiferente à dor dos olhos que se enrugam diante de tantos materiais ainda mais que, no que diz respeito à escrita, não há nada a dizer a não ser que ela faz parte dos grandes obstáculos a contornar e que ela prolifera nesse mapa, até mesmo derretendo-se nas linhas como também saindo de suas depressões e outros sulcos ou excrescências mas não materializando absolutamente nada para o estrangeiro silencioso ao chegar ao fim de sua viagem sabendo que o último itinerário era o mais terrível porque tinham lhe falado dele, tinham-no prevenido mas é preciso dizer também que outros o tinham tranqüilizado afirmando que sair daquilo era uma brincadeira de criança, que uma vez conseguindo sair ele mesmo riria de sua preocupação, sorridentes e hilários diante de sua expressão teimosa de quem torcia para ser convencido do bom fundamento do que eles diziam embora estivesse bem longe disso, eles mostravam suas carteiras volumosas cheias de fotografias amareladas mas não embaçadas, como se durante a revelação delas a emulsão não tivesse sido feita com a lentidão necessária pelo fato de o fotógrafo ser constantemente assediado por aqueles que ele acabava de fixar — enfaticamente e para toda a eternidade — suplicando-lhe que trabalhasse depressa, e ele, em seu desejo de satisfazê-los ou de ficar livre deles, mergulhasse suas duas mãos na bacia em que nada a placa sensível e a tirasse de lá antes mesmo de ela ser completamente tomada pela ação conjugada do colódio, do brometo de prata e da gelatina, o que gera uma fotografia que não é embaçada nem trêmula mas como que líquida com essa mesma gelatina deixando traços de amarelo sobre o descolorido da imagem, e os representantes sozinhos ou em companhia de amigos posando diante das bocas de metrô divertidos e traquinas, com a cara alegre, pelo menos; e eles comentando, para orientá-lo, todos os detalhes e decifrando para ele a inscrição: METRÔ, aparecia mais claramente em marrom-escuro sobre a imagem, indicando-lhe sobre uma espécie de placa envidraçada detrás da qual um conjunto de linhas ramificando-se como a partir de seu crânio quase colocado contra o vidro detrás do qual se abriga essa proliferação de. E eles, diante de seu mutismo deprimente, dizendo: não tem problema nenhum, é fácil como uma brincadeira de criança! Você vai ser o primeiro a rir mas sem dizer nada de preciso nem dando conselho algum nem falando das mudanças de direção, evocando o metrô como se se tratasse de um táxi subterrâneo que o teria levado de um ponto a outro sem nenhum tipo de problema e que para isso, bastaria que ele mostrasse o pedacinho de papel a alguma pessoa prestativa que lhe indicaria — com o dedo — o vagão que ele deveria pegar (não pegar o de primeira classe!), falando das cores dos vagões mas nunca desse assédio linear que parecia sair diretamente da cabeça do outro sorrindo para a objetiva sem mostrar nenhum sinal de pânico (o viajante dizendo consigo mesmo ao mesmo tempo que engolia sua saliva: francamente, é corajoso rir dessa maneira, pôr a cabeça encostada no vidro dos outros, em seu lugar eu estaria mais preocupado em olhar as ruas vizinhas para ver se um policial ou um guarda... mas afinal o metrô é deles a cidade é deles é mesmo muita audácia) como se ele estivesse sentado tranqüilamente tomando seu chá — ou outra coisa mas necessariamente num copinho de chá — diante de casa — completamente imaginária aliás — situada, segundo ele, um pouco distante do povoado, contando que ele adquirira o costume de limpar as paredes exigindo que se pusesse na cal uma pitada de azul de metileno, que dá aquela coloração fatídica, levando a fabulação até o ponto de enviar cartas à sua família para fornecer as instruções precisas sobre a maneira de misturar a cal, a quantidade de água etc. Com esse mesmo riso de agora querendo dizer mas o que é isso não quebra a cabeça é tão fácil mas sem dar a si mesmo — nem aos outros — nenhum sinal capaz de ajudá-lo realmente não porque ele pudesse dar como pretexto o esquecimento ou o apagar de uma lembrança mas porque pensava que era absolutamente inútil, aconselhando-o sobretudo a prestar atenção e não tomar gosto pelo metrô só porque é possível passar nele um dia inteiro pagando apenas o preço de uma única viagem!

No qual os signos ziguezagueiam, embaralham-se e — de tanto serem olhados sem que nada se entenda deles — acabam por emitir sonoridades, espécie de código morse temeroso, ou de pontos luminosos que perfuram esporadicamente, mas não passa de uma impressão devida certamente à presença de linhas sombreadas, a intervalos regulares, ou pontilhadas por espaços brancos como um tremor de voz aguda sobreposto a uma nota repentinamente grave. Mas sobretudo isto: uma propensão a fechar tudo, enclausurar, encerrar numa reunião de traços de segmentos de retas e de curvas, o conjunto entrincheirado no interior de uma fronteira cuja configuração estrita, límpida e implacável lembra as zonas proibidas cercadas de arame farpado cujo substrato sobre o papel é pontilhado, sendo que o sombreado e o traço descontínuo dão depressa a volta no círculo imperfeito ou, melhor, na elipse cuja regularidade ou redondeza insuficientes eram compensadas por uma concentricidade indo em todas as direções regulamentando definitivamente a geometria assegurada não pela existência de um só centro — existem vários — mas sim de um lugar geométrico indiscutível e palpável que poderia ser materializado numa grande mancha laranja-escura uma vez que é praticamente a única a não ser representada por uma linha do mapa.

Depois, deixando-se ficar lá, pestanejando, sentindo pesar as pálpebras já azuladas pelo cansaço e pela tensão que aumenta e que ele tenta dominar, sem falar do pânico que vai brotando por entre têmporas e nervos como que macerados numa solução de formol, esquadriados por algum instrumento de tortura cujas pás seriam linhas trincadas que lembram a configuração geral semelhante a um pesadelo do labirinto estendido em sua quintessência solidificada mas frágil, apesar de tudo, de tanta abstração e falta de sentido (a escrita de trás pra frente); ele perde a noção do tempo, sente vacilar as pernas, agarra a eternidade fixando o espaço diante de si sem segundas intenções, sem sequer pensar nessa cilada grotesca e grandiloqüente mas sobretudo gigantesca na qual ele caiu bobamente, ele e sua mala, por culpa daqueles que tinham mostrado ou melhor exibido carteiras enormes das quais extraíram meticulosamente fotografias cuja gelatina. Isso não vai ser de grande valia. O que é preciso é tomar decisões. Depois, de novo: pegar mais uma vez a mala, andar o mais rapidamente possível, evitar os esbarrões nos outros e contra as paredes dos outros, não olhar para ninguém, e contar com o acaso para esperar que de repente alguém o chame de longe na língua do Piton*, voltar-se e descobrir um primo ou um vizinho, ou dar de cara com um conhecido que, passado o primeiro momento de surpresa, o ajudaria a contornar a cilada ou a embrenhar-se por ela a fim de abrir uma brecha que os operários especializados se apressariam a tapar não com vigas de ferro mas sim com tracinhos. Até que isso ocorra o espaço agredido, certamente, por uma verticalidade salobra que saraiva por todos os lados, torturando-o de mil maneiras e açoitando as pupilas dos passageiros numa veemência abundante esticando-se e espalhando-se através de uma estrutura sob medida cuja acuidade faz adormecer o caminhante, provoca nele dores de cabeça, sufoca-o, prensa-o e chegando à sua sublime consagração faz dele um sonâmbulo desvairado e

---

* "Piton": literalmente "cume, ou pico", em francês. Palavra transformada pelo autor em nome próprio, aqui, e por isso não traduzida (em certas regiões da Argélia o relevo é repleto de povoados localizados nos picos montanhosos). (N.T.)

concentrado que anda em linha reta mas cujo passo deixa transparecer a amargura e o desvairio, apesar ou por causa de sua rigidez, que lembra a solenidade inteiramente olfativa dos urinóis públicos vigiados por velhas vestidas de branco, enrugadas e alcalinas de tanta imobilidade, que acabam não por parecerem com seus WC, mas sim por exalar o mesmo cheiro.

 De fato, diz o delegado praguejando, ele não pode ter partido da Gare d'Austerlitz, mas sim da Gare de Lyon e os que o teriam visto na linha 5 (Place d'Italie – Église de Pantin) estão inventando histórias ainda mais que se começarmos por uma falsa pista vamos perder tempo demais de qualquer maneira um mendigo não é alguém juridicamente apto a testemunhar ele está o tempo todo sob efeito do álcool o mesmo no que diz respeito à velha a prova disso é que ela não pára de vir me encher o saco com sua história de filho morto lá no país dele não vejo nenhuma relação com o caso será preciso aliás verificar se ela realmente teve algum filho e se ele morreu como ela pretende com uma bala perfurando-lhe a artéria femoral quero que verifiquem tudo isso quanto às outras testemunhas que se recusaram a depor que vocês continuem assediando-as o fato é que ele não tinha nada o que fazer na linha 5 cujo comprimento é de 11,220 km ele só pode ter partido da Gare de Lyon e a linha 5 não passa por lá as pessoas sempre confundem as estações que chatice! por mais que se diga uma estação jamais se assemelha a uma outra sempre há alguma diferença algum detalhe é isso que eles sempre deixam de ver o detalhe eles não sabem o que estão perdendo, os imbecis, quanto a mim é a única coisa que me interessa porque é a única que me faz progredir na investigação então Gare d'Austerlitz Gare de

Lyon eles confundiram eis aí por que vocês se obstinam em negar as evidências ele desembarcou em Marselha portanto ele chegou no trem de 7h36 na Gare de Lyon, que se situa na linha 1 (Château de Vincennes – Pont de Neuilly), que realmente passa pela Bastilha pois ele foi mesmo visto lá e conversou com um chefe de estação que não entendeu absolutamente nada do que ele dizia e o mandou circular — não! mandou-o levar seus carneiros para pastar — para repetir exatamente o que ele disse podem reler o depoimento isso poderia dar a vocês alguma idéia nunca se sabe e para voltarmos ao que eu dizia a partir da Bastilha ele só tinha uma parada para chegar até a Gare de Lyon – Bastilha por outro lado se ele tivesse chegado pela Gare d'Austerlitz ele teria precisado andar três estações La Rapée, Arsenal e Bastilha não somente se trata de um trajeto mais comprido mas sobretudo de outra linha e não é por isso que vamos arquivar o caso o problema aconteceu no meu setor e não gosto nem um pouco dos casos arquivados às pressas um dia ou outro a coisa acaba estourando mudança de política má consciência ou mania estúpida alguém exige que o caso seja exumado e então sou eu quem paga o pato eu que sou obrigado a encarar as comissões de investigação e as precatórias e os jornais e os encontros e as manifestações e as greves de fome aliás eles não têm mérito algum nisso pois têm o costume de não comer* às vezes basta que um ministro faça uma visita turística no país deles para que o caso se torne realmente sério e então sou eu o responsável conheço a lengalenga meu caro você trate de me fazer um

---

* Alusão ao Ramadã, o mês de jejum observado pelos muçulmanos uma vez por ano. (N.T.)

bom trabalho conto com você um conselho: estude com atenção o mapa do metrô — é dele que pode vir a luz! Você talvez não entenda por que insisto em relação ao ponto de partida já que o importante é o lugar em que a coisa se passou mas não devemos negligenciar nada.

Depois o trem, formado por vagões de cor esverdeada trazendo a inscrição do número II com exceção de um único com o número I, ostensivamente colocado no centro do comboio e de cor vermelha como uma mancha bem no meio do animal, vindo parar na altura de um painel metálico suspenso por duas hastes chumbadas ao teto com a inscrição: primeira classe, entrava na estação, surgindo da noite e percorrendo a curva com o estrondo metálico de suas rechonchudas rodas baixas e atarracadas com a locomotiva que chegava na frente com a porta entreaberta como se estivesse pronta para se pôr em marcha a fim de escapar da máquina da qual se entrevê, no interior, o teclado de comandos cheio de aparelhagens de medida (velocidade, força de atração e repulsão elétrica) com uma única alavanca vertical cortando as circularidades do painel de bordo; depois mal acabava de se imobilizar que as portas se abriram todas ao mesmo tempo com um tinido seco, quanto às que se abrem um pouco mais tardiamente elas são acionadas por crianças sem muita habilidade ou velhas prudentes ou passageiros que ignoram completamente os usos e costumes de tal meio de transporte, que às vezes trazem uma mala supercheia e amarrada com barbante de cima até embaixo e que descem cuidadosamente como se apalpassem algo e depois de terem descido ficam felizes ao constatar que tudo vai muitíssimo bem. Depois o trem perfurando, untado de cinza e azul num pestanejar trêmulo e fugaz como um sussurro de água que dá sono no passageiro de pé diante da avalanche metálica e fervilhante de mil cintilações ou espasmos elétricos descobrindo os trilhos sob o arco do comboio, com a via formando um ângulo em direção da noite; e as rodas limam o ferro e derretem-se num jato que salpica cada travessa que liga duas extremidades de trilho e repousa sobre um leito de cascalho coberto de enormes manchas de óleo e que devem ser trocadas regularmente mas como placas porque a cor dos cascalhos não é a mesma em todos os lugares e forma uma espécie de geografia em que os diferentes tons talvez desempenhem o papel de diversos relevos. Depois o trem que parte num escapamento de ar comprimido permanece no ar algo como um vestígio sonoro que continua tinindo nas orelhas: uma espécie de assobio entre o agudo e o grave que vai num crescendo inicialmente junto com o aumento da velocidade depois vai perdendo progressivamente a acuidade até desaparecer, deixando, por muito tempo após sua passagem, um assobio quase inaudível, impresso no ar menos elástico do que do lado de fora e mais espesso sob a galeria da estação Bastilha cujas paredes são cobertas de lajotas de cerâmica laranja que dão uma falsa impressão de intimidade enquanto que atrás da parede a escavadora esquadrinha o ventre da terra e os enormes martelos metálicos ritmam o compasso ao mesmo tempo em que se balançam na ponta de um pequeno guindaste amarelo cuja parte mais alta pode ser vista por detrás de um pedaço de parede, tudo com um odor químico parecido com uma mistura de metano com cloreto de sódio, que queima as narinas, e que ele tragava contando até cem antes de respirar pelas narinas fugindo dos lugares em que essa emanação é muito forte para se deixar ir, um pouco às cegas, através de corredores e corredores e galerias andando em linha reta, passando por diversas portas que não se fecham mais bem no seu nariz, perdendo assim pela terceira ou quarta vez o rumo e, percebendo o erro, ele tenta compreender seu equívoco, ele não sabe mais de forma alguma onde está, sente uma terrível raiva de si mesmo, xinga-se de todos os palavrões e detém-se para encontrar o rumo gesticulando, pondo seu pedacinho de papel bem diante dos olhos de um moço que não tem muito tempo a perder e que tenta explicar-lhe numa linguagem concisa o que ele deve fazer para ir até seu destino e que de repente tira do bolso um bloquinho arranca uma folha de papel quadriculado formato 14 x 12, depois uma caneta esferográfica azul e traça um esquema simples com os nomes de diferentes estações que ele recobre ridiculamente com um número e diz ao escrever como que para convencer o outro de sua sinceridade ou boa fé ou solidariedade, isso depende de ele ter ou não opiniões políticas bem definidas: ESTAÇÃO QUAI DE LA RAPÉE, ESTAÇÃO ARSENAL, ESTAÇÃO BASTILHA, depois, na palavra Bastilha ele gruda um desenho com a palavra pare tal como nas placas do código de trânsito que ele de fato estava aprendendo na ocasião para tirar carteira de habilitação porque ele está cheio da balbúrdia do metrô e olha que quando ele toma o metrô numa hora daquelas (10h30, 11 horas?) ainda vai mas de noite, ai, às 18 horas, aliás não é verdade, ele sempre espera dar 22 horas para voltar para casa que é para papear um pouco pelos bares bebendo isso não (só leite!) mas jogando ou então olhando os outros jogarem fliperama um pessoal que ele conhece e outro que não conhece tem gente de todo tipo por lá negros árabes e também franceses, claro! Depois deixando de lado sua tagarelice ele se põe a soletrar sílaba por sílaba com os olhos sorridentes e o indicador da mão direita formando um círculo com o polegar soletrando QUAI DE LA-RA-PÉE, nem adianta dizer quanto e tem aí, recomeçando mais uma vez uma espécie de monólogo em alta voz sabendo exatamente que o outro não o compreenderá mas que importância tem? o essencial é que ele sinta que tem certa simpatia por ele e depois droga! olha meu chapa eu vou te acompanhar até a plataforma tudo o que você tem a fazer depois é esperar o metrô mas temos que andar depressa tenho um compromisso depressa! Ela parece pesada, sua mala; e o outro compreendendo de repente instintivamente que ele depara com alguém gentil coloca sua mala no chão e começa a abri-la e o outro sem compreender por quê; não! não! outra hora nunca se sabe o mundo é pequeno sabe temos que andar depressa e andando ao mesmo tempo e repetindo o nome da última estação BAS-TI-LHA e o outro dizendo depois dele BAS — depois parando porque um trem que chega abafa sua voz e ele o espera passar antes de dizer de novo, tartamudeando um pouco enquanto o outro continua em seu lugar muito feliz por terminar sua frase: TI-LHA TI-LHA, é fácil então repete e o outro ao mesmo tempo pegando a mala a contragosto repetindo docilmente TI-LHA bem depressa como para não se enganar e para não decepcionar o primeiro amigo encontrado na caverna-cilada a cem metros sob o solo e o outro devolvendo a jogada se controlando para não cair numa risada louca sem segundas intenções, BAS-TI-LHA, repete você é engraçado, muito bem! o metrô é como o fliperama os itinerários estão aí e para ir de um ponto a outro é preciso passar por certos pontos totalmente obrigatórios, é uma questão de manejar os dedos, o que no metrô também é preciso, fazendo um gesto e batendo no alto da cabeça coberta de uma carapinha loura por causa das luzes mas que com certeza é castanho-clara, está vendo é preciso ter tutano tem uns tipos que vivem só disso eles ganham todas as partidas, eles não podem trapacear, é elétrico!

(Eletricamente acionados por botões ligados a um dispositivo colocado na parte de baixo da máquina e sobre o qual o jogador se apóia de maneira irregular a fim de fazer com que a bolinha branca e luminosa percorra certo percurso o mais rapidamente possível marcando o maior número de pontos e ainda por cima como brinde o sorriso de uma mulher cuja imagem iluminada ornamenta a parte vertical da máquina sobre a qual se inscrevem os resultados, pretendendo-se excitante ou erótica quando na verdade ela está mais para vulgar com seu decote cavado deixando ver a nascente dos seios bem apertados num bustiê que não se vê mas que se adivinha, bem como o alto das coxas envoltas num frufru de vestido levíssimo; entretanto, se os diferentes modelos de *pinup* variam de acordo com a marca da máquina, o que faz inclusive com que algumas tragam imagens de *cowboys* alegres ou de guitarristas enlanguescidos, ou de animais que se tornaram célebres devido a desenhos em quadrinhos — o próprio dispositivo e especialmente a área de jogo são em todas os mesmos independentemente da marca e do país de fabricação ainda mais que a bolinha luminosa vai de uma zona até a outra com um zumbido metálico de maquinaria sobre o qual vêm se juntar campainhas agudas anunciando que ela atingiu seu objetivo através do grafismo de seu itinerário tortuoso deslocando-se de baixo para cima da máquina cuja maior parte é coberta por uma placa de vidro.)

E o outro rememorando cada partida de fliperama põe-se a dizer que nunca antes daquilo ele tinha feito a relação entre o jogo e o mapa do metrô, mesmo devendo admitir que no bilhar elétrico o frenesi é sublime ao passo que o metrô está mais para embrutecedor mas é preciso reconhecer que as sinuosidades coloridas de um mapa de metrô desenham um grafismo muito mais abstrato do que o traçado que baliza o percurso da bola de certos bilhares elétricos (prados do Arizona, *cowboys* texanos, ratinhos usando colts etc.) mas é o traçado invisível desta que talvez possa exprimir melhor a analogia com o encavalamento complexo das diferentes linhas de metrô e que não dá conta dos corredores, dos dédalos, das plataformas, das escadas que proliferam em cada estação, que vive em autarcia consigo mesma como uma entidade completamente realizada por meio de suas portas metálicas, seus portões automáticos, suas grades herméticas, seus guichês de venda reluzentes ou embaçados (depende), suas barreiras eletrônicas, suas campanhias de alarme, suas cabines telefônicas, suas lojas, seus jornaleiros (MAIS ACOLHEDORAS, HOJE, AS ESTAÇÕES DE METRÔ? AS ESTAÇÕES DE METRÔ TÊM UMA APARÊNCIA CINZENTA, FRIA. ISSO É O QUE TODOS DIZEM. ENTRETANTO NELAS ENCONTRAM-SE 250 LIVRARIAS E 230 LOJAS. POR ISSO É POSSÍVEL, NO METRÔ, COMPRAR UM JORNAL, PROCURAR UM LIVRO, FAZER COMPRAS, E DEPOIS A MAIORIA DOS GUICHÊS DE VENDA DE TÍQUETES FOI RECONSTRUÍDA. AGORA ELES TÊM CORES ALEGRES. POR OUTRO LADO, DEPOIS DA ESTAÇÃO LOUVRE, OUTRAS ESTAÇÕES EVOCAM AS ARTES, A HISTÓRIA, A VIDA DA CIDADE. É CLARO QUE AINDA RESTA MUITO A FAZER. E NÓS FAREMOS TUDO O QUE FOR PRECISO. PORQUE QUEREMOS É RECEBER MELHOR. TRANSPORTES EM COMUM DA REGIÃO PARISIENSE. NÓS VAMOS AONDE VOCÊ VAI), seus guichês de acrílico, sem falar dos cabos, dos trilhos (175,20 km na totalidade da rede metropolitana), dos fios elétricos, dos extintores de incêndio, enterrados nem tanto por razões estéticas mas antes táticas ou até mesmo estratégicas, pois o metrô pode servir de abrigo em caso de guerra devastadora, camuflados para não chamar a atenção dos usuários, não provocar neles visões alucinatórias devidas a um desencaixotamento de toneladas e quilômetros de fios e tubos semelhantes a entralhas, um pouco embolorados nessa altura na terra cheirando a metano fétido pois há também os grossos canos que transportam o gás e circulam no interior do ventre do monstro através das galerias cimentadas e arrumadas especialmente para isso levando o gás para toda a cidade e distribuindo-o em cada casa ou apartamento ou loja ou laboratório ou restaurante sem falar ainda das outras canalizações que conduzem o ar ou a água (NUM ANO NORMAL, ISTO É, SEM CHEIAS IMPORTANTES, O ACRÉSCIMO DE ÁGUA PROVENIENTE DAS INFILTRAÇÕES DO LENÇOL SUBTERRÂNEO, QUE SE ESTENDE POR UMA BOA PARTE DA CIDADE E DE SUA PERIFERIA, ATINGE CERCA DE 3 MILHÕES DE METROS CÚBICOS. A FIM DE ESCOAR ESSA ÁGUA E DIRIGI-LA PARA OS ESGOTOS, FOI PRECISO INSTALAR UMA REDE DE DRENAGEM BEM COMO 243 POSTOS DE ESCOAMENTO COMPOSTOS POR DOIS OU TRÊS GRUPOS DE BOMBAS (398 GRUPOS AO TODO) COM CAPACIDADE PARA UM FLUXO DE 45.000 M³ POR HORA) proveniente de infiltração ou as matérias usadas para evacuá-las não se sabe onde através de rios e riachos e mares e depósitos em que o elemento essencial — o plástico — rói todos os outros elementos, resistindo à destruição, alimentando-se de si mesmo e alimentando os outros corpos refratários, mergulhando espécies de raízes tentaculares e torturadas em direção ao interior da terra e às alturas do céu... Eles podem falar, diz o outro, diminuindo o passo para olhar o cartazinho discreto com uma escrita azul sobre fundo branco, e com um desenho na extremidade direita representando uma locomotiva de metrô cercada em dois terços como numa espécie de torpor que lembra os primeiros passageiros do dia, os de 5 horas da manhã, semi-adormecidos, friorentos e arrastados através do alarido dos sonhos, e os últimos os de 1 hora da manhã dormindo completamente arriados nas banquetas exalando cheiros viscosos; duas siglas coladas uma à outra: RATP — SNCF* Eles podem falar, diz o outro, o apaixonado por fliperama, dando-se ao trabalho de diminuir o passo para ler o cartazinho e acrescentando, a prova é que você é bem recebido! mas essa é boa! eles estão pensando que todo mundo é idiota? e o outro aproveitando para descansar a mala por um segundo vigiando nos olhos de seu guia o sinal que fará com que ele continue, talvez após essa paradinha feita pelo outro para ler o cartazinho, ele a pegue sobre o ombro, o ombro mais baixo, a menos que essa história de simetria não passe de uma fabulação ou simplesmente de uma afabulação; dizendo mas não você não percebe! E é preciso acrescentar que há diversos níveis numa estação de metrô o que multiplica ainda mais todos os números que se pode citar por 3, 4 ou 5 até mais no caso de algumas estações detestáveis mas eles enfeitam tudo quanto é estação, eles pintam a laca eles plastificam eles colorem como se a única coisa que contasse fosse a aparência visível da coisa pois no que diz respeito aos outros aspectos eles não precisam levá-los em conta e dirão que não é culpa deles se alguns têm uma imaginação desenfreada demais ou um comportamento ansioso que eles tratem de ir ao médico quanto aos outros que não conseguem ler o mapa ah, esses... mas você é bem recebido! Você devia lhes agradecer...

---

* Respectivamente: Régie Autonome des Transports Parisiens e Société Nationale des Chemins de Fer. (N.T.)

O pavor tinha tomado conta dele de repente pois ninguém tinha lhe falado disso nem mesmo os lascars* (do árabe ASKAR: soldado. Sentido modificado em 1830. Familiar. Homem corajoso, impetuoso, decidido e esperto. Por extensão: indivíduo com uma expressão de admiração ou de reprovação divertida) que tinham medo que ele tomasse gosto demais pelas viagens de metrô esse meio de locomoção extraordinário extremamente prático e que tinham se distraído olhando velhas fotos pondo-se a debulhar recordações negligenciando até sua presença no momento em que ele tinha vindo para se despedir, exagerando certamente, talvez mentindo, e até mesmo simplesmente deformando a realidade confundindo os lugares e os anos, felizes pela ótima ocasião que ele lhes oferecia quando na verdade eles quase tinham esquecido a existência daquelas fotos. Não ninguém tinha lhe falado daquilo nem mesmo eles em quem ele confiava porque eles tinham passado a vida inteira lá, deixando o Piton muito jovens e voltando completamente grisalhos, sem cabelos ou com cabelos de cor indefinível, com dedos a menos, enfermidades a mais e muitas histórias para contar para se fazer perdoar pelo erro que tinham cometido de não voltar regularmente ao Piton com exceção de ocasiões de força maior, um enterro por exemplo. Eles deveriam tê-lo prevenido dessa mudança brusca de cenário

---

* A palavra *lascar*, derivada do persa *askar* ("exército") pelo árabe ("soldado"), entrou no léxico francês em 1830, com o sentido a que se refere acima o autor. Com o tempo ela adquiriu outro significado e hoje pode ser traduzida por "velhaco", termo que vamos utilizar para traduzi-la, de agora em diante. O deslize semântico é interessante: 1830 é a data de início dos mais de cento e trinta anos de colonização francesa da Argélia, que só chegariam ao fim com a vitória dos argelinos na guerra de libertação nacional (1954-1962). (N.T.)

que nada anuncia, nada! Nem o mínimo sinal, nem sequer o moço que o tinha levado até a plataforma; talvez ele devesse tê-la adivinhado sozinho porque é uma coisa da qual não se fala do mesmo jeito que não se fala de mulheres (a fotografia representa uma moça vestindo uma meia-calça e uma camisa amarrada logo abaixo dos seios deixando aparecer um ventre redondo e liso e macio) entre amigos que se respeitam, tal como não se dizem obscenidades ou blasfêmias entre irmãos ou membros da mesma família ou do mesmo clã. O pavor tinha se apoderado dele lá, e por alguns segundos ele teve a impressão de que o outro, o homem do fliperama, tinha zombado dele, tinha se divertido à sua custa e que ele o obrigava assim a voltar para o lugar dele e fazer o caminho inverso (Metrô, Trem, Navio). Ele não era propenso à vertigem mas lá, na beira do abismo, sentiu algo parecido com a impressão irremediável de que ia morrer pois o trem, sem nenhuma transição, surgiu de sob a arcada para precipitar-se no vazio da luz do dia que fazia uma espécie de inundação no interior do vagão ainda mais que havia pouca gente e que ele se sentia de certa maneira tranqüilizado, sentado, sua mala entre os joelhos, saboreando uma leve sensação de calor que lhe percorria as mãos, dizendo-se que ele acabaria chegando, repetindo dentro de si mesmo uma espécie de *leitmotiv* urgente e escandido ao ritmo das rodas: BAS-TI-ILHA-BAS-TI-ILIIA-BAS. E depois de repente essa mudança brusca, essa exageração de ar e de luz invadindo primeiro o metal e os vidros do trem e agredindo em seguida seus olhos apreendidos entre o pestanejar e o pavor, quase gaguejando a palavra que continuava a trotar em sua cabeça ou mesmo atormentando-o como um fio de cortar sabão entrando suave mas dolorosamente na matéria apesar de sua atenção captada sem delicadeza no trato por essa mudança brusca de situação, o trem saindo de seu espaço habitual como um rio de seu meandro para se sobrepor a um mundo até então inimaginável contendo abaixo dele uma misturada de pontes, de pilares, de postes, de colunas à direita — e mais abaixo ainda ruas com seus carros, seus semáforos, suas calçadas, seus passantes, suas lojas, seus prédios, suas vitrines e seus cães sempre presos na coleira por. e à esquerda a estação de metrô invisível, é claro, mas adivinhada por meio dos ruídos das locomotivas e sua estridência rabugenta, com suas dezenas de vias, plataformas, trilhos correndo em direção de um futuro duvidoso, através do ritmo soluçante do metrô, o conjunto inteiro submerso num entrelaçamento de fios elétricos ziguezagueando em direção de um infinito muito mais rápido, muito mais vago porque rapidamente perdido de vista; e depois aqui e acolá, em outros níveis, construções lúgubres, galpões, necrotérios (ele não sabe), fábricas de vidros sujos, depósitos com andaimes complicados sobre os quais equilibristas se esforçam por andar reto, árvores esmirradas etc. Depois, o rio que parece invadir o vagão e torna a precariedade das coisas ainda mais trágica pois o elemento amarelado difunde-se através dos trilhos, dos fios, das pontes, dos pilares, das colunas, dos depósitos, dos galpões, dos necrotérios, das usinas e os apaga de uma vez, faz com que se desvaneçam, com que desapareçam no nada para então apoderar-se da atenção do viajante, cujo medo aumenta nesse trem agora suspenso entre a água e o céu, bancando um navio cargueiro espacial, salpicando o sol de estrias anárquicas, até mesmo aumentado sua velocidade a menos que isso não passe de uma impressão devida à elasticidade do ar maior do lado de fora, soçobrando de pernas para o ar num estrondo de rajadas de metralhadora a fim de entrar depressa, confuso, dentro da terra depois dessa escapada memorável nas recordações do viajante que não fora prevenido por ninguém e que preferia de longe a via subterrânea à via aérea propícia à vertigem, claro, e nem um pouco segura.

Ainda mais que a perplexidade o fazia embrenhar-se em profundezas alucinantes. Perplexo, ah, isso ele estava! Já só o fato de carregar dentro da cabeça toda essa nomenclatura rígida e hermeticamente estratificada era algo que o fazia sentir previamente o gosto da morte. Corpo úmido e língua seca, futebol (ele só gostava das peladas entre dois municípios vizinhos, muito mais excitantes que os jogos disputados contra clubes que vinham de muito longe, sabe-se lá de onde, a tal ponto que nem saberia localizá-los num mapa; por outro lado, ele apreciava muito os clubes dos povoados próximos do Piton e gostava das confrontações em que todos se sentem em casa e conhecem os tiques, os golpes baixos, as taras, as fraquezas etc. dos outros; futebol nem sempre muito leve e fino, porém ainda assim familiar com seus passezinhos, seus dribles, seus esquemas de ataque e sobretudo o estalo da rede do adversário quando a bola lançada vai se alojar bem no fundo do ângulo direito ou esquerdo do goleiro, que continua procurando por ela, sonhando que ela não está lá, protestando dizendo que não entrou, antes mesmo de saber onde é que ela se encontra, desamparado, grotesco e sozinho, esmagado pelos aplausos dos adversários e pelas vaias dos torcedores. Vencido!). Na cabeça e no ventre; o tempo de longas baforadas de ar morno e salgado devido a uma espécie de jovialidade coletiva sobretudo que não se deve perder de vista essa palavra estranha que se agita em sua cabeça: BAS-TI-ILHA como uma gota de mercúrio glauca e condensada e saltitante que faz croc croc croc. Não é a primeira, não é a segunda, é a terceira! Um. Dois. Três. Ele conta de cabeça e com os dedos e chega até lá, antes de descer ele dirá completamente, um pé para fora do vagão e a mala no limiar da porta automática, obstruindo a passagem, irritando mais do que deveria as velhas megeras agressivas e até os jovens que mal acordaram ou que têm uma expressão de desprezo, odiosos, aproveitando desse pretexto falacioso para dar pontapés em sua bagagem já terrivelmente estragada, dizendo: droga!, merda, essa é boa, que descaramento, imbecil, e ele amedrontado dizendo depressa com uma entonação de interrogativa: BAS-TI-LHA? Por enquanto ele está apenas perplexo e atônito por duas coisas ao mesmo tempo essa maneira que tem o vagão de sair da parte abobadada do edifício cuja armação complicada e barroca sustenta o conjunto em si mesma e sem ajuda de nenhum parafuso e de nenhuma porca e absorve o vazio provisoriamente, já que imediatamente o metrô passa para o lado de fora da abóbada protetora como uma gorda carapaça de tartaruga marítima da qual ele tem a cor e a forma arredondada fazendo com que se esqueça nem que seja um pouquinho só do alinhamento dos corredores e dos subterrâneos e a monotonia das superfícies planas; e enquanto a locomotiva desembesta depois da segunda parada pela descida abrupta que faz com que ela entre embaixo da terra, o homem se recupera pouco a pouco do medo e já prepara a pergunta que vai fazer assim, a queima-roupa, sem introdução, sem educação, essa coisa que afinal não passa de um código que une entre eles dois cúmplices ao passo que ele não tem nada a ver com isso, sendo que tudo o que tem de seu é a mala e o pedacinho de papel sobre o qual, é verdade, alguém escreveu um endereço não rabiscado às pressas mas recopiado meticulosamente por uma menina que freqüenta a escola, que é estudiosa e se esmerou para traçar as letras com uma concentração extraordinária, o que não impede que o resultado seja bem medíocre pois a letra não deixa de ser muito ruim e sente-se por detrás dela a mão miúda e sem muita força da menina contraída pela enorme responsabilidade da tarefa que lhe confiam, pois será preciso não cometer erros de redação o que poderia levar a fazer com que o viajante acabasse ficando na rua e morresse de fome e de frio; depois o outro pedacinho de papel arrancado de um caderno espiral cuja folha quadriculada mede 14 x 12 cm e que o outro lhe entregou bem antes do estalo das portas que não precisam de ninguém para se fechar, e mostrando — a folha quadriculada — um desenho que representa novamente traços, linhas, palavras e números traçados por outra mão — diferente daquela da menina que supostamente escreveu o endereço — firme, com uma letra rápida mas muito lisível, característica, com certeza, de todos os jogadores de fliperama.

    Depois de novo o pavor quando o trem mergulha na tripa do túnel parcimoniosamente iluminado nas proximidades das estações por lâmpadas fracas que servem apenas para ler os textos publicitários pintados nas paredes sujas num estilo de escrita sincopado que parece pretender pôr as massas em conformidade com o diapasão da mecânica ferroviária (DU-DUBON); ao passo que as partes do túnel situadas antes dali estão mergulhadas na escuridão total e a impressão de titubeação não é uma ilusão ótica pois o passageiro levantou-se de repente e chocou-se contra a lateral do banco em que estava sentado, e para recuperar o equilíbrio ele se esforça consideravelmente apesar da sufocação que o pega pelos pulmões, e as paredes laterais do túnel situadas a alguns centímetros do vagão parecem pinças querendo triturar inexoravelmente o espaço livre pelo qual ele evolui aos trancos e barrancos através da linha quimérica de seu destino nebuloso levando-o da luz para as trevas e das lâmpadas de néon para a iluminação franzina das pequenas lâmpadas que secretam uma luz amarela que ilumina de tempos em tempos um D, um U, um B (DU-DUB) mas na verdade ninguém presta atenção nisso a não ser as crianças — e olhe lá! quando elas não estão acostumadas a esse meio de transporte e pedem para passear nele como recompensa por uma boa nota em matemática — elas que se põem a espiar tudo o que se passa no exterior e que as amedronta um pouco (túnel, estação, metrô aéreo) e a soletrar meticulosamente, esquecendo que estão lá para mudar de ambiente esquecer os deveres escolares e divertir-se, mas elas, enfezadas, continuam balbuciando: D-IJ-B e juntam o gesto à voz e põem-se a dar vida ao compasso, o que dá ao observador a impressão — talvez devido à fraqueza da luz que cria uma espécie de zona opaca quase mole através da qual a gesticulação das crianças dá a impressão de que elas estão acometidas de ataxia — de que são transportadas a um hospital para serem tratadas e curadas não somente desses movimentos desordenados mas também da propensão que têm a soletrar sem parar, a ler tudo, unicamente para encher a cabeça dos adultos, que têm outros meios para oprimi-las, enviando-as para escolas nas quais perdem a espontaneidade, só podendo reencontrá-la ali, lendo em voz alta o texto publicitário em questão, mesmo quando não há por detrás da voz um pingo de malícia. Mas enquanto isso tudo não acontece ele é quem titubeia, tropeça, senta-se de novo, permanece com ares de idiota inicialmente, depois perplexo, em seguida perguntando-se coisas. Depois, de novo, a intrusão do som emitido que varre tudo o que encontra pelo caminho e especialmente isto:

O cheiro rançoso da lã (é fácil encontrar a analogia olfativa com o cheiro azedinho que se desprende do vagão que carrega no decorrer do dia inteiro milhares de homens e mulheres que têm cada qual seu cheiro específico como alguma coisa de intrínseco que faz parte deles mesmos, sem falar dos cheiros acrescentados: loções pós-barba, brilhantinas e cremes diversos, cigarros, bitucas, tabaco, cachimbos, desodorantes, perfumes, suor, tecidos novos, capas de chuva molhadas, cheiros de pé, de cozinha, de hálito etc.) que é lavada nas torrentes, durante o inverno, ao pé do Piton fechando o horizonte para os urubus e outras aves de rapina que as crianças tentam — em vão — prender, pensando que elas são como os grilos dóceis de verão presos em caixas feitas com ripas estreitas pelas quais a luz entra através de uma tela e que são alimentados exclusivamente com tomates, um para cada grilo por vinte e quatro horas, caso se queira que eles cantem bastante; da lã que é pisada durante vários dias, as pernas enfiadas n'água até a barriga da perna, com a exalação fétida repercutindo por todo o nariz através dos poros e das narinas sobretudo quando o sol esquenta muito, lá no alto a aldeia dilatada através da pupila esquadrinhada por um raio de sol e que torna o ocre ainda mais abstrato e mais frágil do que ele é na realidade e dá a impressão de que tudo depende da cor e não da estrutura arquitetônica, como se aquela tivesse o poder de agenciar formas e volumes cingindo o conjunto num signo compacto e moído que serve de atalho para todas as construções possíveis e imagináveis através do qual — o povoado — circula enquanto lá embaixo a lã é lavada, esse cheiro enjoativo de suarda, de sangue coagulado ou liquefeito e de água salobra cuja mistura lembra o cheiro da carniça exposta aos raios infravermelhos e já fervilhando do verde azul e branco dos vermes e de outros diversos insetos. Mas o ritual de lavagem da lã não deixa sobrar tempo para pensar em tudo isso, ainda mais que, por detrás dessa lavagem, é o substrato sexual que permanece veemente, já que a lã nova, uma vez lavada, é oferecida aos recém-casados e irá suportar, sob a forma de colchão, seus folguedos, depois de o ranço ter desaparecido completamente.

E o outro se enfezando e dizendo mas que história é essa de ranço? Isso não tem sentido você está andando sem sair do lugar durante o passeio todo ele não deu um pio pela simples razão de que não fala língua nenhuma nem sequer a de seu país ele cospe um incompreensível dialeto da montanha que pouca gente conhece o que é que você está dizendo basta ler o relatório que recebemos sobre isso ele é explícito, mudo, é isso mesmo, o cara é mudo eu estou dizendo! E daí, de qualquer forma isso é uma digressão ou então uma falsa pista, essa é boa, isso provocaria um conflito seguido por ajuntamento tumultuoso quero ver você me mostrar uma ocorrência policial contendo alguma informação sobre isso ou então um depoimento do chefe da estação de metrô isso tudo não passa de fofoca! é isso mesmo jamais me apresentaram provas o cara vem duma montanha do fim do mundo e os primos dele estão aqui há anos e não falam duas palavras de francês eles não querem aprender mas não é problema meu aliás que importância tem isso tudo estamos deixando de lado o x da questão o que é certeza é que ele não provocou coisa alguma para ser exato talvez essa história da mala que atrapalhou a passagem dos que queriam descer na estação Bastilha é isso mesmo é isso a chefe da estação — é uma moça bonita — observou-o muito bem mas isso durou pouco tempo menos de um segundo — ela estava com seu cronômetro em mãos, parece que tem mania de cronometrar tudo o que acontece — menos de um segundo, ela tem certeza! Agora ela está contando que tinha achado o cara sedutor isso pode pôr tudo a perder a idiota ela bem que poderia ter ficado quieta, agora fica difícil provar que ela ocultou por querer a briga que teria ocorrido por causa do mau cheiro do vagão mas que ninguém com exceção de suas testemunhas presenciou ninguém viu ou ouviu nada de semelhante você está esperneando demais meu chapa não perca de vista o alvo e não tente falsear os dados da investigação isso depende do meu setor portanto sou eu o responsável! ora essa você não vai pensar que sinto alguma simpatia por ele, essa é boa, nenhuma! Teria sido melhor para ele que ficasse lá no seu canto fritando ao sol de seu *douar**, estou pouco me lixando pra isso tudo mas quero que a investigação vá até o fim aí então se não conseguir nada verei se é preciso ou não arquivar o caso sou o único que pode tomar tal decisão porque depois quando a coisa estoura você dá o fora e vai se entrincheirar por trás da desculpa de sempre eu só cumpri ordens mas sei muito bem o que diz de mim pelas costas:

---

* Divisão administrativa rural na Argélia, e na África do Norte em geral. (N.T.)

demente! gagá! maníaco! etc. mas voltemos ao x da questão pode esquecer essa história de ranço sabemos muito bem que ele desceu mesmo na estação Bastilha e que ele até perguntou se estava mesmo na Bastilha o que provocou esse mal estar de que falou a chefe da estação — uma bela moça, confesso! — mas deixemos isso de lado o mais complicado é que não sabemos de onde ele veio segundo a moça ele vinha da Gare d'Austerlitz ela tem certeza já que trabalha lá há três meses mas então por que ele não partiu da estação em que desembarcou, isto é, da Gare de Lyon? Não vamos complicar as coisas ele chegou mesmo foi à Bastilha por um metrô que vinha de Austerlitz mas aí é que a coisa emperra pois até agora ninguém testemunhou ter visto o homem na estação Bastilha.

Depois, com sua mala cada vez mais pesada e seus dois pedaços de papel, um quadriculado com uma letra rápida e alguns desenhos, outro com uma letra de colegial aplicada e um endereço, que segurava sempre na mão direita, ele avançava calmamente dizendo a si mesmo que não precisava entrar em pânico e que agora mesmo, daqui a pouco, seria o primeiro a rir de tudo aquilo como tinham lhe garantido os outros que já tinham perambulado por lá muito antes que fizessem todos esses melhoramentos, tudo isso prá enganar os trouxas segundo o homem do fliperama, quando na verdade tudo estava imerso no cinza e não havia nenhuma escada rolante e que os vagões (II) eram verdes ao passo que os vagões (I) eram vermelhos e que os bancos eram todos de madeira marrom lascada parecidos uns com os outros, igualitários em suma! Eles tinham perambulado por lá e sabiam do que falavam caso contrário eles o teriam avisado, dissuadindo-o de partir, alvoroçando os sábios da aldeia e rezando — caso ele decidisse partir a qualquer custo — por sua alma, desfiando rosários e rosários com a velocidade do relâmpago, sacrificando algum galo arrogante, ou até, querendo agradar, uma gata estéril da qual há muito tempo pretendiam livrar a comunidade, por mais velhacos que fossem os três (ou quatro), organizando reuniões secretas para beber ao abrigo do mau olhado dos invejosos, diziam eles, mas na verdade por medo de serem postos no banco dos réus pela tribo que eles tinham abandonado há uma eternidade para ir vaguear pelos corredores e galerias do Metropolitano chegando ao ponto de tirar fotografia diante da entrada, como se aquele fosse o único monumento interessante da cidade, nem tão fria assim como faziam crer os antepassados que jamais a tinham visitado mas cuja imaginação era por demais fértil. Repetindo a si mesmo que não tinha motivo para temer coisa alguma que tudo ia entrar nos eixos como aquelas linhas que sabem sempre aonde vão mesmo quando não parecem ir a alguma realidade tangível, por mais complicadas e incompreensíveis que fossem pois a disposição delas tem que ter algum sentido nem que seja oculto, mas no fundo ele dizia a si mesmo tudo isso para se tranqüilizar e tentar esquecer certos olhares que surpreendera no momento em que ia pegar a mala no chão ao lado da porta, ele tinha virado para seus companheiros de viagem a fim de perguntar: BAS-TI-LHA? Os outros, meio surpresos, meio chocados ou meio incomodados por essa pergunta inesperada e sem sentido, posto que a palavra BAS-TI-LHA estivesse escrita por toda parte em branco sobre fundo azul numa espécie de multiplicação repetitiva, a cada intervalo de dez metros e dos dois lados da via; alguns viam nisso até mesmo uma provocação, uma espécie de ironia interrogativa naquele sotaque que fazia zunir seus ouvidos acostumados a. Talvez tenha sido naquela hora que alguém enviou sua mala para o outro lado com um único pontapé certeiro, a tal ponto que ele mal teve tempo de ir pegá-la antes do fechamento das portas e que ocorreu a intervenção da chefe da estação atraída pelo barulho do objeto caindo no chão da plataforma: BASTILHA? Ele não tinha mais tempo para separar as sílabas e dizia BASTILHA! depressa demais perdendo assim a entonação interrogativa em proveito da rapidez do fluxo sem ouvir algumas palavras ecoando todas mais ou menos ao mesmo tempo: imbecil, essa não, miserável etc... E a outra, a chefe da estação, uma moça bonita que vai lá saber por que tinha resolvido passar a vida trabalhando enterrada cem metros abaixo da terra, dizendo secamente para todos: VAMOS, TODO MUNDO CIRCULANDO!

Uma versão gêmea mas menos sorridente da moça grande da meia-calça, cujas qualidades eram louvadas num imenso outdoor, imagem que descambava sobre ele depois dessa altercação durante a qual ele não disse uma palavra sequer; e ele olhando a fotografia e dizendo a si mesmo: "Mas o que é isso, mais essa ainda eles deveriam ter me avisado." Talvez não, porque eles jamais teriam ousado falar daquilo a não ser entre eles, claro, durante aquelas noites inesquecíveis que o povoado inteiro finge que não vê porque eles é que fazem todo o mundo viver com as economias trazidas de lá ou com as aposentadorias que chegam de três em três meses com regularidade metronômica; mas pelo pessoal da polícia ou da administração com seu montão de carimbos porque carimbo isso é o que não falta! Ou alguém no navio poderia ter dito olha não se ofenda mas estou vendo que você vai lá pela primeira vez, então escuta o que eu digo.

Mesmo que tudo mais se perca na confusão da partida, na gritaria das gaivotas excitadas com o pão e os figos jogados pelas criancinhas; olha, você não devia. E agora ele está lá com esse outdoor que parece desafiá-lo, ele se pergunta se deve olhar ou abaixar os olhos. O outdoor representa um casal jovem e bonito. O homem sentado numa cadeira de balanço, trajando um roupão branco. Diante dele sua mulher (supostamente, pois ele tem uma aliança ao passo que a de sua companheira não está visível pois ela está com as duas mãos atrás da cabeça) usa uma meia-calça que sobe até o umbigo. E o outro com a mala na mão sentindo nas costas algo parecido a uma queimadura (o olhar malvado da irmã gêmea da moça da meia-calça) avança dificilmente pois agora tem muito mais gente a não ser quem sabe que a afluência aliás muito relativa tenha alguma relação com o outdoor (AS VERDADEIRAS CHESTERFIELD. AGORA OS HOMENS VÃO APRECIAR AS MEIAS-CALÇAS) que se estende sob a luz das lâmpadas de néon, uma ou duas piscam irregularmente porque estão em mau estado e logo vão parar de funcionar provocando nele um mal-estar confuso. Ainda mais que a jovem vestida com a meia-calça está com a barriga de fora e usa na parte de cima uma camisa amarrada logo abaixo dos seios. Continuando a avançar, ele tenta ver como é que os outros reagem diante da foto mas para seu grande despeito ou surpresa, ele se dá conta de que ninguém olha e se pergunta então para que serve decorar os corredores do metrô com mulheres seminuas se ninguém se interessa por elas. O homem sentado na cadeira de balanço ostenta na mão esquerda uma aliança que aparece claramente no mindinho como garantia de pudor ou honestidade e que só serve para atenuar um pouco a audácia da imagem da mão pousada sobre a nádega esquerda da mulher, coberta pela meia-calça de náilon cuja parte situada entre o umbigo e as coxas é de uma cor mais escura como se o tecido, naquela altura, tivesse sido dobrado. Então, para fazer como os outros, ele abaixa os olhos e avança olhando para seus sapatos velhos, dizendo a si mesmo e agora o que é que eu tenho que fazer, sabendo instintivamente que ele com certeza não tinha chegado a seu destino, já tendo esquecido, ou quem sabe jamais tendo sequer ouvido, o nome da estação para a qual deveria se dirigir. Tropeçando na parte de baixo de seu fardo, ele evita aproximar-se muito das máquinas de vender confeitos, contentando-se em perceber o ruído seco que elas fazem quando cospem os tabletes de chiclete ou caramelos ou balas azedinhas ou amendoim doce etc. e que se torna para ele familiar como mil outros sons e ruídos dos quais será preciso fazer mais tarde o inventário. A moça está diante de uma janela da qual se percebe, além dos vidros, uma folha semifechada (a da esquerda) enquanto a ausência da segunda folha deixa aparecer, por detrás das vidraças do lado direito, um arbusto denso e verde e sombrio e não inteiramente nítido. Depois lembrando-se do outdoor e repetindo: eles deveriam ter me avisado afinal isso não me diz respeito se os habitantes desse país aceitam tais obscenidades o problema é deles o que me interessa é encontrar meu rumo. Continuando, ele começa a passar por um portão que se fecha bruscamente sobre a parte detrás da mala que ele não teve tempo de puxar mas ele não perde a calma. Ele espera que a porta se abra depois que o trem vai embora e se libera. Os dois jovens que têm jeito de estar saindo do banho (AS VERDADEIRAS MEIAS-CALÇAS CHESTERFIELD NÃO TÊM NENHUMA COSTURA NA CALCINHA, PORQUE O SEU CORPO TAMBÉM

NÃO TEM) já que os cabelos de ambos ainda estão molhados e, segundo indício, o homem sentado na cadeira de balanço está de roupão branco e, terceiro indício, a jovem mulher de pé com suas meias-calças amarelo-esverdeadas de náilon segura uma toalha com a qual enxuga os cabelos. De novo, as escadas rolantes, e sempre aquela apreensão ao colocar a mala sobre o inox cintilante ponto por ponto do tapete mecânico como se ele temesse vê-lo tragar a coisa inchada de mil presentes que os outros, de lá, tinham enviado para os parentes e amigos, sempre com o barulho sufocado como um chiado pegajoso e no fim das contas inquietante que escapa tranqüilamente da enorme máquina. Chegar. Esquecer. Desaparecer. A moça, ao mesmo tempo que se enxuga, sorri para a objetiva (ou para o passageiro). Seus olhos são muito claros e a boca, pintada de vermelho, muito larga. Mas não se sabe se ela sorri devido ao bem-estar proporcionado pelo banho ou porque se sente à vontade nas meias-calças ou então, última eventualidade, porque a mão do marido acariciando-lhe a nádega esquerda lhe dá certo prazer (A VERDADEIRA CHESTERFIELD A MEIA-CALÇA SEM COSTURA) que deixa pairar uma dúvida logo dissipada quando se percebe que o homem também tem ares de sentir um grande prazer ao pôr a mão sobre a nádega esquerda de sua mulher, coberta pelo náilon-meia-calça. Mas imediatamente é possível se perguntar se ele não estaria feliz pela idéia de ter comprado algo de sólido e econômico para sua satisfeita esposa já que o preço da meia-calça aparece na parte de baixo da imagem, na extremidade do canto direito (5 francos). Depois, de novo, na virada de um corredor, o mesmo outdoor o agride e ele pensa que voltou ao ponto de partida e que no início ele estava na plataforma que leva em direção da

Igreja de Pantin, e que agora se encontra na plataforma que vai em direção de Charenton-Écoles, praguejando contra si mesmo, tentando encontrar alguns sinais que lhe permitam empiricamente tomar uma providência, mas praticamente não encontra similitude entre as duas plataformas. Na altura dos joelhos do homem, no chão, encontra-se um abajur cujo pedestal de arenito é de uma cor que combina com as tonalidades vistas no aposento (verde pálido, cinza-esverdeado, cor de amêndoa, opalino, verde-escuro etc.) e que ilumina a cena como se fosse um projetor, o que deixa entrever por detrás da imagem o amontoado de meios técnicos reunidos para fazer a fotografia: isto é, projetores com grossos cabos sujos e ligados ao gerador de eletricidade móvel por centenas de metros de fios, bem como inúmeras máquinas, câmeras, arcos, técnicos, operários, ajudantes; tudo isso para permitir que um marido coloque a mão esquerda sobre a nádega esquerda de sua própria e legítima esposa. Ele não entende mais nada e seu pudor surge de muito longe para vir enrugar suas têmporas e suas artérias a ponto de quase fazê-las explodir. Parada brusca do tempo. Como um torpor subjacente. Original!

Linha 1

Tudo estava mole, úmido, cinza, carregado, vermelho explodindo aqui ou acolá mas sem chegar a apagar a impressão implacável de atmosfera cinzenta se encaixando a partir de um leque muito largo em que todos os tons do cinza podem facilmente ser localizados ainda mais que a poeira que se junta em fina película falseia todos os dados e prega sobre os rostos suados algo como uma esponjosidade cinzenta — puxando — quando se passa numa zona neonizada — para o zinabre não aquele que se forma no pão ou nos legumes embolorados mas sim aquele feito por uma mancha de ácido sobre um pobre metal de ferro desenhando nele a estrela de uma cicatriz como uma tatuagem abstrata mas cheia de signos subjacentes à nervura, no ponto em que o ácido mordeu numa espécie de encrespamento que libera um odor sulfuroso. Umidade. Moleza. O conjunto afogado numa penumbra doentia que acostuma os olhos a uma facilidade formal já que tudo se confunde, se amalgama e se organiza em torno de uma única cor que atenua e domina a embrulhada um tanto quanto anárquica das formas jogadas umas sobre as outras no espaço que elas corroem profundamente, desarticulam e fracionam como que por intermédio de uma fusão metálica obtida em altíssimo grau de temperatura: 3.480°C, por exemplo, o limite para que o tungstênio não entre em ebulição, o que lhe permite enrubescer durante todo o dia no interior das lâmpadas onde os filamentos se encavalam numa contorsão fantasmagórica para proporcionar essa iluminação franzina, que ajuda a reforçar a impressão implacável de atmosfera cinzenta. Umidade primeira. Sobressaltos de um verão tardio que se percebe mais no ventre do metrô do que através do enlouquecimento das árvores frondosas às quais faltam no entanto a profusão e a exuberância que levam a adivinhar a circulação da seiva através das artérias profundamente subterrâneas cujas protuberâncias preferem atar-se entre elas a se sacrificar a um falso alerta já que no dia seguinte o ar estará novamente glacial e a chuva transportará essa umidade que reveste os corredores, os mictórios e sobretudo a atmosfera à qual a lã molhada tanto se assemelha quando seca em cima dum aquecedor. Fim do verão. Mas que verão? Ele estava de sobreaviso. Tentava agora não desatar a rir sem parar. Ao contrário os interrogatórios não teriam mais fim, os socos, os xingamentos e sobretudo aquela suspeita bloqueando a simplicidade e pendendo da curva dos olhos sistematicamente embaçados por algum sonho ruim, sempre o mesmo, obsessivo, prostrante, fervilhando tanto de seu significado imediato quanto de signos subjacentes dos quais nenhum terapeuta poderia chegar a livrá-lo. Riso irreprimível? Claro! Mas engolido até as profundezas de si mesmo, canalizado através dos intestinos sacudidos por borborigmos como um encanamento de péssima qualidade e provocando soluços irremediáveis; o conjunto misturado com espanto, medo e incompreensão flagrante. Mas por que então essa suspeita? Lá fora, talvez, o verão. Quem sabe? É da ordem do possível. Com esse suor cuja acidez talha as roupas — as mesmas que cobrem a pele — formando reguinhos que serpenteiam por entre pêlos e reforços, sob axilas carbunculosas que se tornam, cada vez que são enxugadas (diminuição da marcha, pausa, correntes de ar etc), espécies de carapaças escamosas e miniaturas que se lascam de acordo com seu teor de sal. Para dizer a verdade, ele não tinha muitas ilusões nem muitas preocupações em relação a esse caso. Verão ou não. Outono ou não. Que importância. (Paris, 26 de setembro de 1973. Tempo quente. Temperatura ao meio-dia: 26°C. Número de horas de sol: 9). Daí, a umidade, a penumbra, os semblantes avermelhados e translúcidos das mulheres vestidas tão levemente! Mas também o sufoco que torna o caminhar mais difícil através de espaços acumulados que parecem escorregadios cada qual abrindo a via a um outro e assim até uma acumulação impossível que forma um feixe de espaços desordenados, claro! de esguelha, às vezes, de cabeça para baixo, outros aglomerados, na maioria das vezes, segundo o ângulo pelo qual são descobertos, ângulo fechado, agudo ou reto.

O ar patético das velhas que tardam indefinivelmente nos bancos, num tresvairio sobre o passado no fim das contas miserável, contrasta com os semblantes das donas-de-casa entusiasmadas por saberem como preparar uma bela omelete, sucesso pelo qual não têm nenhum mérito, já que isso normalmente não se deve à habilidade ou talento delas, mas sim a essa ou àquela marca de frigideira que não gruda nunca, mesmo se essas donas-de-casa e essas cozinheiras quisessem fazer isso por querer, elas não conseguiriam, o que para ser exato é bem irritante. Todos esses desafios que são lançados às honestas cidadãs e que as ofendem profundamente não são de bom augúrio, mas a psicologia não se atarda em tais considerações, ela mergulha o peixe na margarina Astra, responsável, igualmente, por toda essa felicidade conjugal que ele vê estampada também sobre mesas repletas de víveres, de vinhos e de pratos ou então nos rostos cheios dos *gourmets* saboreando uma bela carne cozida nessa ou naquela margarina ou ainda na expressão acalentadora das donas-de-casa que começam a envelhecer (Menopausa) quase desmaiando diante do apetite do macho um tanto quanto barrigudo, com essa flacidez do rosto que procede por placas ou zonas ou regiões (as maçãs do rosto, o queixo etc.) como uma gelatina maria-mole com a qual se cobrem certos produtos comestíveis envolvendo-os por espécies de almofadinhas marrons, viscosas e moles cujo estremecimento nervoso (tiques) reforça a tristeza que vem da indiferença que os rodeia, apesar da multidão que espezinha agora o chão, conseguindo mover-se no espaço restrito quase que mecanicamente, parecendo até mesmo acometida de ataxia, pois, para chegar a tal grau de coesão e concordância, cada qual, em meio a essa massa, faz certo número de gestos e ações (balanço dos braços, desdobramentos dos cotovelos, desarticulações, rebolados, destroncamentos, desvios, dissimulações, movimentos das pernas, imbricações sábias, paradas bruscas, partidas simuladas, reorganizações no espaço, arrancadas, claudicações, pisadas firmes) individuais, simultâneos ou coletivos que denotam uma organização que apenas as velhas azedas das faces borradas de *rouge*, patéticas e que tardam indefinivelmente nos bancos num tresvairio sobre o passado no fim das contas, podem apreciar devidamente, elas que ficam lá da manhã até a noite esquentando os ossos com o calor que irradia de milhares de corpos queimando calorias preciosas que logo serão recuperadas sem grandes preocupações pois aqui a única dificuldade é escolher o que consumir e muito, sobretudo que para tal as pessoas são estranhamente auxiliadas por todas essas fotografias extraordinárias que bajulam o narcisismo delas e ainda por cima a vontade que têm de poder — mas isso passa — e também a gulodice, os instintos (DESPERTEM SEUS INSTINTOS DE GAULESES! O MOLHO SALPIQUE É FEITO PARA CONSERVAR SUA QUALIDADE!), a bajulação, a vaidade e outras qualidades duvidosas. Elas ficam lá, portanto, da manhã até a noite esquentando os ossos, olhando aquela onda gigantesca que parte em vagas disciplinadas ao assalto das portas, dos portões, das passagens, escadas, saídas de urgência, saídas, entradas etc. e vendo-o passar, ele, diversas vezes carregando sua mala como se estivesse treinando para algum número difícil de mágica e entre elas há até mesmo uma que vai difundir o rumor de que ele seria simplesmente um faquir e que em sua mala ele carrega uma menina cortada em pedaços que ele reconstitui num abrir e fechar de olhos diante das portas de entrada do metrô, do lado de fora, e que depois manda passar com um pires do qual nunca se separa tal como a mala e a menina, cujo corpo ele corta e reconstitui à vontade; mas como tudo isso se passa no exterior, ela não pode afirmar que o viu em ação, posto que por nada nesse mundo sairia do lugar, onde fica se esquentando com as radiações emitidas pelos corpos dos outros, curtindo sua preguiça e não fazendo nada além de olhar, dizendo que quem lhe contou aquilo foi uma amiga que fica o tempo todo do lado de fora pois prefere as saídas de ar do metrô do que essa umidade sufocante do interior e que na verdade tinha simplesmente dito que ele tinha uma cara de faquir, sem fazer alusão alguma à mala e seu conteúdo; talvez ela tenha dito aquilo só para falar alguma coisa cada vez que descia e ia fazer suas necessidades foi então que ela esbarrou uma ou duas vezes nele ou na sua mala ou então porque tinha ficado impressionada com sua magreza salvadora ou, quem sabe, simplesmente com sua cor de pele que teria feito com que ela dissesse tais coisas — mas o que isso tem a ver? — talvez por causa dos pedaços de pano de seu uniforme de operário volteando em torno dele porque de acordo com a mitologia dos faquires eles usam capas de reis magos que os ajudam a voar, ou então, ainda, por causa do pedacinho de papel (aliás dois pedacinhos e não um) que ela teria tomado por um amuleto de efeitos benignos ou malignos dependendo dos astros, dos desastres, da direção do vento e do grafismo da linha da vida da mão de cada um; e ele, depois, passando diante delas sem vê-las enfiado até o pescoço em sua infelicidade, ouvindo-as cochicharem e escarnecerem depois de sua passagem, resmungando mas o que é que elas têm contra mim sinceramente (PREPARADOS SEMPRE COM O MESMO CARINHO, TODOS OS PRATOS SALPIQUET CONSERVAM-SE MUITO BEM), eu ando na linha, eu! não falo com ninguém! não faço mal a ninguém! sinceramente o que é que elas têm contra mim? avançando cegamente às vezes querendo ousar aproximar-se de alguém mas imediatamente sugado pela multidão, levado para longe, desvencilhando-se logo após ter passado a surpresa, voltando de novo até o ponto em que estão as mendigas em tresvairio, falando sozinhas, deglutindo espécies de borborigmos (DU-DUB-DU) com a saliva espessa escorrendo sobre as papadas de alcoólatras e formando um feixe de fios ao mesmo tempo úmidos e sólidos que se ramificam como filamentos de aço para formar um resíduo fibroso normalmente chamado de baba, tão refratário quanto um metal como o tungstênio, que serve para fabricar os filamentos das lâmpadas incandescentes, dos anticatodos dos tubos de raios X e que se opõem à deformação provocada pelo calor cujo nome científico é fluência; o todo escorrendo na memória do passageiro acometido por sua vez de ataxia, talvez um pouco mais do que os outros, ele que carrega um pesado fardo há uma ou duas horas enquanto tenta rumar para a plataforma que leva em direção da praça da Concorde sem saber por onde passar nessa confusão que, certamente, não tem nada a ver com o impressionante pico das 6 horas da tarde mas que já é insuportável: ele nem sequer sabe que é a linha nº 1 que deve pegar (Château de Vincennes – Pont de Neuilly 14,640 km) e que terá de percorrer sete intervalos ou pedaços ou percursos ou estações (Saint-Paul – Hôtel de Ville – Châtelet – Louvre – Palais Royal – Tuileries – Concorde) porque ele se encontra na encruzilhada de três direções e não pode fazer um sorteio para escolher alguma ele precisa parar de pensar que todos os labirintos são iguais pois na verdade há detalhes que fazem a diferença e que são muito mais importantes do que ele pensa, que, por exemplo, as duas mendigas que estão na plataforma em direção de Pont de Neuilly não têm nada a ver com as três que estão sentadas num banco na plataforma em direção de Charenton, mesmo estando vestidas do mesmo modo e mesmo assumindo esse ar de idiotas meio satisfeitas meio inquietas, mesmo babando como suas irmãs, mesmo dando cochilões semelhantes, bamboleando a cabeça e acordando de repente, deglutindo borborigmos sem significação profunda; que a cor dos corredores jamais é a mesma e que a combinação dos diferentes tons que podem ser encontrados nas paredes do metrô é infinitamente grande (cerâmica branca ou folha de falsa palissandra violeta ou folhas de poliéster laranja ou azuis ou verdes ou amarelas, às vezes decoradas com pequenos losangos pretos etc.) mas como digerir tudo isso em duas horas de deambulação dilatando os músculos transformados em molas ranhentas e escoriadas os nervos transformados em chagas abertas em plena alma, em plena pele, em plenos dentes (no Piton diz-se "com os dentes suando"), os testículos o gol do campinho de futebol e o riso irreprimível lancinante na altura do plexo. Tomara que eu agüente o tranco! E elas, sempre com o ar patético mas saindo do torpor a cada vez que ele passa na frente delas (Olhe, o faquir de novo!) sem nenhum pingo de malvadeza.

De qualquer maneira o feixe — não se trata de feixe mas sim de filamentos das lâmpadas incandescentes, nem de qualquer outra ninharia mas sim de um feixe de provas que tendem a demonstrar que ele pediu uma informação na estação Bastilha — sempre gesticulando muito — e que certas pessoas — almas caridosas, com certeza! o mundo está cheio delas! — indicaram-lhe o caminho — não sabiam que estavam lhe fazendo um grande mal — ah! os idiotas! — o caminho para a plataforma em direção de Pont de Neuilly e que houve até mesmo alguém — um compatriota — que, mesmo não falando a língua do Piton — eu já disse que é um dialeto — ia para o mesmo lado e entendeu o que ele queria e o levou com ele ou por assim dizer permitiu que seguisse seu rasto ele até disse que o ajudou a carregar a mala até a plataforma mas depois disso impossível saber se disse a verdade ou se estava querendo ganhar uma medalha de honra ao mérito vai saber eles se parecem todos (entretanto ele não está com nenhum cachimbo entre os dentes nem uma bituca úmida colada ao lábio inferior mas ele parece falar com uma batata quente dentro da boca em vez de articular as palavras ele dá a impressão de resmungar, de rezingar, de resmonear) como distinguir um do outro já que até a mala que até agora foi a marca distintiva desse tipo vai — não é mesmo? — mudar de mão e os pedacinhos de papel, então? vai saber o que é que viraram esses benditos papeizinhos aliás agora só há dois mas tinham me falado que eles eram quatro — progressão geométrica, essa é boa! Se o outro não está inventando histórias eu me pergunto será que ele é credível ele nem sequer é capaz de me dizer a hora em que encontrou seu primo ah! ele diz isso por dizer não há nenhum parentesco entre eles mas ele acha que é bom dizer isso acrescentando que não é obrigado a usar um relógio que um relógio não é um visto de permanência no país que o dele está em ordem caso eu queira verificar, e que a hora certa, isso ele tem o tempo todo bem diante do nariz na fábrica, o que não lhe dá vontade alguma de tê-la também em seu pulso o que supõe que ele poderia ter um relógio que deixa em seu quarto nos dias de descanso esse aí deve ser um sindicalista ele conhece bem demais seus direitos sem dúvida anda lendo má literatura no caminho do trabalho no metrô das 5 da manhã não tenho nada contra muito antes pelo contrário! isso distrai do barulho dos trilhos como música de fundo deve ser como um desses psicodramas que se aprende hoje em dia em qualquer escola de polícia bem dirigida pra mim tanto faz, tudo isso os imigrantes com seus vistos de permanência as batidas nos hotéis as expulsões as vistorias sanitárias não são problema meu eu cuido do meu setor ponto final essa história me interessa por essa razão precisa mas o sacana, ele bem que poderia ter me dito a hora eu não vou liberá-lo assim ele não tem nenhum álibi para o dia que nos interessa nunca se sabe ele pode ter alguma implicação no caso, verifique se o álibi dele funciona mesmo, eu nem verifiquei isso, telefone pra minha mulher dizendo que vou voltar mais tarde hoje ela poderia achar ruim não ser prevenida de uma notícia tão boa nunca se sabe, o essencial é que o cerco está se fechando em torno dele, é como um jogo seu itinerário mas por que diabos ele não partiu da Gare de Lyon?

E dizendo ao outro que quer carregar sua mala: "Mas não não ela é pesada demais, sabe?" depois detendo-se de repente e percebendo que o outro não entende seu dialeto mas que sabe ler: isso já é melhor do que nada! Ele viu muito bem. Pegou o maço de papéis (um maço não sei, mas com certeza tinha pelo menos quatro papéis) e com uma habilidade impressionante arrancou dele o que continha o endereço e que ele reconheceu imediatamente porque é o mais velho, o mais amassado, o mais sujo, com uma letra que começa a se alterar porque a tinta está se apagando e o papel está um pouco rasgado como que corroído pela acidez ambiente com letras cortadas no meio que o outro pronuncia alto demais falando uma língua cuja entonação ele reconhece e que é utilizada nas redondezas do Piton, perto da laguna. Mas, diante da expressão do outro, diante de sua maneira de compreender depressa e de tomar decisões também depressa, ele se sente de repente aliviado. Pensa que deve ser um estudante ou algo desse tipo, um cientista, por exemplo, aliás está bem vestido, não é como ele, que bóia nessa calça comprida chamando a atenção em todo lugar. Agora que se tranqüilizou, sempre atarracado à mala que não quis deixar o outro carregar, ele o segue e imagina que os velhacos lá longe no Piton devem pensar que ele chegou a seu destino há várias horas e que alguém deve estar rindo do medo que teve ao desembarcar nesse subsolo superaquecido — a menos que o verão, do lado de fora, não se decida a fazer uma última aparição — cheirando a bolor e ranço de lã que. Dizendo a si mesmo que eles deveriam tê-lo prevenido, não, eles não, pois ninguém mais confia neles agora, mas pelo menos o pessoal da administração os zelosos detentores dos carimbos guardados como se fossem lingotes de ouro quando na verdade não passam de pedaços de madeira sobre os quais é colado um pedaço de borracha com um desenho redondo ou quadrado ou retangular, ornamentado com diversas inscrições. Deveriam tê-lo prevenido não somente em relação à moça da meia-calça que se excita depravadamente enquanto o outro lhe acaricia as nádegas com a mesma depravação, mas também em relação às velhas carmesins que o olham passar e escarnecem dele cochichando obscenidades, talvez, e chamando-o de longe: Faquir! como se elas tivessem escolhido por querer essa palavra que ele conhece pois ela faz parte de sua própria língua embora elas a pronunciem tão mal que ele não a compreende.

E é nesse momento que a memória desliza, quando o guia diz: "Como é que vão as coisas por lá?" fazendo dois gestos para ser bem compreendido, um com a mão aberta, os dedos separados balançando-se da posição vertical à posição horizontal, e o outro com o polegar levantado indicando uma direção no sentido de seu ombro direito. A memória deslizando através de coisas vagas e sem relação aparente (vereda, lombo de camelo, noite rija, almuadem). Vagos também os contornos dos objetos e dos seres. Rostos emagrecidos. Corpos que se tornam esguios. Brumas matinais. Voz trêmula. Jovialidade das sestas. Estremecimentos do ar quente. Silhuetas que parecem à beira do desequilíbrio. Tudo isso borboleteando no ar denso ao qual as cores vinham pregar-se como num sonho diurno e mudo (ele tinha o costume de passar as tardes jogando damas com pedras no lugar dos botões na caverna de um vendedor de temperos e de carvão e de banha de carneiro seca e salgada tudo pendurado no varal que parecia costurar a mercearia minúscula cuja textura sempre complicada por causa daqueles varais se cruzando, se entrecruzando e se alinhavando no espaço sombreado, deixava-o perplexo diante daquele fenômeno de agressão entupindo o horizonte ainda que a porta do vendedor de temperos estivesse sempre aberta, arrematando a paisagem com uma cor amarelada, a cor da banha e obstruindo a visão dos jogadores que não tinham mais como deixar que sua imaginação desse cambalhotas. O patrão é cúmplice dos outros velhacos acostumados a beber em outros lugares secretos mas dando a impressão de que jamais o deixam para distrair o espírito e manter o almuadem a uma distância respeitável. Agora que pensa nisso, ele se pergunta se esse entrecruzamento de cordas de cânhamo e a disposição muito especial dos pedaços de banha salgada não seria um meio para ver de longe o inimigo ou intruso que chegam; o que lhes daria tempo para camuflar garrafas e cachimbos e assumir ares de jogadores acometidos de ataraxia, fixados diante de uma tática desorientadora para o inimigo dizendo ao mesmo tempo que enxugam a boca com as costas da mão: "Anda, joga seu asno, você não vê que já perdeu" e no que diz respeito aos cheiros, eles estavam tranqüilos, já que viviam numa espécie de geladeira natural localizada no flanco da colina, eles tinham um sistema de aeração adequado ainda mais que os eflúvios estonteantes da banha misturados aos dos temperos não davam a mínima chance a nenhum outro cheiro para estagnar-se no ar; e, quando ele chegava, diziam-lhe: "E então? E essa viagem, a quantas anda?" e eles riam um tanto quanto satânicos, parecidos uns com os outros de tanta afetação, de tanta representação teatral e devido a uma linguagem comum a todos e às vezes em código — quando se tratava de falar de política, alta demagogia especialmente subversiva e poética — e da paixão do jogo de damas (ou de dominó) que eles tinham lhe inculcado apesar da proibição do pai que via nisso o começo da perdição; e eles cingidos em roupas de lã grosseira, com a cabeça raspada e o olho vivo suspiravam diante dele e davam a impressão de reprimir um riso irresistível: "Você não pode imaginar que maravilha é o metrô, cuidado para não tomar gosto demais por ele!") no qual os jogadores de dominó sempre vinham assediá-lo de novo, amigos de verdade! Ele deveria tê-los compreendido!... Com todos os poemas que eles sabem de cor, para eles era difícil exprimir-se como todo mundo sem alusão, sem ilusão, sem paradoxo (eles adoravam tais expedientes), sem abreviação, sem digressão (ah, disso eles não se privavam) e eles jogavam na cara do interlocutor frases começadas por um, retomadas por outro, acabadas por um terceiro, trituradas pelo segundo e assim até o infinito, enlouquecendo todo mundo, fazendo encolher o círculo em volta deles, passando a viver unicamente de provocações completamente verbais aliás, dizendo: "Ah! o metrô... não é à toa que ele é azul!", quando na verdade sabiam muitíssimo bem que durante a estada deles lá ele era verde! Mas deviam com certeza estar a par das mudanças, reciclando-se, de certa maneira, devorando às escondidas os velhos jornais que emprestavam do confidente deles, o vendedor de banha, de temperos, de peneiras e até de carvão, ou quem sabe até tivessem que alugar os jornais, pois o tipo tinha uma reputação de sovina; fazendo assim encolher, portanto, o círculo de suas amizades mas evitando excluí-lo pois tinham necessidade de alguém do seu gênero, à mercê deles, para sonhar em voz alta, rememorar as peregrinações memoráveis, exumar fotos velhas de vinte anos com precauções de mitômanos, fazendo inchar o rumor público que vai acusá-los de ter explorado pobres moças apaixonadas atoladas, por culpa deles, na devassidão mercantil; o que talvez explicasse as economias deles, com as quais eles mantinham a população do Piton a uma boa distância, sem perder uma única ocasião para lembrá-la disso, jogando o dinheiro na cara das pessoas de qualquer jeito, pródigos em liberalidades extraordinárias, pondo-o a par estritamente do essencial, certos que estavam do caráter irreal de seu projeto; e ele agarrando-se aos velhacos, dando como pretexto as partidas de damas ou de dominós e tentando arrancar-lhes algumas migalhas de informação que ele tentava, quando vinha a noite, colar umas às outras para fazer com elas algo de utilitário e compreensível. Devia ter ouvido o que diziam! Eles se exprimiam como magos decepcionados com o futuro...

 Depois o trem chegava silencioso serpenteando através do fosso em que se encontram os trilhos. Chiado de borboleta azul, cuja mecânica revestida de borracha (O MATERIAL COLOCADO SOBRE PNEUMÁTICOS APRESENTA-SE DA SEGUINTE FORMA: CADA VAGÃO COMPORTA DOIS EIXOS PARA QUATRO RODAS MUNIDAS DE PNEUMÁTICOS QUE CIRCULAM SOBRE DUAS PISTAS (CONSTRUÍDAS EM MADEIRA DE LEI EXÓTICA DURÍSSIMA PROVENIENTE DA REPÚBLICA DOS CAMARÕES) QUE ENQUADRAM UMA VIA FECHADA DE TIPO NORMAL. O DISPOSITIVO DE DIREÇÃO É ASSEGURADO POR QUATRO RODAS HORIZONTAIS, IGUALMENTE MUNIDAS DE PNEUMÁTICOS E QUE SE APÓIAM SOBRE DUAS BARRAS DE DIREÇÃO QUE COMPLETAM A VIA) permite pressagiar viagens feitas com suavidade, depois... clac! As portas se abrem ou se fecham com um estalo metálico brusco e seco como um barulho de cutelo que decepa e mal se tem tempo para proteger os dedos mas a decoração interna é diferente, mais resplandescente, mais brilhante do que a que ele vira no primeiro trajeto, em que os vagões de aspecto enfadonho o tinham entristecido, fazendo-o dizer a si mesmo: "Ah! mas é isso! os velhacos teriam agido melhor me prevenindo, eu, que deixava eles ganharem as partidas para lisonjeá-los, para agradá-los, para que se sentissem confiantes." E agora sentado bem em cima de toda aquela volúpia emborrachada, saboreando, sem poder exprimi-la, a presença tranqüilizadora do outro — um estudante? — ele se repreende, descansa as mãos doloridas, diz a si mesmo que não estavam tão errados assim; e, afundando suavemente na espuma de plástico mole e coberta de couro sintético vermelho, tem a nítida impressão de que o luxo está ao alcance de seus dedos dormentes. Ele esquece todos os males de agora há pouco mas não consegue ceder à tentação de arrumar seus documentos, temendo, supersticiosamente, algum mau olhado ou então que seu guia fuja ou que o trem entre em colisão com outro ou bata contra as paredes do túnel, cuja materialidade, desfilando por detrás dos vidros, quase encostada a seu rosto, não o deixa sentir-se à vontade. Mas ele está decidido a permanecer em paz, a escutar a voz do outro cochichando em seu ouvido palavras esquisitas, cada vez que o trem pára em alguma estação (Saint-Paul – Hôtel de Ville...). Uma amostra prévia do luxo! O vagão é retangular com poltronas dispostas simetricamente em duas fileiras entre as quais deixaram livre uma passagem exígua que permite a circulação de uma só pessoa. As poltronas ficam frente a frente duas a duas e cada uma permite a duas pessoas a posição sentada. Nas duas extremidades do vagão foi previsto um espaço livre como uma espécie de plataforma coberta em que se encontram dispostos, dois a dois, quatro banquinhos que se abaixam e levantam chumbados na própria parede metálica, tanto do lado direito quanto do esquerdo. A simetria é escrupulosamente respeitada. Nenhum lugar para a espontaneidade! Como se tivessem querido demonstrar a igualdade dos cidadãos diante do direito de se sentar de maneira igual em assentos alinhados numa ordem estrita e efetiva aos olhos do passageiro sentado rememorando as placas de banha que secam penduradas nos varais da caverna do pseudovendedor de temperos, de tal forma o alinhamento se encontra em conformidade com a imagem que sua memória utiliza para assediá-lo e triturá-lo. Mas a simetria está por toda parte: por exemplo, os pequenos painéis publicitários selados aos tubos de aço que sustentam o conjunto da armação encontram-se face a face dois a dois e louvam os mesmos produtos; o mesmo em relação às portas, umas diante das outras, quatro de cada lado; bem como o esquema do itinerário que percorre o trem com os mesmos nomes das estações entre cada terminal, separadas umas das outras por círculos brancos quando se trata de estações sem correspondência e por círculos vermelhos quando se trata de estações com correspondência e nesse caso um traço vermelho e sinuoso partindo da circunferência, vermelha ela também, indica as diferentes direções que se pode tomar e cujo número varia entre dois e cinco (É assim que o ponto do gráfico que materializa a estação Saint-Paul é branco, o ponto relativo à estação Hôtel de Ville é vermelho com duas ramificações indicando as direções: Mairie des Lilas e Châtelet, ao passo que do ponto Châtelet parte uma ramificação multicéfala e frondosa de cinco cabeças ou galhos assinalando cada uma uma direção, ou seja: Clignancourt, Nation, Pré-Saint-Gervais, Mairie d'Ivry, Mairie des Lilas) e cujo desenho sinuoso e muitas vezes em forma de forquilha flanqueia do alto até embaixo a circunferência de cor vermelha. O mesmo ocorre com as placas sobre as quais estão escritas recomendações ou informações (Proibido fumar; lugares prioritários para mutilados de guerra, pessoas de idade, mulheres grávidas, mães acompanhadas de crianças de menos de três anos; proibido descer deste ou daquele lado; proibido descer dos vagões antes de o trem parar completamente etc.) e cuja simetria quase reforça a implacabilidade de todas essas proibições tomadas ao pé da letra pelos passageiros que apagam os cigarros (antes de subir no vagão, enfiando-os — vergonhosamente — nos bolsos quando tinham acabado de acendê-los ou jogando-os no chão caso já tivessem fumado mais de um terço com um olhar de arrependimento ou — no caso de alguns maníacos, zelosos ou medrosos — que vão até a lata de lixo, apagam-nos e nela os depositam, verificando bem para ter certeza de que o cigarro está mesmo apagado a fim de evitar o risco de um incêndio, às vezes até voltando para verificar mais uma vez, sentindo-se culpados sem razão alguma, repreendendo-se pelo fato de fumar e pôr em risco não somente a infra-estrutura gigantesca do Metropolitano, mas também os milhares de vidas humanas inocentes lembrando-se das recriminações feitas por suas esposas a propósito do perigo de fumar (câncer, incêndio, dor de dentes etc.) perdendo o metrô não somente uma vez mas até duas ou mesmo três vezes, porque os trens passam a intervalos muito curtos (95 segundos) sobretudo nas horas de maior movimento ao passo que eles, assaltados por tantos escrúpulos, não ousam decidir-se a partir, dando a si mesmos um prazo às vezes mais longo, o olho na lata de lixo para ver se não há alguma fumaça suspeita, confusos, com remorsos e cheios de culpa chegando até a telefonar para os bombeiros perdendo então diversos trens, isso sem falar daqueles que têm suficiente presença de espírito para quebrar o vidro atrás do qual se encontra, na plataforma, a campainha de alarme ligada direta e eletronicamente aos bombeiros, ao serviço de plantão da polícia, aos prontos-socorros mais próximos etc, infelizes quanto às conseqüências de seus próprios gestos, jurando a si mesmos que não vão mais agir assim, decidindo imediatamente que vão parar de fumar e lembrando-se de todos os acidentes de saúde que podem ocorrer (embolia, infarto do miocárdio, estreitamento mitral, infecção das coronárias, hemorragia interna, paralisia cerebral, hipertensão etc.) apalpando-se bruscamente para ver se está tudo em ordem, prometendo a si mesmos que irão consultar um médico — isso quando não chegam a ir procurar um imediatamente deixando todo o resto de lado — engolindo a saliva para não sentirem a tentação de escarrar, dando a si mesmos conselhos de higiene, bruscamente assaltados por uma dúvida quanto à própria higiene corporal, sobretudo os que têm um sistema sudoríparo generoso demais mas certamente os outros também; respeitosos, todos eles, mecanicamente, não dos conteúdos daquelas regras que perturbam suas tendências naturais, mas sim da simetria que exige que cada coisa, cada placa metálica, cada inscrição tenha seu reflexo, seu par ou seu pendente, copiado meticulosamente na simetria do organismo cuja falta de fundamento eles desconhecem, simetria que é sempre uma suposição teórica dos profanos da anatomia. Mas ele, para dizer a verdade, acalma-se com essa propensão a dar a cada objeto seu equivalente, metalicamente, graficamente e tematicamente similar como se.

O trem penetra vagarosa e molemente (borracha) as trevas, esmaga-as e embrenha-se através do barulho ritmado da locomotiva, que faz adormecer o passageiro de pé (ele não foi visto sentado nessa parte do percurso) se segurando numa maçaneta da porta ou num tubo cromado da armação, o nariz contra o vidro, um joelho escorando a mala, com o muro, de fora, quase colando ao veículo, a tela amarelada refletindo uma imagem vaga, invertida e entrecortada do trem deslizando soberbamente com suas rodas que aderem ao aço do trilho superaquecido com o chiado viscoso como um estofado áspero que se rasga espasmodicamente: e a imagem desdobrando-se, multiplicando-se, apagando-se, desaparecendo, voltando de novo de acordo com as curvas, as inclinações, os graus de iluminação, fascinando-o de tal maneira que de tanto percorrê-la com os olhos ele acaba sossegando, um pouco consciente da presença do outro, a seu lado, da realidade concreta da mala certamente maltratada, boquiaberta, toda amarrada, esfarrapada, rasgada, espezinhada — um pouco mais tarde — quebrada, enferrujada etc. mas bem concreta dando-lhe a impressão de existir melhor que seu coração apertado batendo no tórax com grandes batidas regulares, melhor que seu pulso fervendo sob a pele com batidas imperceptíveis, melhor que seus músculos contraídos e travados em dois ou três níveis que ele não tem vontade de localizar, melhor que seus olhos borboleteando diante da mirífica fulguração da tela amarela, melhor que seu suor gotejando — fluido — sobre os flancos numa rede de linhas transpirantes e que terminam seu trajeto no oco dos rins, melhor do que tudo isso reunido pois a mala é a própria expressão da viagem que ele planejara realizar há alguns anos e que não tinha podido fazer mais cedo por causa da ambigüidade de seus amigos, jogadores inveterados de dominós ou de damas.

 A fratura se faz no interior pela adição de todos esses amálgamas, misturas, encavalamentos, imbricações, amontoados e acumulações diversos de um mesmo e único fenômeno que o subjuga, claro, e do qual ele tem uma consciência vaga mas implícita, sabendo que o segredo de todo o mistério do meio ambiente do qual ele é vítima está nessa interferência diabólica entre as coisas, os objetos e os seres pegos num código de conexões que ele não chega a decifrar mas que pressente inscrito irremediavelmente naquelas tatuagens que começam a assombrar seu espírito: as linhas formando o mapa do metrô, as cordas encavalando-se umas com as outras, os trilhos refletindo-se até o infinito, os traços interiores fazendo-lhe incisões na carne, os corredores se desenrolando uns a partir dos outros sem chegar ao fim, as equimoses abstratas inchando devido ao fermento do calor, os círculos do tempo estourando em mil segmentos, os espaços desconjuntados, as geometrias fendidas, as retas rachadas, os arcos arrombados etc. Mas toda essa fantasmagoria espacio-linear, da qual ele não compreende nem os limites nem o conteúdo mas que pressente com uma intuição mole, como num semi-sonho que se desfia, não pára de torturá-lo, de apavorá-lo porque ele vê nela signos cabalísticos (sobretudo a escrita às avessas, aliás), e ele teme que seus múltiplos amuletos jamais possam dar conta de chegar a apagá-los, fazendo com que ele se recupere, saia daquele círculo das maldições e se encontre no ponto de chegada para enviar — com urgência — um telegrama aos outros que ficaram lá camuflando suas lidas indignas sob flores de retórica pilhadas diretamente na poesia da idade de ouro e seus frascos abomináveis sob uma camada de alta e confusa demagogia política, destinada a um uso estritamente interno, muito laconicamente, aliás: "CHEGUEI, SÃO. PARE. SALVO. PARE.", sem assinar, não vale a pena! o próprio nome e permitir-lhes assim retomar o fôlego, as partidas de dominós, os conciliábulos codificados etc., dizendo mas não é possível, um pouco decepcionados, o idiota, ele não entendeu nada, deveria ter tomado o primeiro navio de volta para o Piton, na primeira escala ou imediatamente após a chegada. Que idiota! Que idiota!

Que idiota! Que idiota! — dizia o outro, que após uma curta exaltação se pôs novamente a fazer cara feia, a exsudar, a rezingar — mas seria bem possível que ele estivesse sentado isso teria estado em conformidade com diversos testemunhos já que havia lugares vazios pois não se pode dizer que o período das 12-13 horas seja uma hora de pique, a administração é categórica, talvez o vagão estivesse lotado nessa linha freqüentada por muitos americanos que se dirigem até a estação Étoile para ir conhecer o Arco do Triunfo antes de se esparramarem pelas mesas dos cafés afora — naquele dia estava calor — e ir almoçar nos Champs-Élysées. Que nada! Havia muitos lugares vazios ele está cansado de arrastar há uma ou duas ou talvez mesmo três horas seu fardo suas mãos doem e eis que ele se mantém de pé isso não cola que idéia é essa vocês devem dirigir a investigação para os fatos ocorridos no vagão e não levar em conta o que o estudante contou aliás ele não é estudante coisa nenhuma e jamais disse coisa semelhante ele sempre jurou que é operário exibindo um monte de recibos de salário carteira de trabalho e visto de permanência repetindo que ele estava sentado ao passo que o passageiro da mala tinha se recusado a sentar como se tivesse medo de perder a estação em que ia descer com o nariz pregado no vidro da porta esquerda seguindo o ritmo do vagão esse testemunho é preciso demais isso não me agrada ainda por cima ele acrescentou que em dado momento o viu fechar os olhos durante alguns segundos numa atitude de alguém que cochila mas depois não o viu reabrir os olhos porque não ficava olhando para ele o tempo todo para não incomodá-lo o trajeto inteiro sem dizer uma só palavra! Mas o cara da mala respondia com gestos — um único aliás — querendo dizer "mais ou menos" com a mão aberta de tal maneira que a palma se virasse para o chão, os dedos irregularmente abertos e sobretudo o polegar formando um ângulo de 30° com o indicador quase reto e o conjunto da mão dando reviravoltas num vaivém exprimindo a idéia de que nem tudo vai tão mal assim nem tampouco bem demais mas cá entre nós! À parte isso, tudo bem! Esquisito você não acha, sobretudo porque certas testemunhas dignas de fé asseguram que viram os dois conversando rindo e se divertindo juntos como é que pode, não se dizer nada durante um trajeto de pelo menos dez minutos diga, você acha isso normal, eu não! Dez minutos! À razão de aproximadamente um minuto e meio para cada estação ou seja sete vezes 1,5 um pouco mais de dez minutos mas nesse caso ninguém cronometrou sete estações ou seja dez percursos

    1º BASTILHA – SAINT-PAUL
    2º SAINT-PAUL – HÔTEL DE VILLE
    3º HÔTEL DE VILLE – CHÂTELET
    4º CHÂTELET – LOUVRE

o Louvre, então! o que você acha que o Louvre pode significar pra essa gente e você, você costuma freqüentar o Louvre? Ver os sarcófagos egípcios com sua netinha qual é mesmo a idade dela? Deixemos isso de lado!

    5º LOUVRE – PALAIS ROYAL
    6º PALAIS ROYAL – TUILERIES

lá também se trata de pintura, não? ou talvez se trate de tapeçaria, ah isso deveria interessá-los, eles são todos vendedores de tapete*!

    7º TUILERIES – CONCORDE

---

* Alusão a uma expressão pejorativa, de cunho racista, utilizada na França em referência aos árabes e berberes do norte da África, que são chamados de "vendedores de tapete". (N.T.)

é totalmente ilógico o fato de ele não se sentar depois de duas horas de perambulação com sua bendita mala, e então o inventário foi datilografado ou não? 35 exemplares! mas como é que pode então ele chega à estação Concorde com seu companheiro, ah isso não é possível! Ele percorre seu itinerário mais longo num tempo recorde ao passo que entre as estações La Fourche e Porte de Clichy — só duas estações — ele leva várias horas quando não há nenhuma troca a fazer basta ir sempre reto! como é que ele poderia se enganar, o pobre diabo! o mais idiota é que acabaremos confundindo os dois e a mala depois de Concorde? Quem foi que disse que não houve substituição por que razão o guia não poderia se sentir tentado a roubar a mala e desaparecer com ela, assim não podemos prosseguir faltam muitos detalhes preciso deles, então, o passageiro estava sentado ou de pé? A menos que fosse o guia que estivesse de pé ao passo que o outro estava sentado isso é mais lógico! Teria sido melhor para ele ser mais racional o pobre diabo pagou bem caro a teimosia de não querer se sentar ele não sabia que ia pagar isso com a própria vida.

Mas não foi só ele (QUANDO UM TOMATE ENTRA NUM FORNO ELE CORRE O RISCO DE SENTIR O FOGO NA PRÓPRIA PELE!), outros tinham caído, com um terrível grito, de andaimes altíssimos, com os olhos circundados pelas olheiras do pavor do vazio, friorentos antes da queda, totalmente viscosos depois, numa explosão de luz quando na verdade chovia chovia sobre as pessoas, sobre as pranchas sobre os suportes aéreos e esbeltos, sobre os rolos de fio de ferro, sobre a terra argilosa, sobre as máquinas lúgubres, mas continua chovendo e a violência primitiva dá lugar à languidez misturando pouco a pouco a água e o sangue que jorra do crânio, afligindo os olhos com uma cegueira premonitória e pestanejante; rígidos e adormecidos, caídos de alguma galáxia de cimento armada na dianteira do vazio e da vertigem, ágeis e agitados, sempre à beira do abismo que o mestre de obras designa com um dedo autoritário, esvaziados naquele momento do sangue, do suco gástrico e da saliva, desafiando o mistério, o bolor e a lama, desenredando o tempo como se desenreda a lã mole demais e inconsistente; caídos de centenas de metros por entre cabos e estruturas e morrendo no desespero mais completo a fim de escapar dos quartos fétidos na alvorada fria, das cozinhas esfomeadas (o salário tem que ser enviado), dos leitos de hospital (para fugir das enfermeiras-cavalas que os abandonam à mercê da tuberculose, da calicose e outras psicoses) e eles lavando as mãos, no fim do trabalho, com uma paciência que faz rir os companheiros de infortúnio como uma espécie de ablução cuja lembrança não passa de um atavismo camuflado ou desviado; preparando as refeições na cama, às escondidas do proprietário, sobre minúsculos aquecedores de fortuna e em panelas contundidas sobreviventes do último dilúvio (COM AS FÔRMAS PARA FORNO COMUNS É SEMPRE A MESMA COISA: QUANDO A PARTE SUPERIOR ESTÁ BEM ASSADA A PARTE DEBAIXO GRUDA. FELIZMENTE, COM A NOVA FÔRMA DE ASSAR TEFAL, TUDO MUDA: O ASSADO É UNIFORME, IMPREGNADO DE SEU MOLHO E GRATINADO NO PONTO, E NÃO GRUDA JAMAIS, GRAÇAS A SEU REVESTIMENTO INTERNO ANTIADESIVO) ou da última mudança; indo de canteiro de obras em canteiro de obras como que atraídos pelo aspecto esbelto dos andaimes e pelos guindastes último grito; tossindo os próprios pulmões no papel dos sacos de cimento; indo e vindo sem idéia preconcebida. Outros que já deixaram lá os olhos, as pernas, os testículos, os miolos e que estão trancados em asilos, prisões, coletes metálicos, próteses de plástico e que nelas perdem a pele escaldada pelo ácido corrosivo ou queimada pelos fornos (QUANDO UM TOMATE ENTRA NO FORNO ELE CORRE O RISCO DE SENTIR O FOGO NA PRÓPRIA PELE!) a gás, a carvão, a diesel, a petróleo, a cal, a óleos pesados, nos fornos de arco, de indução etc. E outros que são maltratados, esmagados, assassinados, deportados, aviltados, despedidos, odiados, injuriados, executados, agredidos, mutilados, afogados... A imagem que ele viu e reviu durante sua perambulação e que esperneava freneticamente contra sua retina ao ritmo da marcha da locomotiva puxando uma dezena de vagões todos semelhantes com exceção de um único verde-pistache ou opalino ou cor de amêndoa verde ou (I) e colando-se incansavelmente a suas pálpebras, obsessiva, detalhada e mais real que a realidade, talvez porque, não sabendo ler, ele risca mecanicamente os caracteres impressos que submergem a fotografia fazendo com que ela perca a veemência; o que lhe permite esvaziar o painel publicitário de toda aquela misturada de palavras inúteis como muletas dadas a um campeão de 100 metros para ajudá-lo por assim dizer a correr mais depressa; e ele, apagando maquinalmente toda a verborréia que envolve o objeto, guarda na memória apenas a fotografia que lhe atazana a cabeça, assalta-o e não lhe dá descanso. Porém de fato, pelo mesmo procedimento, ele elimina o prato laranja, a colher, a mão da mulher e só conserva a imagem tonitruante de um tomate recheado com carne e cinco vezes mais gordo do que o tamanho normal, brilhante de tanto óleo e com a pele enrugada e de uma consistência tal que seria possível contar as rugas sinuosas por sobre a carne vermelha do legume; e é sobretudo essa imagem que o assombra, isto é, a imagem da pele enrugada porém intacta que permite ver nitidamente, e não somente adivinhar, a textura da fina película que a protege e a polpa mole, suave e sobretudo terrivelmente sensual. O investigador dizendo: "Ele não tinha nada que bancar o idiota isso parece pouco credível mas talvez se ele tivesse se sentado como todo mundo ele não teria sido. E depois para que servem todas essas elucubrações estúpidas as pessoas não conhecem a importância do detalhe entre a posição de pé e a posição sentado existe um mundo insondável feito de um milhão de possibilidades cujo inventário será de fato necessário e depois essa história de tomate não combina com o personagem de jeito nenhum!" Depois os outros sacudidos por solavancos, jogados de uma lado para o outro, sovados, bêbados de sono e titubeando pelos andaimes de pranchas apodrecidas pelas intempéries caindo no vazio como quem se embrenha no sono macio. E o outro, o falso estudante, olhando-o cochilar pelo espaço-tempo de um segundo, com os músculos das faces relaxando-se imperceptivelmente e até mesmo com a cor da pele tornando-se lentamente amarelo-esverdeado, depois repentinamente, sem transição, ei-lo que acorda enquanto o outro pensa: "Ele acordou porque estou olhando para ele, eu não deveria ter ficado olhando." Depois o trem avançando como um bólido da cabeça fria sobre a chapa de alta tensão situada entre os trilhos e sobre a qual desliza uma espécie de arco metálico e chapado que alimenta a locomotiva em eletricidade acumulando-se invisivelmente — ao contato dos dois elementos (o trilho eletrificado e o arco metálico) com o acrílico que exala um tipo de cheiro fétido e morno. Em seguida os outros jogando dominó ou dama, com pedrinhas substituindo os botões e um desenho traçado no chão representando um tabuleiro, dizendo, quando o telegrama chega: "Que idiota, ele poderia ter feito a economia de todas essas palavras inúteis, todos esses PARE que não querem dizer coisa alguma mas devem custar tão caro quanto a palavra mais comprida que se possa imaginar. CHEGUEI. SÃO E SALVO. Eis o texto essencial. Que idiota! São e salvo! Quem foi que disse? Com certeza ele mandou o telegrama bem antes de ir para o labirinto. Mandou depois que desceu do navio. Para disfarçar o próprio aborrecimento ou para escarnecer da gente. Ele é assim. Vai, joga, e nem precisa tentar mexer na minha pedra que eu estou de olho! Que idiota, ele deveria ter batido de volta. Zombar da gente! Está perdendo seu tempo. Uma oração em nome de sua alma... ou melhor a gente vai encher a cara em nome dessa ocasião especial. Que idiota!" Depois:

4º CHÂTELET – LOUVRE
5º LOUVRE – PALAIS ROYAL

Ele acorda com o estalo das portas, pronto para pegar a mala e desaparecer no dédalo do qual não entende nada mas que começa a tornar-se familiar a tal ponto que um pouco mais tarde ele começará a pensar que afinal ele não se sente assim tão mal nessa confusão extrema de espaços e nomes aglutinados como um monte de inflexibilidades ao mesmo tempo oblíquas e sinuosas através de uma inextricabilidade com certeza enlouquecedora, porém da qual ele começa a apreender os espasmos, as revoluções, os retornos, os entusiasmos repentinos e sobretudo os sinais nem sempre aparentes que ele está começando a perceber com freqüência a partir de uma opacidade enevoada por mil acontecimentos que intercedem uns nos outros numa rede aparentemente incoerente mas que permanece apertada, agressiva e até mesmo repressiva. Repetindo para si mesmo que afinal ele não se sente tão mal assim e que está pronto para aceitar qualquer coisa agora que o outro foi embora dando como pretexto alguma compra urgente, deixando-o lá, esvaziado e desamparado suando muito, sentado num banco, os cotovelos sobre as coxas e as duas mãos segurando o rosto, os olhos parecendo ausentes mas perscrutando, no chão, as centenas de pés de tamanhos diferentes e calçados de maneiras diferentes que avançam — grotescamente — uns após os outros, jamais com passadas do mesmo tamanho, sempre com uma defasagem mais ou menos grande, ou deslizando, ou apressando-se num movimento sincopado e trapalhão a tal ponto que se pode confundi-los, extraviá-los, multiplicá-los, perdê-los de vista para depois reencontrá-los um pouco mais tarde, com um alívio evidente mas fútil. Mas olhando a horda em marcha, ele acaba fascinado e livra-se, por vários minutos, daquela ansiedade que sentia no mais profundo das vísceras, dizendo a si mesmo um pouco mais tarde, afinal não é assim tão ruim morrer cercado por uma multidão tão enorme não é no Piton que eu correria o risco de passar por isso ainda mais que minha morte vai petrificar os três ou quatro velhacos (ele não sabe com certeza se o proprietário da mercearia faz parte do clã deles) acusando-se uns aos outros da responsabilidade por meu falecimento não podendo mais, por isso, beber, nem jogar damas, nem fazer a sesta, nem copular com as mendigas (que decadência depois de terem bancado os sedutores durante anos e anos!), nem mostrar fotografias (a quem eles mostrariam?), nem contar lorotas ao povo do Piton, tomando de repente consciência do fato de que os três (ou quatro) velhacos não passam de assassinos que o encorajaram a partir, quando sabiam com certeza que ele corria graves riscos; decidindo-se a excluí-los definitivamente — da aldeia e a exilá-los em alguma cidade pretensiosa (assaltada por chaminés de fábricas reluzentes, por carros de cores vivas e pelas cores da petroquímica conquistadora), na qual eles poderiam dar livre curso aos vícios e à imaginação, jogar damas com verdadeiros botões de madeira preta e branca; desdenhando o dinheiro deles (economias juntadas graças às operações duvidosas ou a aposentadorias ganhas ao clarão do acetileno?) rompendo irremediavelmente com eles; orando pelas almas deles... Não é assim tão ruim sobretudo porque o calor começa a diminuir (talvez do lado de fora o verão agonizante tenha se detido bruscamente, varrido pelas trombas d'água, pelas rajadas de vento, pela queda da neve) e porque ele decidiu sentar num banquinho por um momento e descansar da mala, arrumando seus documentos e papéis (o outro também lhe deu um, como se quisesse livrar-se de sua má consciência de imigrante que deu certo e conhece os itinerários de metrô, de ônibus, de trem, de navio e até de avião; insinuando-se através das malhas dessas redes com aquela agilidade característica das pessoas que estão sempre prontas para o que der e vier, concentrando-se, com a cabeça entre as mãos como se quisesse triturá-la, tirando dela a solução que lhe permitisse organizar o quebra-cabeças de maneira mais eficaz e mais rápida; descobrindo, de repente, que a moça — uma menina de quinze anos exageradamente rebocada a tal ponto que se pode perguntar se, sob suas roupas, a pele dela não seria inteiramente tatuada de desenhos eróticos ou publicitários representando poses lascivas, obscenas, *sprays* para os cabelos, perfumes para idades tenras, batons violeta, pós-de-arroz cor-de-rosa, bases abricô-pêssego, sombras para as pálpebras lápis-lazuli, esmaltes para as unhas carmim, perfumes verde-limão, xampus sofisticados, discos estridentes, calças jeans apertadas, camisas bordadas, revistas afetadas etc., tudo desenhado com um batom vermelho escarlate e oleoso — sentada ao lado dele levantando a parte baixa de sua perna esquerda aquela que está ao alcance da mão dele que ele aperta cada vez mais a fim de dominar sua perturbação, de uma maneira muito sugestiva tanto quanto langorosa e lenta, lenta, desnudando a perna alta e delgada e lisa e esticada de carne firme e bronzeada em que o náilon faz aumentar, como uma lupa, a textura da pele com os poros bem fechados e veementes, que formam um tecido de círculos concêntricos, que se esparramam no sentido da largura e desaparecem sob a parte interna da coxa num subentendido enlouquecedor deixando-o inundado de suor, tomado por um frenesi completamente interior (palavras retidas na garganta, contas de rosários, filtros de sol com diafragma de 20, 22, pepitas de luz dando reviravoltas através das pálpebras, visões arrumando em série o lençol de ar condensado em volta de seu naufrágio, pedrinhas incomodando dentro dos sapatos doloridos, carrilhões sonhados ou percebidos nos painéis publicitários, rangidos de dentes de pneus resinosos à beira da deliqüescência, gritos de cansaço modulados segundo o ritmo da locomotiva alegrinha, vozes transmutadas pelo vinagre e pelo mel, suspiros enlanguescidos aquém da desmesura, bocadinhos de frases trituradas ou esmigalhadas, solilóquios, fastidiosamente moídos e apagados em certos pontos etc.) repetindo mas o que ela está fazendo? sem poder acreditar no que está vendo, inundado pelo calor, cheio de cansaço...

2º SAINT-PAUL – HÔTEL DE VILLE
3º HÔTEL DE VILLE – CHÂTELET
4º CHÂTELET – LOUVRE
5º LOUVRE – PALAIS ROYAL
6º PALAIS ROYAL – TUILERIES

...Cheio de cansaço, inundado de calor, sem poder acreditar no que está vendo diante da tela amarelada sobre a qual ele olha o veículo estremecer como um escaravelho com as asas regiamente abertas mas acometido por um tique que torna sua marcha carregada e o afeta tanto a ponto de levar à imobilização total, encarquilhado agora no interior de si mesmo, batendo a cabeça às cegas para sair, tateando para encontrar a saída aparecendo desaparecendo como um tropismo de alumínio prateado, preso em sua própria armadilha, sacudido pelos diversos desníveis do trem, morto! semelhante em todos os sentidos à idéia que tem de si mesmo como esses animais sem cérebro que são submetidos a experiências de laboratórios reluzentes de tão brancos lançados em circuitos sobrecarregados de obstáculos para que se possa analisar, controlar, medir e quantificar suas reações, seu comportamento, sua inteligência, sua inibição, sua capacidade de habituar-se a uma situação etc. Temendo já o momento em que ele vai se separar do companheiro que partiu contando os assentos, ao passo que ele teria ganhado mais lendo a placa de esmalte branco com letras azuis: (48 lugares sentados) enganando-se por querer, incomodado pelo silêncio do outro preso nesse jogo de sombra e luz que parece se projetar no interior de sua própria pupila, pensando de novo nos que ficaram lá longe, pregados atrás de suas damas ou dominós e que exibem a cada domingo uma velha caixa caiada de 2 x 2 m que eles penduram na parede externa da loja, junto com um velho projetor (16 mm) herdado com certeza por um deles de uma daquelas guerras que eles fizeram em algum canto do universo, ou então transportado da cidade em que eles passaram a metade da vida, ou então roubado de algum serviço psicológico e itinerante de algum exército de ocupação, durante a guerra de sete anos, um (Kodak) 1932 ou um (Pathé) ou um (Bell & Well) ainda mais velho e cuja data de fabricação eles teriam falsificado, projetor que eles alçam sobre uma pedra quadrada de um metro de altura que serve de pedestal, colocada na soleira da porta — centro e coração da aldeia e onde se encetam as transações, concluem-se os casamentos, reconciliam-se os camponeses que brigam por causa do mesmo quinhão de terra, obtêm-se as autorizações, os passaportes, os privilégios, as exonerações de imposto, os vistos para o transporte de certos gêneros alimentícios (farinha, sêmola, açúcar, chá etc.), contraem-se maus hábitos, lêem-se os jornais políticos, comentam-se as diferentes exegeses do Corão, são oferecidos cursos noturnos, formam-se os rumores etc. — e que vai, desde que cai a noite, destilar imagens sépia ou aquarela ou camafeu emitidas através de um movimento irregular que criva a tela de manchas pretas e brancas e pontilhadas e vergastadas de sombreados entrecruzados de formas vermiculares, com um horrível barulho de motor, do qual fazem total abstração os espectadores que compraram uma entrada, fascinados que estão pela projeção das atualidades de outrora em que os personagens se movem constantemente e em que os chefes de Estado oferecem o espetáculo de crises de epilepsia a públicos apreciadores de discursos intermináveis, dos quais os habitantes do Piton são privados porque o aparelho de projeção 16 mm não é dotado de alto-falante; sobressaltando, estremecendo, acometidos de ataxia, epilépticos, os personagens dessas fitas de atualidades (sendo os filmes de ficção excluídos porque o pessoal da mercearia pretendia, por meio das atualidades, mesmo muito antigas e historicamente ultrapassadas, dar lições de alta política, certo que estava da repetição dos fatos históricos) tinham a mesma inconsistência da imagem invertida que esperneia no vagão, pregada na parede do túnel da linha nº 1 (Château de Vincennes – Pont de Neuilly), ainda por cima com essa textura irregular, abundante de estrias e de sombreados encrespados como se fossem furar a tela factícia pintada a cal, e característica dos velhos filmes que os velhacos passavam e repassavam, para apoiar suas teorias falaciosas. Incomodados, pois, ambos não sabem como fazer para se despedir e montam, cada qual do seu lado, algum plano escabroso para que a separação não ocasione manifestações de humor deslocadas em tal contexto (abraço, troca de fotos, de endereços e presentes, fórmulas de cortesia e agradecimentos, gestos de adeus, lenços desdobrados, gestos desajeitados, momentos de apraxia, transbordamentos, efusões, lágrimas interiores, palavras gaguejadas etc.) que não somente traz a marca daqueles que o estruturaram dessa forma, como ainda o hálito e o cheiro deles veiculando no ar certo odor de fenol (C_6H_5OH) corrosivo, tóxico e anti-séptico, à base de alcatrão, e que o incomoda horrivelmente.

7º TUILERIES – CONCORDE

Depois, o mesmo itinerário, mas ao contrário:

6º PALAIS ROYAL – TUILERIES
5º LOUVRE – PALAIS ROYAL

Depois, afrouxado de novo, ele é empurrado fortemente, espremido, palavras transpassam suas costelas, piores do que balas de 6 mm porque ele não as entende e tem vergonha de introduzir-se nesse mundo excluído e extenuante em que o assediam, atam-lhe pés e mãos, fecham-no numa galeria subterrânea em que mais nada do mundo real subsiste e onde tudo é artificial (o ar, a luz, o tempo, o espaço) e no qual nada mais é comum porque extremamente banalizado, colocado lá após longos e minuciosos estudos sobre o comportamento, o mercado, o terreno, a localização etc. E nem as bancas de jornal, nem as lojas de roupas, nem as pessoas apressadas, extenuadas e sobretudo implacáveis consigo mesmas e com os outros, escondendo sob seus traços rudes os momentos em que riram, choraram, amaram, tiveram medo, sorriram etc., como se os camuflassem sob máscaras de poliéster de cor clara, nada disso é autêntico. Ele caminha por novos corredores intermináveis, detem-se diante de uma máquina de vender chiclete, observa atentamente como fazem as pessoas, vê qual é o tamanho e a cor da moeda que elas introduzem na fenda e, ao se encontrar sozinho, introduz sua moeda e ouve quando ela cai no interior com um ruído característico mas quando ele vai puxar a alavanca ela está travada e não cai nada da máquina. Tapeado! Ele retoma então sua caminhada e sofre a agressão de centenas de espaços jorrando de todo lado, à direita, à esquerda, escorando e lixando as superfícies exangues ou rebocadas, sempre sob forma de dédalos, de corredores, de passarelas, de escadas, de níveis diversos, de encruzilhadas hostis e cheias de vento que ele contorna a cada vez que é possível — o que geralmente faz com que perca o sentido de orientação — mas que ele não tem coragem de enfrentar por medo de sucumbir no meio delas com sua mala caindo no chão do lado dele, dessa vez irremediavelmente aberta porque as fechaduras ou travas ou ambas ao mesmo tempo não terão podido resistir e terão cedido permitindo assim ao conteúdo (um enorme albornoz, um macacão de operário, um paletó de cotim que faz parte de um terno cuja calça comprida ele está usando, e diversos pacotes embrulhados em papel mas que deixam à mostra velhas latas de biscoitos cuja marca é ilegível, frascos de vidro, caixinhas de madeira etc.) que se esparrame. Ele começa a ter a impressão de excrescências múltiplas que lhe saem da cabeça e cuja origem é difícil de localizar. Ele se põe a acreditar, de repente, que seu crânio está cheio de buracos que deixam escorrer uma viscosidade granulosa que perturba a visão ou diminui sua intensidade ou a corta completamente durante alguns segundos durante os quais ele perde a memória e se livra do futuro. Vertigem! Solilóquio! Transe!

Sua intrusão pela confusão e pela desordem dos sons e objetos cada vez mais compactos torna-o suscetível. Ele anda sem sair do lugar. As placas de acrílico metade laranja metade creme sobre as quais estão indicadas as direções, assim sombreadas perfuram-lhe a cabeça e fazem com que ele se lembre de luzes de carros de polícia a turbilhonar, ambulâncias e luzes laranjas que não param de piscar e que ele viu quando atravessou a cidade em que seu navio aportou. Ele não pode se impedir, cada vez que as vê, de experimentar um sentimento de mal-estar e culpa. Assim ele as evita e concentra seus esforços nas placas que indicam o nome da estação repetido em dezenas de exemplares, ou talvez até mais: CONCORDE-CONCORDE-CONCORDE-CONCORDE-CONCORDE-CONCOR- tão mais aterrorizadores quanto sem significado algum para ele, mas ao mesmo tempo ele percebe muito bem que são formas cuja importância não lhe escapa, no mínimo pelo fato de elas se mostrarem lá em repetição, por diminuírem, refletirem-se, aumentarem, multiplicarem-se segundo um ritmo alucinado que listra sua cabeça como relâmpagos cintilantes azuis e brancos, apagando-se de vez em quando num dilúvio de pontinhos ou pastilhinhas vermelhas e verdes que lhe transpassam o crânio e se esticam para formar uma multidão de linhas de todas as cores abundantes na altura de seus olhos e que ziguezagueiam até o infinito, encetando uma vontade de prosseguir na caminhada, de continuar a se agitar para provar que ele não é covarde ao passo que a sonolência começa a embaralhar suas idéias, a enredá-las como um novelo de lã doloroso e inextricável de pressentimentos, de apreensões e de repulsões que aumentam a vontade de vomitar, a transpiração e o cansaço. Aliás a iluminação não é feita para atenuar essa impressão enlouquecedora, cromática e vibratória que desenha ondas e elipses no ar raspando seus olhos apesar de serem de cores diáfanas e delicadas, talvez, por causa da multiplicidade das fontes e dos focos que se subdividem, cada qual, em milhares de fragmentos oblongos e circulares, espalhando-se e volteando pelo ar, dando aos rostos cores lívidas e esbranquiçadas (néon) ou apagadas e sem brilho (lâmpadas de tungstênio); e toda essa acumulação de ondas eletromagnéticas que se refratam, absorvem-se, diluem-se, interferem umas nas outras, decompõem-se através de trajetórias múltiplas, veiculando luzes invisíveis e luzes negras cujos corpúsculos quase se imbricam em sua cabeça, abate-o, sensibilizado que ele está, à espreita, consciente da abundância e do fervilhamento das formas materializadas pela difusão da iluminação passando através de prismas e desvios, criando manchas, auréolas, sombreados circulares, salpicando a fluorescência, irradiando coisas que são elas mesmas de mil tons, tornando a atmosfera fluida, como que derretida e isso apesar dos brilhos bruscos de luz nessa ou naquela zona, quase vaga. Ele, escorado em toda essa devassidão de luzes, sente-se vagamente tentado por uma espécie de tropismo, que o mantém acordado porque ele não quer se deixar absorver pelos sinais intermitentes que o espreitam para invadi-lo, maravilhá-lo e enlouquecê-lo. Assim, consciente do perigo, ele se levanta depressa e pega sua mala, tira de novo seus pedacinhos de papel (agora mais ou menos uns dez), que segura entre o polegar e o indicador da mão direita, carregando seu fardo com a mão esquerda com o braço um pouco caído para diante de forma que a cada virada de corredor ou a cada subida de escada rolante ela aparecia precedendo o corpo de.

Fluidez do instável pestanejando laranja e azul como um sonho cortado em dois para liberar as cores e as impressões subjacentes que fermentam no interior do sono sob o fermento das palavras trincadas, apagadas, rasuradas, desarticuladas e cuja significação permanece parcial para o imigrante prisioneiro de seu assombro como um zangão tirado do eixo pela estrutura dos alvéolos dos quais ele retira o mel, preso entre a transumância e a meditação, lembrando-se dos verões de seca com gosto de canela vendida aos bocadinhos pelo quarto cúmplice no antro fresco e por assim dizer costurado com cordas e cabos (o aparelho de projeção!) com o ar seco e aromático com um cheiro bom de abricôs que secam sobre os tetos, esvaziados dos caroços, cortados em dois, abertos e achatados, estendidos sobre as telhas milenares aumentando a resplandecência flagrante do meio-dia ao ganhar o Piton pela parte de baixo antes de invadi-lo completamente numa espécie de movimento lascivo fazendo transbordar a aldeia sempre opaca, sempre vaga, talvez por causa de um esparramamento abstrato esfregado com ferrugem e ocre e circundado por animaizinhos meio sonolentos, meio em estado de alerta, assediando os intrusos e os indesejáveis pois ninguém se mexe com exceção dos pequenos animais e dos quatro velhacos que não levantam de madrugada para ir colher os abricôs ou ceifar o trigo e que dormem até tarde, tranqüilos que estão por guardarem suas economias embaixo do colchão com toda a segurança, certos de poderem projetar uma fita de atualidades consagrada a Atatürk*, fichada em suas memórias nebulosas como um revolucionário autêntico porque fez, conseguiu fazer com que seus concidadãos passassem a usar chapéu. Um ar seco e resplandecente que não tem nada a ver com essa estufa caseosa cuja atmosfera destila um odor de lã molhada, de redondezas de matadouro, de vísceras lavadas com amoníaco, escoando lentamente como uma espécie de matéria espessa e úmida na qual ele se move, trazendo na memória e na pele impressões e sensações que o impregnam até a confusão — intermitente — dos lugares, épocas, gestos,

---

* "O pai dos turcos", apelido de Mustafá Kemal, político turco, célebre por ter lançado as bases de uma nação turca laica (daí a alusão a um acessório da moda ocidental). (N.T.)

ações, como se seu cérebro tivesse sido dotado para toda a eternidade de uma espécie de *spot* luminoso e frágil, sem dúvida, mas vermelho e assaltado por um estremecimento espasmódico e perpétuo como os que são vistos crescendo e decrescendo ao mesmo tempo em que desenham curvas sinusoidais quando se faz um eletroencefalograma num doente em estado de coma — vítima de acidente de automóvel ou de um traumatismo qualquer — com o cérebro, como o seu, emitindo ondas elétricas irregulares às vezes rápidas e inconstantes, às vezes fracas e átonas, com uma única diferença: o *spot* que se vê sobre a tela é branco ao passo que o que ele tem — confusamente — impressão de carregar dentro da cabeça é vermelho-alaranjado ou violeta, mesmo que ele jamais tenha visto algo semelhante em sua vida...

O outro resmungando: "Mas quem disse que ele desmaiou na estação Concorde? Você é que está ruim da cabeça desconfie das aparências em vez de se deixar dominar por um lirismo ridículo em tais circunstâncias não posso acreditar que você faz isso por querer, francamente! Aliás há um documento que desapareceu do dossiê não estou querendo dizer que foi você, ah! isso não! eu não tenho nenhuma prova mas por favor evite tanta subjetividade a cada vez que conseguimos avançar um pouco tenho a impressão que alguém tenta apagar as pistas preste atenção faço questão absoluta de resolver esse caso ele aconteceu no meu setor e isso é o bastante para que eu faça tudo o que é necessário a fim de esclarecer tudo tenho a impressão que você quer me contradizer é claro que alguém falsificou alguma coisa nesse dossiê essa história de marca de sapato cuja fotografia foi subst. mas quem foi que disse que ele desmaiou? Duvido até que ele tenha se sentado num banco depois de ter chegado na estação Concorde você conseguiu localizar a menina que tem a pele tatuada? A não ser que isso não passe de uma invenção como é que você explica o fato de ele não ter se sentado durante todo o trajeto Bastilha-Concorde apesar do convite de seu primo e que desde que desceu na estação tenha ido correndo sentar segurando a cabeça com as mãos e olhando com o canto dos olhos as pernas da menina de meia-calça, ora essa! Seria simples demais, mas não! Trate de encontrar essa menina antes de mais nada aliás eu me pergunto com todos esses exibicionistas a menos que a testemunha que você arranjou tenha confundido o que ele pensa que viu, isto é, uma moça de dezesseis anos arrumando sua meia-calça e mostrando as pernas num banco de metrô, com um outdoor representando uma moça que exibe uma marca qualquer de meias-calças verdes, azuis, vermelhas etc., o que é que você acha? Mas se essa moça existe mesmo então trate de encontrá-la e trazê-la até mim Deus do céu! E o inventário da mala? O quê? 35 exemplares? Não é um pouco demais, não seja crédulo meu chapa vê se não complica a minha vida nem esquece que no meu setor sou eu quem manda, entendido? agora se ocorre falsificação dos documentos da investigação isso é muito grave e eu vou dar um jeito para encontrar o responsável pode crer no que eu digo ah! isso é certeza filho de uma mãe em meu próprio setor!

Linha 12

A aglomeração de homens, mulheres, crianças e um ou dois varredores de rua negros (bastante reconhecíveis devido a seus uniformes azuis e sobretudo devido às imensas vassouras cuja ponta do cabo, de madeira, se encaixa nas ripas transversais de metal riscado, de aço, e cuja parte de baixo — que eles viram para cima — constituída por ramos de estorga (ou de giesta ou de junco) se encontra quase colada aos rostos deles, escondidos por múltiplas ramificações que lhes permitem dissimular-se e passar quase despercebidos) está imóvel em pleno meio da escada rolante (existem 164 no Metropolitano inteiro, todas cobertas de inox brilhante e com degraus que se formam imediatamente depois da plataforma de partida que não passa, no início, e isso por alguns metros (3 ou 4), de um tapete rolante como esses que se vêem nos corredores mais compridos, para depois arrumarem-se uns sobre os outros como se saíssem da terra com uma lentidão totalmente calculada e depois desaparecerem de novo a alguns metros da plataforma de chegada, e depois reassumirem a forma inicial plana). Essa operação que se faz com um ronrom abafado de motor não espanta ninguém no grupo que continua imóvel mas que agora não está mais no meio da escada e já percorreu quase três quartos da distância total. As crianças calam-se, amedrontadas talvez pela impressão de grande velocidade que move a maquinaria e que não passa de aparente pois na realidade a escada rolante avança muito lentamente. O aparecimento e o desaparecimento irregulares e simultâneos de diversos degraus cintilantes dão — com a ajuda dos jogos de luz — uma idéia de velocidade vertiginosa que desaparece sempre que o último degrau engolido pelo chão dá lugar ao tapete rolante cuja lentidão — real — parece maior quando comparada à das escadas que entram e saem, despontando e desaparecendo com aquele ronrom característico e quase inaudível. O grupo imóvel e compacto (cerca de dez pessoas) ocupa sozinho a escada de comprimento apreciável e cuja curva é agora quase perfeita ondulando através do espaço e dando a impressão de poder manter-se no ar unicamente pelo milagre da mecânica como se não houvesse sob os degraus toda uma maquinaria gigantesca e ao mesmo tempo precisa, poeirenta e preta de graxa que é vista de tempos em tempos, quando a escada pára de funcionar e uma equipe de operários vem consertá-la, tirando o inox brilhante e deixando aparecer um ajuntamento desorganizado de bielas, cardãs, rodas, encaixes, propulsores, correias, protuberâncias cheias de dentes e virabrequins cujos esqueletos se ramificam à direita e à esquerda fazendo funcionar ondulatoriamente o conjunto da máquina. Quatro ou cinco pessoas mantêm-se do lado esquerdo com a mão descansando sobre a esteira de apoio recoberta de borracha e deslizando acima da parede metálica da escada cuja superfície brilhante e polida contrasta com o aço que recobre os degraus listrados de linhas transversais acrescentadas à matéria como um enfeite do qual não se percebe a necessidade a menos que ele sirva de armadura para consolidar o aço dos degraus. À direita estão pousadas apenas duas ou três mãos, o que quer dizer que faltam as mãos dos varredores negros escorados nas vassouras, com os olhos no vazio, e a mão de uma menininha agarrada ao braço da mãe. As mãos assim pousadas, à direita e à esquerda, parecem tomadas de um tremor que seria divertido se rapidamente não se pudesse perceber que ele é transmitido pelo apoio emborrachado em perpétuo movimento circulatório, a menos que isso não passe de uma ilusão de ótica provocada pela movimentação da escada e pela trepidação da luz dividida em milhões de corpúsculos furta-cor reluzindo continuamente contra a matéria densa e polida das paredes laterais, granulosa e riscada pelos próprios degraus. Um pouco à parte (alguns centímetros) o passageiro, mala na mão, observa silenciosamente o grupo que o intimida por sua fixidez vertiginosa ao passo que em volta, por todo lado, as coisas se mexem, devoram-se, absorvem-se, reaparecem, voltam à superfície, grão por grão, placa de luz por placa de luz, reunidas em tabuleiro de xadrez sem fim, dissolvendo-se no espaço, esmagando-o e fechando-o através de curvas, superfícies e estratos sobrepostos uns aos outros, dirigindo-se para o alto, detendo-se a alguns centímetros do teto, com a ossatura impressionante trancafiando o espaço, como uma barreira metálica oposta à imaginação, ao abandono e ao sonho (e não somente o dos trabalhadores negros agarrados a suas vassouras) amassado, quebrado em mil cacos de vidro, de quartz, de mica e de silicato. Agora que ele domina um pouco os outros, ele tem uma opinião diferente dos companheiros dos quais não vê mais os ternos, os casacos, as túnicas, os mantôs, os flancos, os braços, os rostos etc., mas sim os crânios, os pescoços, as orelhas, os colarinhos de camisa, os lenços de seda, as echarpes etc. O que o intriga ainda mais é que, na plataforma de partida que se distancia cada vez mais, ninguém aparece, como se o grupo tivesse a exclusividade do uso da escada rolante, pelo menos durante esse percurso, porque ele não parou de olhar para as duas extremidades: o ponto de partida e o ponto de chegada, de tão desconfiado que é e ainda mais desconfiado quando se trata de utilizar essas engenhocas automáticas e coruscantes que o suspendem acima do nível normal e o levam pelos ares afora lá onde a atmosfera, um pouco diferente da atmosfera aqui de baixo, o envolve insidiosamente e o tranqüiliza apesar de tudo porque ele percebe muito bem que se trata da atmosfera do metrô mesmo com algumas nuances que a diferenciam e que suas narinas sensíveis percebem de tempos em tempos. Ele se pergunta se não se enganou ou se não está viajando com um grupo especial, coisa que não teria o direito de fazer, prestes a reconhecer que está cometendo uma infração contra as leis em vigor. Mas ele é logo tranqüilizado pois lá embaixo nos degraus, lá longe, um grupo de jovens barulhentos e pândegos sobe na escada e pouco a pouco eles os vêem sendo alçados uns acima dos outros de acordo com os degraus que vão se multiplicando, surgindo do chão e formando espécies de caixotes retangulares de aproximadamente 20 cm de altura ziguezagueando na luz artificial e engolindo o que está em volta e é fixo (corredores, pessoas, grades, teto etc.), ao passo que, quase chegando no alto da escada, as pessoas que compõem o grupo continuam caladas, como se o fizessem por querer, com o objetivo de amedrontá-lo, recusá-lo e rejeitá-lo, eliminando-o assim por meio de uma espécie de complô do silêncio cujas conseqüências o apavoram de tanto que os outros são rígidos, com rostos rudes e recalcitrantes trazendo no lugar dos olhos nódulos glaucos e cheios de estrias compostas por um líquido avermelhado.

E outro dizendo mas sim é isso, é isso eu garanto era ele mesmo estou reconhecendo afinal não é difícil reconhecê-lo eu tenho certeza ah! isso é certo por nada nesse mundo ele teria deixado sua mala, por nada, eu achei que ele tinha um jeito simpático e fiz até uma brincadeira sobre o maletão que ele carregava, devo ter dito algo como: "E então, o que é que tem aí dentro, lingotes de ouro?", mas ele não tinha ares de quem apreciasse meu humor — sabe como é, a gente faz o que pode — ou quem sabe ele nem ouviu nada com toda essa barulheira que faz a escada rolante e depois tem mais, estou me lembrando agora, tinha um guri que vociferava e a mãe da criança a beliscava para que se calasse, o que provocou a ira de uma velha senhora indignada com tal comportamento tão pouco natural e tão sádico. Acho que foi essa a palavra que ela disse: "Sádica!". E a velha senhora estava tão irritada que o marido dela, da mesma idade, pôs-se a falar em voz baixa, com certeza para aconselhá-la a não se meter na vida alheia. Não, nada disso, pode ter certeza, não é para ver minha fotografia nos jornais, você sabe muito bem que atualmente isso é extremamente banal, não, não, é porque achei o cara simpático, como dizer... um pouco orgulhoso, talvez seu nariz é que desse essa impressão, não sei, só sei que cheguei a lhe dizer: "Põe teu maletão no chão, ora essa não vai dizer que você roubou todo o ouro do Banco da França!", ou algo do gênero, uma idiotice qualquer; tinha muita gente naquela escada rolante, uma de modelo velho, mas não como essas que eles instalam agora por todo lado, sabe? os degraus eram de madeira, muito barulhentos, a escada era lenta, sujíssima, não é que eu queira falar mal do pessoal que faz a limpeza mas somente para lhe dar detalhes, já que insiste tanto nos detalhes, acho que isso é um detalhe, não é? Ah! a mala dele, então, não era ruim, não era muito nova, mas ainda brilhava, com duas correiras de couro sintético que se fechavam com ajuda de duas grandes fivelas douradas, mas nossa, como ela estava cheia, a ponto de formar bolotas desse tamanho, com certeza continha objetos pesados ou caixas ou sei lá o quê, por isso é que tive a idéia de fazer essa brincadeira com o Banco da França; ele não tinha ares de apreciar afinal é direito dele como também é meu o direito de brincar como eu bem entender, reconheço que às vezes minhas brincadeiras não são tão boas mas, voltando ao assunto, como a tal mala estava cheia! Ele também carregava um maço de papéis apertados numa mão, era dinheiro, segundo o que pude entender, talvez seja por isso que pensei na história do assalto ao banco. Ora, não é que eu tenha a imaginação fértil mas basta abrir um jornal para ter uma idéia desse vasto assunto. Não me queira mal por minha maneira de falar disso, nem por eu mudar de assunto o tempo todo, é uma mania que eu tenho, mas pode observar que não perco o fio da meada. Então, ele estava sozinho num degrau da escada rolante, dois ou três degraus acima do grupo que continuava a trocar insultos por causa daquela história da criança maltratada pela mãe; mas eu não nada nem ninguém. Alguém disse à velha senhora: "Mentirosa!" e depois se calou, descendo bruscamente a escada, como se estivesse cheio daquela história idiota. Aliás, essa pessoa tinha razão. Quanto a mim, estava fascinado pela mala, ah! realmente, belo couro, mas impressionante como ela estava cheia e dava pra perceber que ia estourar de um momento para o outro, e eu disse a ele: "Mas ponha sua mala no chão, ela não é feita de metal precioso!", ou algo do gênero, mas ele não tinha ares de me escutar. Se estou contando tudo isso, não é pra ganhar uma medalha ou as felicitações da polícia, você sabe. Mas eu tinha achado o cara simpático. Eu não sabia que ele estava perdido, senão teria ajudado, claro! Mas pensando melhor ele era muito esquisito, bem que poderia ter dito que estava perdido, ora! Eu o teria ajudado!

E lá, de novo o mapa que ele não entende mas que o atrai, espanta-o e fascina e no qual linhas ziguezagueiam através de meandros vermelhos, pretos, amarelos, verdes, azuis, vermelhos de novo mas agora sombreados de preto, depois azuis sombreados de vermelho, depois verdes sombreados de branco com círculos vazios no interior e círculos pintados de preto, depois números que ele sabia ler (10, 12, 7, 1, 2, 5 etc.) depois nomes, uns escritos em negrito outros não mas o conjunto desenhado com signos que pareciam às avessas a não ser que. Com dobras e mais dobras trotando através de uma rede apertada de linhas quebradas, segmentadas, partidas e indo em diferentes direções formando entrelaçados, emaranhados, trapalhadas e encavalamentos de tal forma difíceis de interpretar que nos corredores de certas estações, muitas vezes diante da porta de entrada principal, foram instalados dispositivos elétricos que permitem uma leitura mais fácil do mapa ainda mais que esses painéis são luminosos, somente é preciso dizer que para chegar a utilizá-los é necessário saber apertar o botão adequado; e uma ou duas vezes ele permaneceu diante desses aparelhos que se iluminam com grafismos fabulosos, detendo-se num ou noutro deles mas de maneira nítida e sobretudo arbitrária, vendo apagarem-se os itinerários rapidamente para dar lugar a outros que aparecem cadenciados, modulados, serpenteando e avançando num jorro fosforescente e colorido de verde, azul, vermelho, de acordo com a direção, com o número da linha e com a destinação daquele que apertou o botão. Com esses sinais rachando a matéria plástica ou de fórmica ou de acrílico com mil curvas fazendo espécies de chagas vivas no próprio material pintado batendo ao ritmo dos corpúsculos que se entrechocam, colidem e fazem brotar a eletricidade, mutilando-a e degradando-a até porque ela jamais está em repouso e porque ela se encontra à mercê de qualquer patife que queira apoiar sobre o botão, ou sobre diversos botões ao mesmo tempo, como alguém que tocasse uma melodia ruim no teclado à direita e à esquerda do pedestal do dispositivo que oculta, com certeza, entralhas de fios de aço e tripas torturadas; à mercê de qualquer criança ou jogador de fliperama fascinado pela semelhança entre os dois sistemas, inventando, certeiro, um meio para poder transformar aquilo num jogo, com suas próprias vitórias e suas próprias derrotas, dizendo ao passageiro estarrecido e perplexo, detido diante do aparelho: "Está vendo, o mundo se reduz a um jogo de fliperama, nada mais! Olhe, você não pode imaginar como isso parece com o fliperama, tudo o que tenho a fazer é imaginar que há uma bolinha na ponta de cada itinerário! O único problema é que só se pode apoiar num botão de cada vez, evidentemente, se não fosse assim, há muito tempo eu já teria transformado essa engenhoca num fliperama gratuito e popular, mas vamos logo temos que nos apressar eu tenho um compromisso ah! não, não se preocupe não se trata de namoro é mais importante do que isso. Mas não posso contar. Ah! bendita mala, como ela parece pesada. Olhe só, isso faz com que você tenha um ombro mais baixo que o outro. Mas para continuar falando do fliperama... sabia que..."

Depois com todos esses diferentes níveis, ele tem a impressão (mesmo sendo verdade que depois de passar por todas as portas, portões e outros sistemas automáticos de fechamento ele tenha acabado por entender tal artimanha e não caia mais na armadilha, apressando o passo quando vê que vão fechar, lentamente, com um estalo lúgubre, com a dobradiça em arco abrindo-se à medida que a porta vai se fechando, chegando mesmo a correr e conseguindo passar *in extremis,* olhando para trás para ver as outras pessoas que ficaram presas do outro lado do portão como uma barreira colocada irremediavelmente entre elas e o resto do mundo, imóveis, sem se mexer, quase que retendo a respiração, olhando com grande pesar o metrô que se enche, suas portas que se fecham e a locomotiva que parte bem debaixo do nariz delas, impotentes e tristes por causa da peça que lhes pregaram sempre com os rostos semelhantes a verdadeiras máscaras crispadas aflitas e lúgubres cujo uso se destinasse exclusivamente ao Metropolitano; depois o portão se põe a girar lentamente muito lentamente como se quisesse exasperar todo mundo mais do que nunca e se põe a crescer e o intervalo que separa os dois batentes se põe a aumentar, mas antes de a porta abrir-se inteiramente, ele tem tempo para olhar as pernas e os pés dos que esperam atrás da porta, também imóveis, uns ao lado dos outros, parecendo cortados no nível da tíbia, sós, mecânicos e estúpidos, deixando ver apenas a parte debaixo das calças dos homens, os sapatos, as tíbias nuas ou cobertas por uma meia-calça transparente das mulheres com sapatos de saltos altos mas tão empoeirados quanto os dos homens, sem nenhuma originalidade especial. Mesmo que saiba agora se virar com esses portões automáticos que tinham lhe dado tanto desgosto no começo, chegando mesmo a experimentar um prazer malicioso em passar no último minuto, dando a si mesmo margens cada vez mais estreitas, caindo dessa maneira na armadilha dos velhacos que tinham predito que ele acabaria gostando do metrô...) de que o enganaram, também com todas essas passarelas, essas pontes metálicas jogadas sobre o vazio acima dos usuários lá embaixo e colocando a vida deles em perigo, esses buracos fulgurantes de cimento armado e de aço suspensos entre dois níveis com grades de proteção e outras barreiras e cercados que não atenuam o desequilíbrio; multiplicando-se à esquerda e à direita como infra-estruturas complexas e enlouquecedoras, permitindo que se veja, embaixo, o fervilhamento da multidão da qual só se podem ver os crânios cabeludos ou calvos, os arcos de círculo deixando aparecer partes da estação, metades de trem como se estivessem seccionadas com uma lâmina e zonas de vazio intenso e estratificado. A passagem de um ponto a outro não se faz sem hesitação ainda mais que a mala é muito pesada e mais uma vez ele se pergunta se não estaria cometendo alguma infração pois os outros usuários só carregam pastinhas, maletas ou bolsas, ou um jornal ou um livro, nas mãos, sem falar daqueles que não carregam absolutamente nada; com medo que algum agente de uniforme o prenda para examinar o conteúdo da mala, fazer talvez seu inventário, confiscá-la, multá-lo e mandá-lo embora:

Andando, vamos! Circulando! com a mesma entonação de voz, a mesma severidade nos olhos e na ponta do indicador da mão direita levantada agressivamente e indicando um ponto qualquer, igual à moça de uniforme do metrô que tinha dado uma ordem qualquer em sua língua, sem saber muito bem se ela estava brava com ele ou com os que a tinham xingado; tentando saber se tinha chegado realmente à Bastilha, ele tinha atrapalhado um pouco a passagem dos que queriam descer a todo custo e que, furiosos por uma razão tão boba, tinham começado a chutar a mala, a empurrá-lo para fora do vagão, dizendo: essa é boa! folgado, imundície, que cara de pau etc. Mas nada a fazer, essa topografia aérea perturba-o fortemente, vindo juntar-se à dos corredores, escadas, mapas pregados às paredes (mapas de metrô e ônibus) das estações, dos trilhos, já terrivelmente complexa e vertiginosa e da qual ele não deixou um minuto de desconfiar; e ainda será preciso suportar essa multiplicação, esses desdobramentos dos espaços acumulados uns sobre os outros mas não superpostos, surgindo de qualquer lugar perpendicularmente, paralelamente, verticalmente, horizontalmente, justapondo-se etc., agredindo uma vez mais seu campo de visão e traumatizando-o profundamente a ponto de fazer com que ele esbarre de novo contra as paredes da armadilha como um rato preso numa construção labiríntica.

Eles lá no Piton conversando, fingindo que estão jogando, a menos que, dominados pelo pânico, tenham posto todo mundo pra fora e, tirando febrilmente as garrafas do esconderijo, tenham começado a beber para proteger-se da desgraça, da nostalgia e do remorso. Ah! Que idiota, que idiota! Ele não deveria ter passado da capital, isso teria sido uma ocasião de visitá-la, uma ocasião única! Bom, mas quem sabe a gente pode contar com a má fé e a rabugice dos burocratas para lhe recusar o número incalculável de autorizações necessárias para sair do país. Tranqüilos quanto à covardia dele, que o faria voltar depressa para o Piton; tranqüilizados por suas hesitações; certos de que ele se apressaria a voltar e bater na porta às 2 da manhã, mal lhes dando tempo para guardar os cachimbos e as garrafas e dar uma arrumada nas caras de anacoretas. E ele morrendo de rir, com certeza de ter lhes pregado uma boa peça, dizendo que eles tinham ficado com medo mas que não precisavam esconder as garrafas porque o bafo que exalavam era ácido o bastante e que podiam continuar bebendo para esquecer o susto ou festejar seu retorno. Assegurando-lhes que ele não ia denunciá-los às autoridades, nem ao almuadem, nem aos notáveis nem ao lavador de defuntos, enfiando o dedo em suas barrigas magras e flácidas; e eles jurando por todos os santos e poetas que jamais tinham bebido uma gota sequer de vinho desde a volta ao país, cada um deles cheirando o hálito do outro, enfiando o nariz na boca do outro, dizendo: "Você está sonhando, é o cansaço, você viu navios demais, portos, guindastes, gaivotas, você não está acostumado, é o ar marinho que faz isso, venha, descanse um pouco, vá deitar e deixe a gente terminar a partida..." lendo e relendo o telegrama (Cheguei são e salvo) sem acreditar em seus próprios olhos, repetindo coitado que triste fim! ele não sabe ler nem escrever mas é muito esperto. Mas não daquela vez. Idiota! Idiota! Repetindo que eles deveriam ter considerado o imprevisível e calculado melhor o golpe, em vez de lhe contar aquela história de metrô azul e o outro imbecil que tinha até mesmo mostrado aquelas fotografias velhas com gestos teatrais de velha meretriz exibindo o retrato de algum príncipe que a teria sustentado outrora. Recriminando-se por ter esquematizado tanto o comportamento dos funcionários públicos em vez de prever que também lhes acontece de mostrar serviço na época de pagamento dos abonos, por exemplo, ou quando sabem que vão passar por alguma avaliação administrativa interna. Acrescentando, ao mesmo tempo que bebiam, mas quem teria imaginado que ele não ia sentir medo do mar, ele nunca o tinha visto antes! Que imbecil! É preciso avisar o almuadem, ele não volta vivo, isso é certeza, nada a fazer, ele foi pego na armadilha! Quem teria imaginado que ele ia nos pregar uma peça dessas? Enchendo a cara até morrer, comendo haxixe misturado com mel, afogando as mágoas, passando de mão em mão o telegrama, lendo e relendo, repetindo: desgraçado! Ele não sabe o que o espera, mesmo que consiga se safar dessa vez, resta a fábrica (com as lâminas girando nos cilindros cheios de espinhos de aço girando no sentido contrário e moendo o metal, achatando-o, esticando-o naquele calor ressecante que transforma as narinas em chaga seca e dolorosa, com o barulho das placas de aço esmagadas e cuspindo faíscas; os altos fornos devorando o carvão e que devem ser alimentados sem parar; suas máquinas complicadas com as quais é preciso apostar uma corrida desenfreada; repetindo os mesmo gestos, as mesmas palavras que escorcham a cabeça; os contramestres com sotaque de traidores de casaca virada; os relógios dominados por uma susceptibilidade aritmética; os relógios de ponto; as advertências; a sujeira; o cansaço; os pesares; as doenças; os gravemente acidentados; os mortos etc.) onde vai deixar a própria pele, ele que está acostumado ao ar livre, acabará perdendo os dedos, as mãos, os braços, as pernas, o crânio, os pulmões, e as tiras de sua carne ficarão dependuradas num cilindro ou numa biela: e caso ele não goste disso, poderá ainda experimentar um canteiro de obras onde terá o prazer de brincar de dançarino equilibrista até o dia em que cairá de um guindaste, as mãos, trincadas pela geada, na frente, mas sem poder evitar que sua coluna vertebral arrebente no cimento armado que ele mesmo preparou um dia antes com seu desejo de fazer o melhor, de agradar ao chefe do canteiro de obras... Isso há de lhe ensinar a querer trabalhar direito, a merecer seu salário construindo as casas dos outros para que depois, passando por eles na rua ou no metrô, eles o ignorem, o desprezem, batam nele, o assassinem: de qualquer forma ele é feito um rato e por mais que conte que saiu vitorioso do labirinto (Cheguei são e salvo) ele não sabe o que o espera... Os outros tinham confiado na lentidão das formalidades administrativas pensando que ele logo ficaria desanimado pelo fato de não somente ter que provar sua própria existência, mas também a da mãe, do pai, dos avós e dos antepassados mais longínquos... só para conseguir um passaporte. Ah, que idiota! Só há uma maneira de livrar-se disso, de esquecer que são uns assassinos: transformar a má consciência em má fé e para isso aumentar em proporções extraordinárias a dose de álcool e de haxixe a fim de cair num riso ininterrupto começando a repetir com um soluço incontrolável: bem feito, assim ele vai aprender a levar a sério o que a gente diz; ele não merece nossa amizade!

E ele dizendo a si mesmo cada vez que passa diante de um anúncio publicitário nos corredores da estação Concorde ou Saint-Lazare ou Madeleine (CONOSCO A NATUREZA PERMANECE NATURAL) louvando as laranjas da região, Ah! os velhacos bem que poderiam ter me prevenido de todas essas passarelas; eu teria com certeza trazido comigo um amuleto contra a vertigem! acusando-os de abandoná-lo à mercê de alguma queda mortal, de algum terremoto magnético e de algum cataclisma metálico; e sentindo acima da cabeça o estrondo de um trem que passa a toda velocidade em direção de Porte de la Chapelle ou Porte de Saint-Ouen ou de Pont de Levallois-Bécon ou rumo a Mairie d'Issy ou Porte des Lilas, abalando as abóbodas cobertas por placas sobrepostas de mofo e cingidas por vigas de aço sustentando a construção com uma precariedade exemplar. Para não perder o sangue frio, ele continua avançando como um autômato rígido e atrapalhado, ainda por cima, por uma mala terrivelmente pesada, a não ser que ela lhe pareça mais pesada por causa do cansaço, passando entre os anúncios publicitários com desenhos (laranjas cujos detalhes são extraordinários, a cor, a textura da casca e a forma ovalada do contorno) que o tranqüilizam, como se de repente ele percebesse que jamais tinha saído do Piton, que jamais tinha atravessado o mar e que tudo aquilo era um pesadelo sugerido pelos velhacos capazes de insuflar nele seus próprios sonhos e suas metamorfoses, capazes de hipnotizá-lo, de encantá-lo e até de enfeitiçá-lo à distância, já que têm a reputação de serem dotados de qualidades translúcidas, o que impede os outros de atacá-los ou de faltar-lhes com o respeito; mas com certeza não para as economias deles ou as aposentadorias cujo montante com certeza é falsificado para efeito de fins psicológicos. Mas há esta maldita escrita que se esparrama por todos os anúncios e da qual ele não percebe o sentido, e depressa ele é trazido de volta ao real, sem transição, aos corredores, encruzilhadas, gargalos, barulhos de dilúvio, cintilações da luz cada vez mais agressiva conforme o dia vai embora ainda que ela chegue parcamente por algumas portas que dão para a rua, ela é assim mesmo bem insignificante comparada à iluminação artificial, que nem por isso chega a iluminar muito bem a caverna na qual se movem todas essas pessoas, desvairadas e desamparadas, tristes e nostálgicas de florestas verdejantes, de luminosidade natural, de laranjeiras (CONOSCO A NATUREZA PERMANECE NATURAL) frondosas e de azuis meridianos; quase que se deixando pender para uma atitude reconciliante, com essa tentação não somente de tirar as máscaras mas também de abolir as distâncias, de correr pela relva densa; tudo isso por causa dos anúncios que os fazem sonhar por um segundo, para depressa se reaprumarem, retomando aquela cadência agressiva do andar e passando de novo sobre o rosto aquela camada de argila que quase se trincou; desconfiados que são das incorreções morfológicas, das esquisitices sintáxicas, até mesmo caturras diante da idéia de que se possa pretender desnaturar a língua deles tal como ela lhes foi ensinada na escola. De volta, portanto, e depressa, a seu lendário bom senso, a suas agendas sobrecarregadas e a seus horários ferroviários, abandonando aos outros tais ninharias (CONOSCO A NATUREZA PERMANECE NATURAL), com raiva de si mesmos por terem hesitado um segundo diante da tentação de sonhar um pouco, de se transcender, de se propulsar em direção de espaços proibidos, triturados que estavam e atormentados em seu íntimo por esse sentimento difuso de pecado que arrastam perpetuamente, desde que têm vontade de se livrar das estruturas matemáticas, das velocidades mecânicas, dos anuários telefônicos, das cadernetas de endereços e das agendas. Passando ao lado dele com sua mala e seus pedacinhos de papel que lhe enchem o bolso, mas dos quais ele soube arrancar o mais importante, aquele no qual uma menina traçou com letras bem nítidas e muito bem. e que ele agita no nariz dos passantes um tanto quanto embaraçados pela avalanche dos painéis que convidam por meio do gosto das laranjas a um lugar mítico com certeza mas que se tornou quase uma realidade devido a tantas repetições irregulares surgindo à direita e à esquerda cobrindo as paredes dos corredores e das estações encurralando-os num estado de alerta rabugento que lhes permite escapar da utopia, manter os pés no chão e continuar avançando, lívidos, estranhos e recalcitrantes através de túneis e dédalos, sem nenhuma esperança de sair de lá um dia, tropeçando contra as anomalias gramaticais que irritam a lógica mórbida deles (NATUREZA NATURAL NATURALMENTE OU NATUREZA NATURALMENTE NATURAL OU), ainda por cima com esse cheiro de laranja que acaba impregnando as roupas deles e embebendo a matéria cinzenta (que desperdício) e na qual ele, o da mala, se debate, pego na armadilha, cortado em dois (real/fictício), torturado pela nostalgia, as lágrimas interiores à flor dos cílios, humilhado em sua sagacidade toda intuitiva, agitando seus pedacinhos de papel, pondo em evidência o primeiro, com o endereço que começa a se tornar ilegível como se a folha sobre a qual ele foi escrito, num dia memorável, lá longe, no Piton, tivesse ficado de molho numa solução de formol e de suor que tivesse descascado os signos que precisam agora não de uma simples leitura mas de uma decodificação a partir de elementos que será preciso acumular lentamente, e, com ajuda da memória, o eventual leitor saberá reencontrar a mensagem, a menos que, dotado de uma faculdade de imaginação exagerada, ele não acabe inventando e, assim, falsifique os dados ou então, pouco dotado para a decifração, ele acabe encaminhando o estrangeiro a uma falsa direção só para não perder o aprumo, por timidez ou vaidade, e nesse caso dizendo a si mesmo não é por que eles escrevem mal nossa língua (o pleonasmo típico à mostra, lá, em milhares de anúncios através da rede do Metropolitano, no exterior, nas paliçadas, por detrás das quais se escondem (auditivamente e não visualmente) canteiros de obras com andaimes complicados de madeira podre de onde caem, sem um grito sequer, corpos tatuados nos bíceps e no meio das têmporas (desenhos fugazes, inscrições — mensagens de ordem sentimental ou filosófica) nos jornais e nas revistas luxuosas impressas em off-set, sobre camisetas apertando torsos raquíticos ou tetas proeminentes, sobre placas luminosas erguidas acima dos cruzamentos das capitais etc.) que vamos dar a eles o gostinho de pensar que somos incapazes de ler um endereço nem que a letra seja ilegível (vai reto, pode ir reto, é isso mesmo!) ou escrita num pedacinho de papel todo estropiado e sujo...

Assim, pois, segundo o laudo do médico-legista ele teria sido assassinado apanhando com uma corrente de bicicleta um punhal e outros objetos similares contundentes e você vem me contar essas histórias de acidente por que não falar então em suicídio já que você insiste em tampar o sol com a peneira tudo o que tem a fazer é dizer que ele bateu a cabeça na parede até morrer, por que não? Você é que está perdendo a cabeça vamos dizer o quê? Que era um epiléptico, um doente vindo de lá do país dele? E o laudo do médico-legista? Imagino que você foi até o necrotério, eu sei não é nem um pouco bonito é difícil de agüentar mas não esqueça que o caso aconteceu no meu pedaço e os que fizeram isso não vão se safar eles não imaginam com quem estão lidando, um tonto! um demente! um maníaco! estou sabendo o que dizem de mim quando viro as costas, tenho meus informantes, de qualquer modo há uma peça faltando no dossiê e ela é importante é a foto da marca do sapato descoberta perto do corpo o laboratório tem certeza de que, em primeiro lugar: ela está coberta com o sangue coagulado da vítima, em segundo: o sapato não era da vítima portanto é de um dos assassinos confesso que é difícil saber de quem era esse sapato mas ele pode nos levar a uma pista interessante eu já estou cheio de todos esses depoimentos idiotas e trate de botar pra fora esse mendigo (esse continua insistindo cada vez que é interrogado: tenho certeza, tenho certeza, não estou contando lorotas eu vi o homem e observei ele muito bem parado lá co'a boca aberta diante da propaganda, é assim que a gente chama esses troços que servem para vender calcinhas, sutiãs e outras bobagens, o olho bem vivo, olhando o painel que tinha a foto dum tipo botando a mão no sexo de uma moça nua, os olhos grandes como pires não estou contando lorota, eu vi ele muito bem na Gare de Lyon, ou será que foi na de Austerlitz, ah quer saber é tudo uma coisa só, faz parte da minha zona...) ele só diz disparates e fica aqui só porque a delegacia é aquecida e assim escapa do frio da rua e ainda por cima toma um cafezinho! Mas ele é incapaz de ver um metro adiante do nariz ele é míope e você sabe muito bem mas isso não lhe interessa, o que interessa é essa história de lubricidade, ah isso sim, aí você fica ligadão tranca o mendigo aqui e começa a desenvolver a tese do estupro! É o cúmulo, não estou defendendo essa gente sei muito bem que são uns tarados mas eu quero provas, quero provas de uma real tentativa de estupro aí então poderemos falar de legítima defesa, mas se é assim por que é que eles fugiram? Onde é que eles estão? E depois, você sabe muito bem que está metendo os pés pelas mãos, desse jeito ninguém avança, um dia é um suicídio no outro é legítima defesa depois de uma tentativa de estupro, essa não, trate de ser mais rigoroso, trate de encontrar essa menina que ele teria comido com os olhos trate de me encontrar a fotografia e me traga uma cópia da marca do sapato depois a gente vai ver, quanto à velha ela nunca foi casada é uma doente, uma infeliz, ela nunca teve filho algum que mataram lá no país dele, é uma pobre doente de solidão e que enfim encontrou uma vocação: depor diante de um comissário de polícia depois diante de um juiz de instrução depois diante de um tribunal uma verdadeira apoteose! ela não tem nenhum parente e vive sozinha inventando histórias e se convencendo que fez uma viagem de lua-de-mel e que perdeu um filho cuja artéria femoral foi atingida por uma bala, mas o que é isso eu repito você devia verificar todo esse blablablá quanto ao outro, seu suposto primo, esse será preciso que você mantenha fechado a chave, isso choca você, né, muito bem, mas ele talvez seja a única testemunha séria ah! não vai pensar que eu gosto dessa gente, não é isso, mas aqui é meu setor, e isso pra mim é sagrado! Será que você não poderia usar um perfume mais discreto para vir trabalhar?

Não podendo acreditar em seus próprios olhos, respirando o ar frio das 10 horas da noite, radiante pelo fato de se sentir aliviado por não ter morrido asfixiado com as múltiplas emanações, correndo quase em linha reta, guardando todos os outros papéis e conservando apenas o que tinha o endereço, certo de ter chegado, certo de ter se safado agora que estava ao ar livre, deleitando-se ao imaginar a cara dos outros quando recebessem o telegrama (Cheguei são e salvo), imaginando seus semblantes contritos, seus suspiros resignados, seus gestos falseados (e o telegrama passando de mão em mão, cada um analisando o conteúdo, virando-o de cabeça pra baixo para dizer parabéns! ele escapou por pouco mas ele não é tão idiota assim, a autocrítica é necessária, mas nada de remorsos! Bem feito pra ele! Mas no fundo deles, completamente desmontados, furiosos por ele ter conseguido já que tinham esparramado aos quatro cantos que ele não iria longe e que, se chegasse mesmo a pegar o navio, tinham certeza de que um telegrama anunciando sua morte chegaria ao Piton sem mais tardar) e as gargalhadas deles com as quais ele estava acostumado e que, no fundo, ocultavam um mal estar — ele sabia — um incômodo, uma dificuldade de ser e de viver e uma má readaptação — depois de tantos anos passados no estrangeiro — que sempre os caracterizou e que eles afogam no absinto-ambrosia destilado pacientemente às escondidas da comunidade, durante meses e meses, apaixonadamente, sorrateiramente! Cheguei são e salvo, não é preciso assinatura, eles vão saber quem é o remetente. Feliz depois dessa viagem através do inferno subterrâneo, os grafismos, os anúncios, as luzes, os trilhos, os trens, as portas automáticas, os dispositivos elétricos, as escadas rolantes e sobretudo a indiferença dos outros passando ao lado dele, desprezando-o, mandando-o ao diabo que o carregue, tratando-o sem nenhuma cerimônia salvo algumas exceções (o jogador de fliperama, o dono de restaurante, o estudante, a jovem: Celine? Aline? etc.), alguns que o tinham ajudado, orientado, aconselhado e agora ele misturava os rostos de todos eles, à parte o da jovem que tinha lhe dado medo no início, fazendo com que ele se perguntasse se ela não estaria zombando dele ao pegá-lo pelo braço, rindo de sua desconfiança, deixando em sua mão a marca indelével e olfativa da sua (que perfume?) e que ele considerava à parte. Feliz a ponto de ter dor de barriga, arremessando-se para fora, pulando de impaciência, prestes a fazer o último esforço assim que os visse, barulhentos e sediciosos, jogando-se sobre eles, com o papelzinho pacificamente exibido, interrogando-os com os olhos e eles furiosos e felizes com a boa sorte dizendo entre eles que fazia um bom tempo que não pegavam um; velozes como o relâmpago, tirando de debaixo das roupas correntes de bicicleta, fardados de couro, de metal brilhando de tão branco na noite totalmente fria agora, a menos que isso não passasse de uma impressão devida ao calor acumulado no interior daquela tripa da qual ele nem acreditava que ia finalmente sair, cintilando com mil fogos emanando de suas camisetas fosforescentes; usando mil quinquilharias, pior do que velhas abelhudas, protegidos dos socos por blusões caqui acolchoados, suscetíveis, vociferando como asnos, com as botas de couro rangendo, enfurecidos, dizendo entre eles que fazia um bom tempo que não se viam cara a cara com um tipo da espécie dele e devido a essa boa sorte logo tomados de um tremor convulsivo, excitados pelo poder de morte que traziam neles, e ele continuando a segurar seu pedacinho de papel, sem compreender em seu júbilo que estava cercado por assassinos decididos a lhe arrancar o couro; velozes como o relâmpago, girando suas armas apaixonadamente engraxadas e polidas, vibrando no espaço com ruídos que tiniam na orelha durante muito tempo, atazanando-o com sonoridades através de elipses fastidiosas e longas; felizes pelo pavor repentino que o acometia no momento em que começava a entender o que ia acontecer, ele continuava lá, petrificado, a mão fixa numa tensão dirigida aos rostos deles, segurando ainda o papelzinho (com o endereço escrito pela menina esmagada pelo peso de sua tarefa, levando com certeza tudo muito a sério a tal ponto que diziam que ela já parecia uma adulta com seus tiques, suas manias, suas aberrações, subjugada, certamente, pela importância da tarefa, escrevendo, rodeada por toda a família e até mesmo pelo clã e até mesmo pela tribo inteira, retendo o fôlego diante daqueles hieróglifos traçados ao contrário, que a outra desenhava com minúcia, a testa embebida de suor e a mão rígida, com dois ou três velhacos em volta vindos em socorro, assistindo silenciosos e maliciosos à operação da qual dependia a sorte não somente do viajante mas de toda a tribo que jurava por sua honra e por sua sobrevivência abençoando aquela partida um tanto quanto aventureira, infelizes diante da idéia de que seus serviços de escrivãos públicos seriam agora cada vez menos procurados porque hoje em dia existem meninas que sabem ler e escrever, tristes diante da ingratidão dos habitantes do Piton que começam a abandoná-los, imperceptivelmente, claro, mas nem por isso seguramente e depressa, encerrando-os no antro que mesmo assim continuava sendo um centro de negócios frutífero, um lugar em que se tramam os complôs, contraem-se matrimônios, decidem-se os divórcios, obtêm-se vistos de circulação, organizam-se bebedeiras, refugiam-se virgens, escoam-se produtos contrabandeados e são postos para secar pedaços de banha de carneiro pendurados nas cordas, mas exagerando esse negócio e deformando-o para fazer esquecer que durante muito tempo eles se recusaram, não tiveram coragem para escrever o tal endereço e enviá-lo assim para uma morte certa da qual davam premoniatoriamente todos os detalhes transformando-se de repente em adivinhos frios misturando a areia do deserto e a areia do mar a fim de ler nessa mistura as piores calamidades, os terremotos mais assassinos, as secas mais longas, as mais nocivas invasões de gafanhotos; olhando com ares piedosos a menina traçando, com uma pontinha de vaidade que os punha fora de si, os signos maléficos e complicados, tirando o fôlego dos antepassados vindos em grande pompa assistir a essa cerimônia interminável tendo do lado de fora a capota do céu colocada bem sobre a ponta calcinada do Piton, num equilíbrio precário, as galinhas chocadeiras cacarejando desconfiadas daquela agitação toda artificial mantida — consciente e secretamente — pelos velhacos invejosos daquela partida na qual eles não acreditavam ou então infelizes diante da idéia da separação do único interlocutor dócil ou supersticioso diante da conjuntura inadequada dos astros ou então simplesmente incapazes de seguir a evolução dos acontecimentos depois que as meninas.) cuja matéria descascada em diversos pontos fazia algo como manchas de óleo ao clarão da iluminação da avenida em que eles tinham surgido, vestidos com espinhos de ferro e aço fazendo em sua memória por toda a eternidade uma cicatriz, bloqueando com um só golpe o júbilo em suas veias azuladas, esmagadas de modo demente, explodindo em carmesim e manchando os paralelepípedos com um líquido duvidoso queimando como um ácido e desenhando uma espécie de grafismo que não deixava de ter uma relação com os que o tinham fascinado durante sua estada embaixo da terra.

 E a garota fulminando: "Mas que história é essa, você está completamente louco! Eu nunca uso meia-calça! Nunca!

Aliás, para que serve isso? Eu não sou friorenta e não suporto o náilon, que é nojento, ainda mais no metrô. Quem foi que me viu? Só me faltava essa! Eu não gosto dessa gente. Não sei por quê, mas não gosto deles. Os negros não, não é a mesma coisa. Eles são lindos! Verdadeiros deuses! Você conhece Jimmy Hendrix? Pois não sabe o que está perdendo. Mas realmente, só me faltava essa! Eu não gosto quando ficam me olhando. Eu não sou nenhuma vaca, e não uso meia-calça. Nunca. Isso me incomoda, pronto é isso! E isso até me machucaria! Minhas pernas são bonitas e não preciso usar meia-calça nem calça comprida para escondê-las. Eu fiquei no mínimo uma hora naquela estação de metrô porque meu namorado estava atrasado. Aliás, acabei não esperando por ele. No término de uma hora, peguei o metrô na direção da estação Havre-Caumartin. Mas por que tantas perguntas? Esses tipos eu nem vejo. Eles nem sequer existem para mim. Com os negros, é diferente. Você conhece Jimmy Hendrix? Ah, não sabe o que está perdendo. Mas os outros, não me interessam. Então ele estava me comendo com os olhos! Que imbecil! Mas não vi nada. Eu nem vejo esses tipos. Quando sinto o cheiro deles atravesso a rua na mesma hora! Mas realmente, nesse dia eu não estava usando meia-calça. Eu queria impressionar meu namorado. Ele é bonito, sabe. Se quiser, tenho uma foto dele. Mas não quero que ele seja implicado nessa história toda! Isso é um interrogatório! Mas não sei de nada, talvez não fosse o mesmo dia, pois a tal moça de que está falando estava de meia-calça. Isso aqui não é tatuagem de verdade, é um desenho como os decalques, que se cola no corpo, depois pode ser lavado com água e sabonete. Um minutinho, e não tem mais nada. Mas não mete meu namorado nisso. Ele já tem problemas demais.

Essa é boa, quer saber em que parte do corpo eu decalco meus desenhos? Aí é demais. Não vou dizer, a menos que você insista demais. Entendeu? Ah, não entendeu, não? Você é louco? Um depravado, isso é o que você é. Que história é essa? Que eu saiba não é proibido pegar o metrô. Aliás, saiba que um dos seus investigadores me pediu para dizer que naquele dia eu estava usando, excepcionalmente, meia-calça. Mas é mentira! Ele me pediu até para dizer que o tipo não tinha parado de me olhar. Ah, que nojo... só de pensar nisso... Eu sinto o cheiro deles de longe. E então troco de calçada. Não... racista... não sou não. A prova é que gosto muito dos negros. Mas com eles é diferente. Acho que não sou a moça você está procurando. Mulher é o que não falta nas estações de metrô... devia ser outra...

Resmungando desde que a moça foi embora, só me faltava essa, você não quer levar em conta o que eu digo, você está errado! Não venha me dizer que foi ela que inventou isso tudo foi você que sugeriu a ela foi você que sugeriu! Mas andar por aí sugerindo coisas não faz parte do seu trabalho, você ganharia mais tratando de encontrar provas sólidas e parando com essas elucubrações cinematográficas! Ah mas como é que pode, meu Deus! Estou gastando saliva à toa com você estou perdendo meu tempo você está muito muito mal acostumado já é tempo de mudar de comportamento aqui é meu setor aliás essa moça não é a que foi descrita pelas testemunhas, trata-se de outra com certeza mas você não tem que encontrar uma testemunha qualquer só para mostrar trabalho o que eu preciso é de testemunhas verdadeiras, não de amnésicos ou mitômanos, preciso sobretudo de provas, meu Deus, de provas! (UMA PROVA: A LARANJA AMADURECE NUM GALHO. NÃO NUM ARMAZÉM. UMA PROVA: O

TOMATE CRESCE EM PEQUENAS HORTAS, NÃO EM FÁBRICAS DE TOMATE. UMA PROVA: A TÂMARA AMADURECE NA ÁRVORE, AO SOL DE OUTONO, NÃO NUM ARMAZÉM DE CONDICIONAMENTO. CONOSCO A NATUREZA.) isso é o que eu quero! Ah, mal acostumado, e ainda por cima um sentimental, isso é o que você é, você não tem a mínima noção da organização científica da polícia, não passa de um impulsivo! Quero ver vocês encontrar o culpado, depois a gente vê, por enquanto tudo o que eu quero ver é a curiosidade científica! Em relação a isso o laudo do médico-legista é formal, o cara não era canhoto agora vai saber por que ele carregava o tempo todo a mala na mão esquerda! Eis aí um detalhe excitante: por que ele a carregava assim? Não esqueça que aqui estamos num setor modelo, claro, você é novo, mas trate de se informar todo mundo vai confirmar, aí você vai entender que não sou nem demente nem maníaco nem bobo, faço as coisas nas regras da arte! É claro que é sempre possível falsificar as coisas, mas eu quero um serviço impecável, nada de erros ou sujeira você é bem ingênuo, pois saiba que os colegas não gostam de você, você, com esse cabelo cheio de brilhantina, esse terno de seda listrada de malandro depravado, confesso que sinto por você certa afeição, você não acredita, né, mas está errado, é isso, ah, e eu também não gosto dos sapatos que você usa, nem da gravata e das maneiras e menos ainda desse perfume mas você tem algo de raro nos dias de hoje é um verdadeiro tira verdadeiramente tira visceralmente tira e essa é uma raça em vias de desaparição mas o que é isso estou amolecendo, encontraram a marca do sapato mandaram para o laboratório então está entendido se você não andar na linha serei obrigado a reagir pois aqui é meu setor.

E mais isto: dentro do labirinto, a acumulação de barulhos de todos os tipos com os quais ele se familiariza cada vez mais torna-o perspicaz e sem saber ele começa a desembaraçá-los, desembrulhá-los e distingui-los sem precisar localizá-los ou apreendê-los. O riso das mulheres chega até ele através de uma neblina opaca cujos elementos eróticos vêm acrescentar-se a essa mecânica cristalina e afiada (seios nus e inchados da moça mal chegada à puberdade, cujo rosto imita ou lembra os da escola flamenga, com o nariz magro e comprido, os lábios quase transparentes, os cílios completamente apagados, os olhos pudicos de pálpebras pesadamente abaixadas e o contorno do semblante perfeitamente desenhado, não graças à perfeição do modelo, mas sim ao jogo de sombra e luz astuciosamente organizado segundo critérios rigorosos, ao jogo das cores em degradê num mesmo tom amarelo-esverdeado; acima da mesma jovem fotografada, dessa vez na mesma posição a não ser por dois detalhes: primeiro seu peito, agora mesmo nu, aqui está apertado num sutiã branco cujas bordas são enfeitadas por motivos em espiral, tendo entre os dois bojos do sutiã uma rosa minúscula de plástico, depois porque o modelo está com os olhos abertos, com certeza porque não tem mais razão alguma para sentir vergonha já que a nudez do peito agora está recoberta por um sutiã que o torna maior e mais firme e cuja armação parece extremamente rígida; jovem efebo completamente nu, de pé, dando as costas para a objetiva, do qual se vêem as costas glabras e polidas e as nádegas peludas, bem como as pernas cujos pêlos duros e escorridos deixam adivinhar uma pele aveludada; jovem casal aparecendo numa janela um pouco envelhecida e enquadrada por uma roseira com ramificações que se estendem à direita e à esquerda, o moço de cabelos louros longos e lisos está de pé com o torso nu vestido com uma cueca ao passo que a moça ajoelhada ao lado dele está usando um vestido e passa os braços em volta da cintura dele e coloca o indicador da mão direita sobre sua própria boca sugerindo que não se deve divulgar aquele segredo que não deixa de ser agradável embora não seja lá muito claro) que lhe transpassa as têmporas já bem maltratadas desde a manhã e que ele mistura continuamente com essas imagens pregadas por todo lado que acrescentam ao ambiente úmido e superaquecido um excesso de lascívia sentida muito mais devido aos barulhos do que às fotografias fazendo estrias em sua cabeça com *flash-backs* breves mas duros. O rumor surdo amplificado pelo eco das abóbadas e que ele associa ao acúmulo de pichações cujo sentido ele não entende mas cujo fervilhamento e desordem (slogans, desenhos, mensagens, iniciais de nomes, assinaturas, textos poéticos compridos, garatujas etc.) lembram os barulhos de fundo específicos do metrô, no começo um pouco confusos cujo inventário eis aqui (barulhos de passos, vibrações do ar circulando através dos corredores como num gargalo de estrangulamento, chiados reguladores de vassouras empurrando lixo, ecos de zunidos das locomotivas que continuam a ser percebidos bem depois da passagem das mesmas, gritos de crianças fascinadas pelo eco, risos nervosos de mulheres que se percebem olhadas, assobios penetrantes modulados por lábios adiposos, vozes cacofônicas transmitidas por alto-falantes recalcitrantes, solilóquios de bêbados que voltam de muito longe, gritaria de mendigas reprimidas pelos chefes de estação, rangidos incoerentes dos portões automáticos meticulosos etc.), ruídos encavalando-se uns sobre os outros e repercutindo através do dédalo extraordinário para atingi-lo, bem como os outros barulhos mais surdos, mais estridentes e mais irregulares: telefones que soam, assobios de chefes de estação, barulhos opacos das máquinas de vender guloseimas, assobios das locomotivas difundindo-se por meio de jactos metálicos, barulhos chiantes e emborrachados das rodas pneumáticas, estrépido das rodas de ferro, barulhos das máquinas que chegam de detrás das paliçadas (martelos-pilão, escavadoras, dobadouras).

E ele, chegando até a estação Saint-Lazare sem saber muito bem como, avança pelos corredores vazios agora mas sempre invadidos pelos anúncios, uns representando laranjas, outros tomates, outros pimentões etc. Sempre pendurados nos galhos, salpicados do orvalho (artificial?) matinal, reunidos cinco a cinco como espécies de amuletos laranjas, vermelhos, verdes etc. numa ordem de tal forma idêntica (2, 2, 1, 2, 2, 1) repetindo-se até o infinito, que seria possível acreditar que alguém os amarrara com um fio metálico para fazer bem as coisas e ligar assim o número mágico 5 ao produto a ser consumido e insinuar felicidades gigantescas e sensações de acidez cheias de frescor e suavidade toda tenra (CONOSCO A NATUREZA PERMANECE NATURAL. A PROVA: O TOMATE CRESCE EM PEQUENAS HORTAS, E NÃO EM FÁBRICAS DE TOMATE) cujas imagens se entrechocam em sua cabeça tomada de assalto pela luminosidade de manhãs novas — mesmo sendo verdade que as fotografias cheiram a artificialidade e a arranjo técnico — e que lhe dão arrepios, apesar de ele se debater naquela estufa, com a alça de sua mala de plástico endurecido penetrando na carne adormecida de sua mão esquerda, os pedacinhos de papel multiplicando-se à medida que progride sua caminhada, durante a qual ele tenta reencontrar olhares amigos ou risonhos ou pelo menos não tão frios como os que se acostumou a ver; sem falar das mulheres usando uma feminilidade nailonizada, perfumada e rebocada como um escudo contra o qual os desejos latentes dele vão se quebrar e despedaçar irremediavelmente, na indiferença total, com exceção, claro, das outras (a moça que o ajudou a chegar até ali, que não falava e limitava-se a sorrir, mostrando-lhe amizade por meio de uma pressão dos dedos sobre sua mão, que fazia nela uma queimadura levemente perfumada, olhando-o diretamente nos olhos, rindo incontrolavelmente com um riso cúmplice, guiando-o silenciosamente através do dédalo mirífico, deixando que seu seio esquerdo viesse esmagar-se contra seu cotovelo direito, que ele protegia comportadamente da tentação sublimatória, ainda mais que os outros passantes, afobados pelo fim do dia, cheios de susceptibilidade, lançavam-lhe olhares ferozes, mas ela estava lá, andando depressa, colando seu corpo ao dele para não perdê-lo, dando encontrões nas tropas inteiras que os submergiam por alguns segundos, incomodando a mitologia das massas subterrâneas, divertindo-se com sua atrapalhação, provocante, os lábios moles e o peito agressivo, os olhos claros e os cabelos muito negros — para grande espanto dele — assediando o espaço atingido por sua turbulência, não uma turbulência elástica mas quase aquática, um estado de alerta aliciador, algo de eslavo nas maçãs do rosto e de flamengo no porte da cabeça, lembrando a moça núbil do sutiã branco (Zaby?), grande, esbelta, exalando uma carne glabra e veemente como um contratempo na solidão dele e em seu naufrágio naquela atmosfera caseosa em que ela surgira sem rebuliço, compreendendo tudo num relâmpago de lucidez, apagando o gestual ocioso, assumindo as operações necessárias em mão, arrastando em sua passagem uma cabeleira lisa e abundante, eflúvios de pele lavada com limão e uma transumância inata como se — à sua maneira — ela tivesse atravessado os países difíceis das lagunas brilhantes como vidro moído exposto ao infravermelho do meio-dia obsidional refletindo sobre o zinco das cabanas bilhões de elétrons, levando-o assim até Saint-Lazare, olhando-o, durante todo o trajeto (linha nº 12, 13, 886 quilômetros), nos olhos, sem nenhuma afetação, dizendo consigo mesma: "Se ele continuar me olhando assim, vou acabar me apaixonando", depois, em Saint-Lazare, ela fica no trem e o põe para fora, explica que ele deve descer com um gesto preciso que ela não repete, desaparece por detrás das portas que se fecham com um clique mecânico, rompendo o círculo dos reencontros, deixando-o entregue à multidão com pressa de voltar para casa, de ir comer de acordo com as recomendações dos painéis publicitários, de ver os programas de televisão aconselhados pelos jornais de grande tiragem, de sossegar nas cadeiras de balanço e sonhar com despertadores de sininhos e telefones que tocam; o cientista (operário? estudante?), o jogador de fliperama, os faxineiros pretos, o homem da escada rolante, o empregado de restaurante...) todos tinham agora ido embora. Com os nervos à flor da pele, com o fôlego à flor da goela, com a vida à flor da vida, desvairado e lívido e esfomeado sem ousar abrir a mala para nela pegar alguma merenda salpicada de açafrão e de pimenta forte, de medo de criar um engarrafamento, ainda que naquele momento a estação estivesse longe de ser submergida pela multidão e os corredores estavam quase vazios, ele avança lembrando-se dos galhos de tâmaras inchadas de luz como se fossem mexer-se sob a brisa (iludindo-se talvez e dizendo que elas se mexem) ao passo que rígidas e mortas elas são apenas impressões de luzes fixadas sobre a placa sensível pelo colódio, pelo nitrato de prata e outros produtos químicos que corroem a placa e fazem nela uma incisão progressiva (UMA PROVA: A TÂMARA AMADURECE NO GALHO DA ÁRVORE AO SOL DE OUTONO, E NÃO NUM ARMAZÉM DE CONDICIONAMENTO. CONOSCO A NATUREZA PERMANECE NATURAL) permitindo assim que a tâmara possa emergir muito lentamente, pululando num enrugamento sensual (como um gosto mole que se tem na boca) e estourar em sua veemência marrom escuro transparente, mais penetrante em sua realidade fotográfica do que ela poderia ser na árvore, recortada assim sobre um céu-de-cartão-postal-azul-pastel cuja coloração não permite adivinhar a pureza do ar seco e frio dos invernos desérticos muito menos mornos do que fazem supor os prospectos de publicidade, os guias turísticos, os filmes exóticos, as reproduções pictóricas, frias e cortantes que representam miragens e outros slogans de forte má intenção.

Com os nervos à flor da pele, com o fôlego à flor da goela, esvaziado, exaurido, em pânico devido ao cheiro do outro que o tinha impregnado, logo acostumado com sua gentileza e agora desamparado, estafado, roído pela rabugice, com a barba malfeita, mal acordado de seu sonho, catapultado a uma velocidade vertiginosa até o real cada vez mais insuportável, abandonado por seu guia à imperdoável contracorrente, partindo à deriva, encurralado pela ficção das imagens publicitárias louvando frutas e legumes que ele conhece tanto que tem a impressão de identificar o cheiro que têm misturado ao hálito da outra, a estrangeira despreocupada e impávida, encouraçada por sua carne firme e seus músculos lisos, indiferente às reações alheias, ausente agora, apagada, engolida pelo fluxo humano que começa a aumentar, a ganhar amplidão, abandonando-o lá, estropiado e sonhador, farejando o ar para ter certeza da realidade de todos esses perfumes que se misturam em sua cabeça e impregnam sua pele como um impacto doloroso e indelével do qual ele tem a impressão de que não poderá se livrar tão cedo (almíscar, alecrim, eflúvios de banho turco, odor de laranjas, de tâmaras e abricôs, cheiro azedo da banha de carneiro secando nas cordas entrecruzadas, emanações fétidas da atmosfera subterrânea e sobretudo o perfume dela, penetrante, estimulado pela lembrança de maneira demente, inchando em todo seu corpo) imobilizando-o num banco, estafado e febril e roído pelo mau humor, o sonho breve e cansativo permanecendo atravessado em seu crânio, não sabendo mais aonde ir, afobado com seus papéis, atrapalhado pela mala, atalho fatal e ao mesmo tempo irrisório de sua odisséia interminável, atingido pela suavidade no mais profundo de seu corpo cansado, à beira do desmaio, olhando os seres e os objetos diminuírem num piscar sincronizado de luzes cada vez mais fracas, ganho pela alucinação e pela desordem, pego repentinamente por uma certeza, convencido de que não irá longe nessa armadilha absurda em que os velhacos o jogaram, ouvindo a risada bárbara deles, amplificada pelo eco por meio de uma sonorização demente cujo substrato topográfico é muito mais aterrorizador, com todas as linhas do mapa totalmente oculto ziguezagueando através dos meandros dando à sua memória desejos de se livrar de um excesso de impressões vividas há dois ou três dias as quais se sobrepõem umas às outras acima das outras como essas linhas negras, vermelhas, amarelas, azuis, verdes, vermelhas de novo mas dessa vez sombreadas de preto, depois azuis mas sombreadas de vermelho, depois verdes e sombreadas de branco com círculos vazios no interior e círculos de centro preto, depois números que ele podia ler (10, 12, 7, 1, 2, 5, 13 etc.), depois nomes, uns escritos com letras em negrito mas o conjunto desenhado com espécies de letras do avesso a não ser que se tratasse de uma linha em azul e branco cujo grafismo mais escuro faz um meandro parecido com um braço de mar cortando o mapa em duas partes iguais ou talvez não totalmente iguais, com a parte de baixo menor do que a de cima, sem saber onde é o norte onde é o sul nem o leste nem o oeste, com um traçado pontilhado em torno do emaranhado das linhas que parece materializar alguma fronteira vergonhosa realizada às pressas, um pouco às escondidas, durante uma noite chuvosa, a fim de colocar os que se localizam do outro lado da linha diante do fato consumado, e com uma cor diferente da outra (branca) aquém da linha fronteiriça, sobre a qual correm as diferentes linhas de cores variadas, uma espécie de amarelo impresso contendo pequeninos pontos vermelhos quase invisíveis e que não alteram fundamentalmente a cor essencial do amarelo por assim dizer embaçando o contorno da linha pontilhada fazendo um círculo imperfeito (contendo até mesmo excrescências, círculos, losangos e quadrados cujo traçado vinha depressa reencontrar a curva do círculo inicial) transbordando aqui e acolá, enfiando-se às vezes, teimando de qualquer modo em respeitar um mínimo de circularidade, nem que ela seja precária... Com uma diferença: na memória, ela é mais essencial, mais espiralada em torno de si mesma, com transbordamentos que, em vez de ir buscar nas outras formas (quadrados, retângulos, losangos etc.) as dobras necessárias à sua sobrevivência e à sua secreção perpétua, contenta-se em sobrepor os círculos concêntricos, em acumulá-los com uma febrilidade interior que não perde necessariamente sua moleza mas que aniquila toda esperança de reencontrar o centro de um tal desdobramento formidável que só dá conta do grau de concavidade necessário à sua própria felicidade. Mas a similaridade é verdadeira com essa rede de linhas emaranhando-se umas nas outras, detendo-se arbitrariamente no ponto em que menos se espera, cortando-se com um desprezo total das leis geométricas, encavalando-se, ramificando-se, desdobrando-se, encarquilhando-se um pouco à moda da memória sempre lépida e pronta para partir mas também lépida para voltar e espiralar-se sinusoidalmente no oco das coisas, dos objetos, das impressões, formando, elas também, uma rede que percorre em todos os sentidos os meandros do tempo, enlouquecendo, bloqueando-se, retomando o movimento nem que seja por meio de um gaguejamento ou de uma cintilação ou de um deslumbramento curtíssimo indo e vindo, intermitente e irregular como um *spot* percorrendo uma linha curva numa hesitação que o bip sonoro torna ainda mais dramática ou mais engraçada, depende do caso. E ele lá, perguntando a si mesmo se por acaso já não tinha vivido aquela situação alucinante, misturando a topografia do espaço e a da memória, confundindo-as, até, amassando-as através de uma coisa esquisita que o observador depressa vai nomear de paramnésia, mas que escapa ao passageiro semi-abatido, exaurido e em pânico devido ao cheiro da fêmea impregnando seu corpo, suas roupas, sua mala e até a atmosfera da caverna na qual ele se debate, continuando a se perguntar se ele por acaso já não teria vivido aquela.

Um pouco à maneira de um mendigo teimando em dizer: "É claro, é claro, não estou inventando. Não é porque cheiro mal que sou mentiroso. Eu vi esse homem na Gare de Lyon e vi até que ele carregava uma mala tão grande e cheia que pensei: "Esse aí deve ter assaltado o Banco da Inglaterra, e isso me fez dar risada, o que me acontece raramente. Sou mais do tipo triste, dá pra perceber, não é? O povo é malvado, você pode imaginar. Mas eu não sei de nada, eu disse que era o Banco da Inglaterra, mas poderia ter dito que era o Banco da França. Era uma idéia sem importância. Foi na Gare de Lyon. Pode acreditar. Não tenho interesse nenhum em inventar histórias." Em sua vida passada nos bancos do metrô, ele vira chegar milhares de imigrantes com malas enormes estourando de cheias e com essa maneira de andar característica dos camponeses que vão se enrolando em espiral através dos espaços como que tomados pela vertigem em meio aos corredores retos até o infinito, por quilômetros e quilômetros (200 ao todo) ou como que sufocados pela estreiteza do local, eles que estão acostumados aos grandes espaços. E ele os confunde em sua cabeça de bêbado cheia de agitação e abalos, ainda mais que o vinho lhe cai muito mal, que ele está cheio de contradições, tem insônia e fica falando sozinho sentado em seu banco, em vez de dormir, com o olho sempre ligado nas saídas, nas cabines dos chefes de estação, nos circuitos fechados de TV suspensos fixados nas paredes das plataformas e que não param de espiar com seu enorme olho eletrônico e turvo, pronto para dar o fora ao menor sinal, constantemente em alerta apesar de um claro amolecimento cerebral, olhando-os passar e repassar todos os dias diante dele, as mãos cheias de malas, as bolsas a tiracolo batendo nos flancos, pesando nos ombros e nas costas, o pedacinho de papel mágico preso entre o polegar e o indicador e às vezes até entre os dentes, vindo de países diferentes, reconhecendo-se entre eles mas evitando trocar olhares, com a dignidade atingida, o amor próprio ferido esquivando-se dos olhares alheios, caindo nas redes de recrutadores que ficam de tocaia esperando-os nas redondezas das estações do metrô para aplicar-lhes um golpe, encher a cabeça deles acenando com salários extraordinários e condições de vida luxuosas, fazendo brilhar diante deles a vida trepidante da Megalópolis, roubando-os, coagindo-os, oprimindo-os... Confundindo os que ele viu num dia e os que viu em outro, amontoado que ele estava no interior de seu devaneio interminável, morrendo provavelmente numa nuvem alcoólica e pacífica ou numa gesticulação delirante e assassina brotando de seu corpo nauseabundo e esquelético crivado de antenas eternamente ligadas nas saídas e cabines envidraçadas de onde chegam até ele vozes monologando no telefone respostas ou perguntas que ele conhece de cor, pronto para desaparecer deixando apenas o vestígio de seu cheiro e teimando em dizer: "É isso mesmo, eu tenho certeza. Não é porque cheiro mal que", quando na verdade ele vira passar um outro na Gare de Lyon, sósia deste, com certeza — também eles são todos iguais — com a diferença de que aquele tinha duas malas e que estava segurando seu pedacinho de papel entre os dentes pois o passageiro com toda evidência chegou de Marselha pela Gare d'Austerlitz em vez de chegar normalmente pela Gare de Lyon já que o trem tinha sido desviado de sua destinação habitual e tinha se dirigido para outra, por causa do acúmulo de circulação; o que é comum nesse período do ano (início ou final das férias?) em que os trens suplementares vindos do Sul podem chegar na Gare du Nord ou na Gare de l'Est ou na Gare d'Austerlitz e assim por diante através de centenas de combinações possíveis quando na verdade o número de estações de trem não passa de cinco ou seis mas a combinatória possível entre elas é infinitamente grande. Repetindo: "É isso mesmo, tenho certeza", quando de fato o outro diante dele, escrita num relatório, a solução do enigma que o tinha intrigado tanto; tentando assim permanecer o tempo mais longo possível num lugar quente, jurando por todos os santos que ele estava sendo sincero, a não ser que fosse paramnésico como o passageiro atormentado pela contextura das linhas emaranhadas que lhe davam uma horrível dor de cabeça, sobretudo porque Celine (Aline?), passando como um meteoro em seu dia extenuante, deixara atrás de si aquele cheiro de fêmea embebendo-o até os ossos e fazendo explodir em suas orelhas estridências horrorosas.

Dizendo a si mesmo, espremido em sua solidão ainda mais insuportável porque Celine (Aline?), devido a sua solicitude, tinha possibilitado que ele recuperasse por alguns segundos a confiança: Eles deviam ter me avisado, deviam ter descrito com franqueza as coisas em vez de me induzir ao erro, de me enviar para este inferno em que não sei para onde vou, com toda essa gente que me esmaga os pés e me ignora, ah! aqueles velhacos! Eles deviam ter me informado dos costumes desse país em vez de ficarem dizendo que eu não devia tomar gosto pelo metrô. Lembrando-se da rabugice deles quando roubavam descaradamente no jogo de dominó ou de damas, das pilhérias deles, conhecidas até mesmo fora do Piton, e até nos confins das duas fronteiras (leste e oeste), dos discursos codificados deles que ele tinha podido, pouco a pouco, descobrir, de tanto frequentá-los, o que os obrigava a criar um outro mais complexo e mais abstrato que ele jamais pudera decifrar e através do qual se diziam entre eles cada vez que ele vinha lhes dar informações sobre os preparativos da viagem e oferecer-lhes a ocasião de dar conselhos — a grande desconfiança que tinham em relação ao país para o qual ele queria imigrar, tirando um barato da cara dele, utilizando sempre aquela linguagem deles, tão inventivos, e que eles amelhoravam com o passar do tempo, das estações do ano que iam se enrolando em volta do Piton (neve, bruma, quadrado de céu azul, roda solar etc.) e as ilusões que se perdem (formação política das massas, propagação das idéias antireligiosas, aprendizagem integral do paradoxo etc.) cada vez um pouco mais, enfiando-os cada vez mais na solidão batizada pomposamente de solipsismo para não perder a pose diante dos raros discípulos que continuam a freqüentá-los sem grande entusiasmo e mais por interesse (beber, fumar de graça, extorquir informações sobre eventuais viagens, escutar as notícias dos jornais chegados com um atraso considerável, obter receitas mágicas para tratar dos males do coração, da dor de cabeça, do escorbuto e das hemorróidas, exclusivamente! Conseguir acesso à ajuda financeira que o Estado concede no programa de desenvolvimento agrícola, trocar idéias devotas por revistas pornográficas importadas da Dinamarca de contrabando e que chegam com uma rapidez extraordinária apesar das leis extremamente repressivas em relação a esse problema; escapar das esposas rabugentas etc.) sórdido e egoísta, o que os magoa profundamente, dando-se conta, assim, de que eles estão perdendo velocidade irremediavelmente, ainda mais que agora estão cheios de remorso dia e noite porque não tiveram coragem de ir a Meca traficar ouro, ao passo que alguns ingênuos — os camponeses do Piton, por exemplo — esmeram-se para entrar em transe nas redondezas do túmulo do profeta; aborrecidos por não terem aproveitado a ocasião para enriquecer de maneira fabulosa e continuarem assim sendo pródigos em bênçãos incríveis para com seus adeptos, inculcando-lhes algumas noções de economia política por meios audiovisuais um pouco melhores do que o projetor 16 mm, marca Pathé ou Kodak, ou Bell &, organizando bebedeiras vergonhosamente refinadas, em que todos os habitantes do povoado poderiam vir se iniciar, se reciclar, aprofundar a abordagem dionisíaca da vida contemporânea.

E eles, então, dizendo na língua secreta: como ele nunca acredita na gente, é melhor dizer o contrário do que pensamos, assim ele vai acabar entendendo que ninguém vai para lá impunemente e que sempre se corre o risco de perder alguma coisa lá (Quando um tomate entra no forno ele corre o risco de) sejam quais forem as precauções tomadas (amuleto, rabugice, má fé, passividade, sangue frio, talismã etc.) para escapar da desgraça. Corre-se sempre o risco, portanto, de se perder alguma coisa (uma perna, a virtude, a língua materna, os olhos, a pele, a fé — essa última não os incomoda tanto —, as células, o fígado, os pulmões e outros testículos) e ele, idiota, com certeza há de perder mais do que os outros. Pois que vá ver com seus próprios olhos. Ele não entende nada. Você viu como ele olhava as fotos. Beatamente! Idiota! Ele não entende que foi lá que ficamos doidos, vivendo — apesar das insinuações do almuadem sobre garotas seduzidas e transformadas em internas de prostíbulos — em mansardas sórdidas, para evitar os hotéis, não menos sórdidos mas sujeitos às batidas policiais continuamente, com repreensões, insultos e exações. Vivendo em favelas, portanto, com o teto de zinco ondulado furado e escoando uma chuva interminável como se ela caísse por querer cada vez mais abundante e sempre mais forte do que em outros lugares, do que nos bairros chiques, por exemplo, ou nos bairros residenciais plantados entre um bosque e uma lagoa, miragem vindo à tona, vaga e trêmula, nos anúncios publicitários (SUA CASA DE CAMPO ESPERA POR VOCÊ. VENHA VISITÁ-LA NESTE FIM DE SEMANA!); com seus barracos cobertos de papel rebocado de breu transformado em papel de cigarro depois de algumas horas de chuva diluviana ou de alguns dias de garoa interminável; com os tetos sempre caindo amarrados e escorados com enormes pedras para que não saiam do lugar durante a noite, o tempo de esgotar os pesadelos e retomar o trabalho, com as portas e janelas amarradas com pedaços de barbante, arame, pregadores de roupa, papel adesivo etc.; com as casas todas entortadas, recalcitrantes, como se estivessem em guerra contra o mundo inteiro mas inteiramente entregues ao vento, às tempestades e aos ciclones; com os varais de roupa cheios de trapos usados e postos para secar só para fazer de conta mesmo quando chove a cântaros, como peças avulsas de uma fábrica qualquer em que o sonho fica bloqueado irremediavelmente durante treze horas de tempo; com os filhos vitimados pelo raquitismo arrastando-se na lama misturada à matéria fecal negra; com os esgotos esverdeados ao ar livre zigueza-gueando por entre os barracos enferrujados, úmidos e viscosos em que a garotada pesca com uma lata de sardinha vazia alguma guloseima vinda dos bairros dos outros; com o estorvo, o excesso de gente e a sobrecarga nas mansardas exíguas que abrigam num ou dois aposentos dezenas de pessoas impotentes devido ao reumatismo provocado pelo inverno, queimando — no verão — expostas ao fogo das radiações solares por ondas que vêm perfurando, não do céu, mas dos tetos cobertos de papel betuminoso, de placas emborrachadas e de pedaços de mica etc., que atiçam o incêndio desde que há um raio de sol a mais, cegando os olhos, dispondo pápulas através das pálpebras carcomidas pelo infravermelho quando do lado de fora as ruas tortuosas submetem-se ao eletrochoque das ondulações cinzas, das vibrações metálicas e do assédio do cobre ressecando as narinas dos inválidos beatamente pregados em seus bancos expondo ao sol as plantas que eles cultivam sub-repticiamente em latas de zinco (hortelã, manjericão, coentro etc.); com as coortes de fantasmas calamitosos, resmungões e semi-acordados às 4 horas da manhã, andando em fila indiana com precauções de índio sioux a caminho da fábrica situada do outro lado do mundo; com a tosse explodindo na boca escarlate vermelha-ruiva-brilhante por causa das listras de zebra que fazem crateras nos pulmões remendados todos os anos por enfermeiras que não dão a mínima para a miséria fulgurante dos casebres catapultados pela memória trincada e ríspida numa hora daquelas; com o cheiro nauseabundo de chá estragado, de lúpulo ácido e de entrecoxas, misturando-se nas encruzilhadas em placas sólidas e dolorosas; com as crianças doentias extraviando sua malícia nos dédalos da mitologia assimilacionista; com seus charlatães de testículos úmidos desde que o tempo fica mais morno do que de costume; com os tiradores de sorte pelas cartas e pelo tarô atormentando com suas insanidades as massas nostálgicas pensando num retorno hipotético; com seus ventríloquos de emboscada à espreita de algumas presas crédulas para livrá-los de suas fantasias e de seus tostões amassados pacientemente na fumaça pestilencial das alvoradas esbranquiçadas; com seus domadores intrépidos aprisionando tartarugas, pombos, libélulas, percevejos etc. e fazendo com que passem do outro lado do muro da morte... de papel brilhante; com suas éguas frívolas e pintadas com almíscar e hena, traumatizadas pela topografia escabrosa que desencadeia espaços insuspeitados e hirsutos, que se enrolam em carretel em torno de segmentos, retas, elipses, arcos de círculo, diagonais e perpendiculares penetrantes; com seus vendedores de velhos carros usados de motor fundido e carroceria novinha em folha, brilhante e lisa, de cores agressivas vermelho-vitrine-de-açougueiro ou amarelo felino ou verde enfático, atrativo supremo e sinal de suprema prosperidade para aqueles que utilizam seus dias de folga para capturar graças aos raios brilhantes dos pára-choques polidos alguma virgem do Piton acometida de visões; com seus falsários barrigudos fabricando carteiras de identidade falsas passaportes falsos e falsos vistos de permanência que não servem para nada e que qualquer mestre de obras reconhece antes mesmo que sejam exibidos; com seus almuadens abrigados detrás de uma garrafa de vinho tinto, em plena ruptura com Deus e em plena ruptura com a espécie humana, enfiados em solilóquios pacíficos cozinhando as próprias vísceras no fogo do remorso; com seus profetas anunciando os derradeiros apocalipses, abortos e maus presságios; com seus escrivãos públicos aproveitando da profissão para escrever romances intermináveis já que cobram por linha escrita; com... E eles os velhacos continuando a aprimorar seus hábeis embustes, repetindo na língua forjada inteiramente forjada por eles, ao clarão dos candeeiros que cospem uma fumaça espessa: ele nunca vai entender nada, mas também nunca vai fazer essa viagem, ah! que idiota! se ele acha que vai poder ir embora assim sem mais nem menos, impunemente, sem perdas, sem mutilação, sem trepanação, sem amnésia, ele está muitíssimo enganado. Claro que não! Idiota! Ele acha que é melhor do que a gente no dominó e nas damas, ele não sabe que a gente perde por querer só pra não fazer ele ficar com vergonha, pra fazer ele ficar orgulhoso e para que ele não boicote o antro pois a gente faz questão da presença dele nesses períodos em que as visitas ficam cada vez mais raras e se ele for embora a gente não vai ter mais nenhum adepto tão fiel capaz de ir e vir entre a plantação de centeio e a lojinha, livrando-se de sua mulher insuportável e do seu bando de filhos que berram como asnos odientos e vorazes, não teremos mais ninguém que aproveite de nossos conhecimentos ultracientíficos e de nossa estratégia infalível no dominó. Mas o que é que ele está pensando? Ele nunca ouviu falar das favelas pra gente da espécie dele, eternos ingênuos. Não! No fundo, ele é um fraco, vem se refugiar aqui com a gente mas não aprende nada. Que burro chapado! E a gente também, perdendo esse tempo todo com ele em vez de atacar o tarô ou de cuidar dos pedaços de banha carcomidos e mofados porque não foram virados para o sol no momento em que era preciso. Perdendo tempo em vez de fazer reuniões para explicar ao povo do Piton a reforma agrária. E eles, despeitados, voltam depressa para as ocupações preferidas: reformar o mundo, em meio ao aroma dos temperos, a efervescência dos periquitos e outros pombos com os quais eles utilizam outra linguagem, que também é de invenção deles, uma espécie de código morse, todo cheio de nuances, delicadeza e tons diversos; receber as visitas cujo sinal de adesão é um poema complicado composto coletivamente pelos três (ou quatro) — ninguém jamais soube se o dono da mercearia era um cúmplice fantasiado de aparências mercantis ou um comerciante que confiava nos métodos publicitários mais recentes e os utilizava como fornecedores de clientes — velhacos; abrigar-se do otimismo ambiente inculcando a seus trânsfugas cursos de lucidez aguda e sem falhas; esconder a ansiedade aberta sobre o futuro do país como uma chaga viva que teima em não se fechar, que teima em.

Julgando-se si mesmo calamitoso e cego, fechava-se num solilóquio desesperado, eles deviam ter me avisado, ter dito a verdade em vez de me dar os parabéns pela decisão, de me encorajar a partir para ganhar minha vida e aprender uma profissão — mais uma invenção deles, essa história de profissão — isso é porque eles pensam em política o dia inteiro, enfiados em suas esteiras de junco bebericando vinho nos copinhos de chá, insensíveis diante da seca, da chuva de pedra, das doenças que atacam as plantas, dos adubos, da irrigação, das sementes, das doenças das vacas, da esterilidade dos galos... Fazendo política sem parar, ao invés de me dizerem exatamente do que se tratava. Avançando agora através das galerias comerciais (230 lojas) situadas nos cruzamentos dos corredores e exibindo vitrines com uma decoração ainda mais violenta do que as da própria estação, oferecendo numa misturada só roupas, doces, guloseimas, víveres, vinhos, jornais e livros (250 livrarias).

O cruzamento, como todos os dias, é assaltado por uma multidão que finge fazer compras e provar a si mesma que não está nem um pouco preocupada com o que se passa no interior da tripa do metrô, adivinhada por meio das rajadas intermitentes que provoca cada comboio passando acima das cabeças dos pseudocompradores, camuflados atrás das prateleiras de roupas ou de uma fome simulada que lhes permite roubar os montes complicados de víveres e esquecer, assim, que a balbúrdia logo vai se tornar insuportável; e alguns deles estão de tal modo inquietos diante da idéia de penetrar logo naquela massa informe e viscosa, que se vêem em suas testas linhas profundas e paralelas, por assim dizer, como trilhos interiores batendo-se contra os compradores perturbados por suas contas e como que absorvidos por um terremoto suscitado pela deflagração de outras linhas, perpendiculares dessa vez, e o passageiro abaixa a cabeça, arrastado pela multidão, ainda que sua bagagem lhe sirva de barreira, porém logo ultrapassada pelos assaltos contínuos e répteis de uma gente invasora que tece em volta dele a teia do anonimato, da indiferença e da morte. Dizendo a si mesmo: "Eles deviam! Eles deviam! Desvairado e incômodo, continuando ainda a imigrar por medo de outras vidas vastas demais, outros lugares estreitos demais em que a promiscuidade o amedronta, acostumado agora com as insanidades da adversidade exorcisando-o de seus sonhos, enlaçando-o para sempre, titubeante e esbranquiçado, a angústia, no rés do crânio, emitindo relâmpagos azuis e vermelhos, a tatuagem à flor da sensibilidade, a alma esmagada, o fôlego espesso e o corpo transpassado de um lado ao outro pelo silêncio redibitório da multidão que o carrega, no lugar dos olhos gânglios bubônicos que o atingem como um LASER (Light Amplification by Stimulated Emission of Radiations) cujos raios vão livrá-lo de todas as suas células carcomidas e para sempre destruídas, uma a uma.

Linha 13

Jogado de enigma em enigma, surpreendido pelo número crescente de jovens fardados de couro preto e de brilhos usando capacetes vermelhos e óculos de sol em plena noite, surgindo de toda parte cuja quantidade — em sua vertigem — ele com certeza exagerava, barrando sua passagem rumo ao cruzamento deserto e sombrio, comprimindo-o enquanto ele, ao perceber seu equívoco, ao ver que tinha de novo se perdido, com raiva de si mesmo por se ter jogado nos braços dos assassinos e por lhes ter esfregado o papelzinho com o endereço no nariz, perdia o sentido da realidade em seu júbilo frenético atazanando-o pelos lados, submergindo-o, inundando-o como uma água benéfica, por muito tempo contida, rosnando em suas têmporas e ao longo das artérias, dando-lhe vontade de urrar de alegria depois daquela travessia interminável de tripas sucedendo-se concentricamente, umas às outras, e cujo mapa dá uma idéia implacável e nítida. A horda avançava para cima dele com um hálito fétido de cerveja de luxo, a vista embaçada pelo gozo sádico de vê-lo tentando bater em retirada sem largar a mala cada vez mais danificada, o riso embaraçado e lúgubre despedaçando o silêncio da noite que quase chegava ao fim, o canivete aflorando no bolso, os olhos vidrados e frios estriados de sangue. Ela (a horda) fazia girar correntes com uma destreza infalível desenhando listras no espaço e cingindo-o com um assobio metálico e ao mesmo tempo cristalino cujo eco quase imperceptível se transmitia pelo ar e, chegando até suas orelhas, inchava e aumentava para enfim explodir em mil vibrações dando à sua morte, que agora ele sabia iminente, uma coloração fatídica e grosseira porque ele ainda não tivera tempo para se livrar de seu frenesi, de seu júbilo e daquele impulso vital que o propulsionara para fora do labirinto num jorro inaudito, cortado na raiz por aquela agressão cujo sentido ele entendeu depressa, sem precisar ouvi-los repetir que fazia um bom tempo que eles não pegavam um imigrante de tipo tão marcado tão típico com sua mala entupida de porcarias fétidas de micróbios vorazes e de livretos subversivos que ameaçam os fundamentos da civilização ocidental. Uma sorte, vê-lo chegar ali, o rosto inundado de alegria, exibindo bem no nariz deles o pedaço de papel arrancado de dezenas de outros e esperando tranqüilamente que lhe mostrassem a rua indicada na folha, totalmente ilegível agora, rasurada, borrada, e roída pelo suor, pelo vapor de água e pelo calor constante da iluminação, das lâmpadas, dos tubos catódicos etc. E, diante daquela maneira de ralhar com ele, de cercá-lo, de fazer aparecer, num golpe mágico, as correntes, as matracas e os punhais, ele se sentiu mortalmente submerso pelo tumulto ensurdecedor entregando-o, sem resistência alguma, aos vermes e à rocha que, lentamente, fariam crateras cósmicas em seu caixão privado do húmus da terra protetora dos antepassados mas invadido pelos versículos corânicos despejados depressa por algum almuadem da favela, incomodado de repente em sua sesta sagrada, folgazão e de mau humor, e pelo qual algum pé de genciana frondosa de flores azuis e amargas viria penetrar sua carne impenitente até estourar ou se enraizar na turbulência de sua folhagem demente fervilhando de mil brilhos metalizados. E diante daquela maneira deles de farejá-lo, de tosá-lo, ele tinha entendido — instintivamente, num interstício alucinante de lucidez penetrante e anunciadora da agonia abrindo-se sob seus passos cansados como um abismo sem fundo e uma queda cujo percurso é balizado pela passagem de trens perfurando o espaço, por luzes que piscam, por campainhas estridentes e anúncios publicitários que reproduzem infinitamente a gargalhada ininterrupta de Celine (Aline?) guiando-o de um modo lânguido através dos túneis silenciosos, laqueados e frescos — que ele chegara ao fim de seu pesadelo o qual terminava muito depressa — em alguns segundos — parecendo-lhe estes entretanto mais compridos do que as 12 horas que ele passara nas entranhas do metrô em busca de uma saída totalmente hipotética. Eles, cingindo sua memória com correntadas, acabando com ele a punhaladas dadas com uma velocidade vertiginosa, com uma raiva que polia seus nervos vivos, cobrindo-o com chagas enormes, hematomas, contusões, traumatismos, divertiam-se talhando a carne até o osso à mostra branco de sal e fazendo jorrar o sangue num silêncio em que apenas o afã deles vinha criar algumas perturbações sonoras, como se eles não fossem assassinos (DESPERTEM SEUS INSTINTOS GAULESES! SAUPIQUET É) mas sim vítimas hirsutas e excitadas pelo sangue, ao passo que ele, murado num silêncio aterrorizador, se via morrer, sem dor, totalmente obcecado pela idéia de que era preciso permanecer rígido diante do saque derradeiro, diante da lâmina do punhal brilhando na penumbra e cuja trajetória ele percebia como um pirilampo inchado de luz, translúcido e enlouquecido atormentado o espaço azulado e sobrecarregado pelas volutas fazendo serpentear os cigarros dos outros e pela corrente deles e pelo hálito de açougueiros vivendo a história com movimentos de recuo e brincando de cavaleiros valentes, de defensores de valores caídos em desuso e de raças superiores. Entre o braço levantado muito alto e o solo em que jazia o trânsfuga do Piton já esponjoso e furado com mil buracos pelos quais escoava, num estertor, toda a angústia acumulada desde que ele pegara o navio, eles se encarniçavam sobre ele como se tivessem se encarniçado sobre todos os outros no país inteiro.

Onze mortos desde o dia 29 de agosto

A Associação dos Amigos dos Argelinos na Europa publicou uma lista de onze trabalhadores imigrantes assassinados, segundo a associação, depois dos "acontecimentos de Marselha". Trata-se de:

– Laadj Lounes, 16 anos, atacado no dia 28 de agosto, falecido no dia seguinte (tiro disparado de um carro).

– Abdelahab Hemahan, 21 anos, falecido no dia 29 de agosto em Marselha, em conseqüência de um traumatismo craniano.

– Said Anouallah, 37 anos, morto a tiros na rodovia norte de Marselha, na noite de 25 para 26 de agosto.

– Rachid Mouka, 26 anos, morto a tiros em Marselha, no dia 25 de agosto.

– Hammou Mekarbi, 40 anos, pai de cinco filhos; ferido no dia 26 de agosto, falecido no dia 29, no hospital da Sagrada Conceição, em Marselha.

– Said Ghillas, 40 anos, pai de sete filhos, atacado no dia 29 de agosto na localidade de Saint-André (Marselha), falecido no dia seguinte no hospital da Sagrada Concepção.

– Bensala Mekernef, 39 anos, pai de quatro filhos, encontrado gravemente ferido, falecido no dia 2 de setembro, em Marselha.

– Rabah Mouzzali, 30 anos, morto a tiros no dia 25 de agosto em Perreux (no Val-de-Marne).

– Ahmed Rezki, 28 anos, assassinado na noite de 28 para 29 de agosto com uma bala em pleno peito, em frente à pensão em que residia, em Metz.

– Mohamed Benbourek, 43 anos, pai de seis filhos, descoberto afogado num rio, no dia 9 de setembro, perto de Maubeuge.

– Said Ziar, 43 anos, detido pela polícia no dia 15 de setembro, em Tours, descoberto morto no dia seguinte. Um médico, convocado a comparecer, declarou que sua morte fora natural.

Subjugados que estavam pela própria covardia e pelo espetáculo abundante de cores, ritmos e barulhos sem dúvida furtivos e sufocados mas que duplicavam a excitação mórbida deles na obscenidade da morte. Eles se extasiavam com o efeito dos golpes que desferiam na parte mais mole da garganta, no estrépito do choque pomposo que fazia estourar em mil explosões a litania do estrangeiro corroendo seu espírito a um milímetro da morte (CHEGUEI, PARE. SÃO. PARE. SALVO, PARE) ainda mais que era — exatamente no momento em que seus membros começavam a se distender, não tendo mais nada a perder — torturado por essa história de assinatura em relação à qual ele não conseguia tomar uma decisão: devia ou não acrescentar uma assinatura ao texto? Mas ele não perdia de vista os velhacos compreendendo de repente o sentido dos propósitos sibilinos, premonitórios ou simplesmente codificados deles, lamentando tornar-se a causa de um remorso que ia assombrá-los e persegui-los até o fim da vida, obrigando-os assim a se afundarem num delírio interminável para tentar vencer a culpa que vai lhes colar à pele e que eles jamais poderão afogar, nem no vinho, nem no haxixe, nem em discursos sofisticados, nem em comentários políticos sardônicos. Que grito bastaria para deter o massacre? Ele fazia com que eles (os assassinos) fossem até o máximo do ódio e de seus gestos — relâmpagos transcritos por uma elipse indo do ferimento essencial à chaga aberta no odor da matéria fecal maculando a última sensação da vítima nem assim tão morta e sem vida, mas como que desiludida por tanto sadismo e crueldade que desmanchavam seu júbilo logo reprimido, aviltado, com os dentes quebrados, o sangue jorrando em pequenos goles na boca e o suco gástrico fazendo reguinhos na beira de sua segunda morte acontecida após a outra, aquela do labirinto. Assim abriam-se, em sua própria memória ensangüentada, fixada numa crispação dolorosa, brechas tapadas pelas últimas lembranças cujo ritmo endiabrado lembrava as atualidades cinematográficas projetadas pelos quatro companheiros, todo domingo de tarde e cuja aceleração, cujo crepitar, cujas estrias e outros defeitos faziam rir as crianças impiedosamente expulsas pelos organizadores — alérgicos a todo tipo de bagunça — daqueles colóquios altamente cinematográficos; e secretando — as lembranças — sua própria substância pintada de todas as cores dos painéis publicitários e girando em torno da significação mais ou menos oculta de todas as imagens e de todos os temas louvando as laranjas, os sutiãs, os pratos congelados, as camponesas exóticas, os iogurtes, os batons, os vinhos, as frigideiras, as meias-calças, os tomates, as casas de campo, os queijos, os absorventes íntimos, as marcas de macarrão, os papéis de parede, os refrigeradores, os papéis higiênicos, os desodorantes, os cosméticos, as margarinas, os carros etc. Os valentes, quanto a eles, continuavam seu serviço sujo, os olhos revirando de prazer e as mãos tremendo de excitação; eles navegavam no delírio monstruoso recitando insanidades místico-políticas e discursos delirantes, felizes pela sorte que lhes caíra bem diante do nariz no momento em que eles voltavam com uma mão na frente e outra atrás da caça ao estrangeiro, e iam dormir em suas casas opulentas, mais bonitas e mais confortáveis do que as que vira o morto em repetições insanas em milhares de anúncios (SUA CASA DE CAMPO ESPERA POR VOCÊ. VENHA VISITÁ-LA NESTE FIM DE SEMANA!), sufocando em seus bocejos e escondendo a decepção. E ele, de repente, na saída do metrô dando para a avenida Bessières completamente deserta e mal iluminada, correndo na direção deles num profundo júbilo, exibindo o papelzinho diante deles, gesticulando para ser compreendido tal qual um surdo-mudo escapado da noite, sorrindo para eles, insistindo cordialmente num cerimonial gestual conciso que ele tinha aprendido a organizar com o mínimo de movimentos possíveis.

Eles prolongavam, agora, o ritual demoníaco no deserto de suas consciências, cor ferrugem sangue e prolongavam as mãos nas chagas abertas no interior das quais as tripas borbulhavam queimando que estavam da angústia fulgurante da morte repentina e da ansiedade por muito tempo contida há alguns dias, isto é, desde que ele deixara o Piton sob os olhos incrédulos dos velhacos que não acreditavam no que viam, incapazes de proferir um som sequer, um conselho ou um último acerto qualquer, submersos pela tristeza, sabendo desde o início que ele não os escutaria nunca, orgulhosos dele, no fundo, porque tinha a coragem de partir para trabalhar e enviar dinheiro para uma família grande demais composta dos mais velhos, dos pais, das crianças, das tias, primos, irmãs etc. mas preocupados com a sorte dele, informados que estavam de todos os crimes que eram cometidos lá, sobretudo há algumas semanas, mas calando-se para não causar pânico nem amedrontar os outros cujos filhos e pais já tinham ido embora e já estavam lá, trabalhando como burros de carga no fundo das minas, queimando vivos diante de fornos de fábrica, varrendo as fezes de lindos cãezinhos bassês. E eles, lançados a seu encalce, compreendendo com alguns segundos de atraso o que estava acontecendo, tomados por uma alegria irreprimível, pegando-o de novo, devastando-o e penetrando-o até no mais íntimo dele no momento em que, atingido em plena testa por uma ferida em forma de estrela sangrenta, ele se rendeu à evidência e compreendeu a profecia de seus amigos jogadores inveterados de dominós, dos quais ele sabia, entretanto — porque um dia tinha espiado pelo buraco da fechadura, numa noite em que nevava no Piton —, que eram chegados num outro jogo exclusivamente praticado entre eles sobre um tabuleiro de ébano resplandecente com rainhas e reis (Xeque-mate!) e do qual eles jamais falavam, como um segredo grave que não queriam ver divulgado como se a vida de milhões de homens dependesse daquilo. Surgindo de todos os lados (a horda), acuando-o contra a parede, despedaçando sua cabeça contra porosidades fechadas (basalto? pomes? calcário?), olhando surgir manchas de sangue vermelho e viscoso sobre a parede coberta de pátina pela sujeira e pela garoa, como crateras jogadas lá por acaso numa desordem obscura e abstrata lembrando mais uma vez a confusão topográfica do mapa do metrô jorrando através de linhas e meandros e esferas e segmentos trincando-se em qualquer lugar, aqui, depois lá, na amargura das formas diminuindo e estendido em direção de um nada que se pode imaginar e que portanto se pode encher com quimeras, fantasias e incongruidades sem propósito dada a rigidez do traçado esquisito que gira em volta de si mesmo como uma centopéia que perdeu a imaginação. Acossando-o sem trégua até que ele assumisse a infelicidade do sangue quase inscrito em seu código genético quando não no código dos outros que ficaram ofendidos por sua segurança, sonhando entre um copinho de chá (?) e um cachimbo que eles tinham recebido um telegrama dele, algumas horas depois de sua partida do Piton, escoltado por toda a população, estandarte do santo, na cabeça do cortejo, colorido de vermelho e verde, com os antepassados rabugentos contestando uma aventura daquelas, puxando a perna, atrás, e acusando os velhacos de todos os males futuros que poderiam se abater sobre o homem que partia (Cheguei são e salvo). Na infelicidade do exílio, ele se enfia no interior de um mundo em que certos homens tocados por algumas idéias políticas nauseabundas brincavam de açougueiros irrepreensíveis para determinar melhor a demarcação entre a pele deles e a sua, à flor da consciência afogada nas bebidas alcoólicas sofisticadas e a música estridente de algum orfeão coberto de algodão cáqui para conjurar as perdas de impérios fabulosos, as invectivas da República Comunista Verdejante (RCV) e as brechas fulgurantes da história emperrada em algum lugar, até lá, e tomada, de repente, por uma fome dialética. Evidentemente, eles carregavam o massacre através dos olhos injetados de sangue do estrangeiro, cujo escoamento fazia enxurradas e cavava assim sulcos vagos e incertos como se a tribo que ele deixara na saída do Piton já tivesse pressentido sua agonia e como se quisesse, apesar do dilaceramento, esquecê-lo para puni-lo por tê-la abandonado ao malefício da transumância partindo em busca dele naquela complexidade de túneis, corredores, galerias, perspectivas, avenidas, bulevares, ruas, ruelas e praças mutilando o espaço, subdividindo-o, domesticando-o, criando uma espécie de geometria bastarda que não conhece mais a embriaguez das grandes imensidades em que navegam os sonhos dos homens do Piton apesar da fúria do granizo e da fúria da seca e também dos gafanhotos estalando durante a sesta endurecida pelo sol. Agora que tudo acabou, cheios de alegria, eles partiam então para a cidade deserta, as correntes de suas bicicletas desembestando pelo asfalto brilhante, sem se preocupar com a limpeza da rua que mal tinha acabado de ser varrida por uma equipe de varredores totalmente semelhantes àquele que eles acabavam de matar depois de uma terrível carnificina, fascinados por uma curva da marginal alçada acima de suas cabeças, iluminada *a giorno* e zumbindo a cada passagem de bólido sonhando com uma corrida perigosa pela simples razão de que a rua estava completamente deserta.

Ele guardava a memória das ofensas e ao mesmo tempo em que andava a passos largos por um corredor qualquer, sem saber onde estava e para onde ia, ele se sentia desapossado até de sua pele ressecada por um cansaço cinza e até de suas veias geladas e entorpecidas como se nelas corresse um óleo frio! Boca amarga. Mágoa infantil. Vago. Melancólico. Nostálgico. Insensível ao jorro da matéria cegante que cava tons vermelhos num espesso jorro de claridade artificial. Pensativo e calamitoso, o ombro direito sempre mais alto que o esquerdo, bombardeado por milhões de ondas eletromagnéticas concentrando seu fogo sobre essa rede de linhas que se ergue em pleno meio da testa, em plena errância destruidora, ele decidiu não perguntar mais nada, tendo guardado definitivamente, há uma hora, seus papéis, tentado inconscientemente pelo suicídio. Extático. Sonambúlico. Os olhos abertos. Essa maneira de economizar sua raiva! Passarelas infinitas andando em caracol no éter razoavelmente sem viço. Armaduras. Crivos. Zumbidos. Loucura? Do alto, os movimentos parecem mais engraçados. Como a lascívia. Interpenetração da multidão. Em todos os sentidos. Vendedores ambulantes esparramam montes de gravatas, lenços, camisas, batas indianas, os olhos fixos na ponta do corredor, à espreita de algum fiscal que venha rondar vagarosamente em volta desses tesouros estrambóticos, para depois avançar de repente sobre as bancas, uma grande caixa sob os braços, com tempo apenas para gritar: "A próxima!" E abandonando o fiscal no embaraço mais completo, ao qual resta apenas dizer: "Vamos, andando! Circulando!" Olhando-o, encarando-o, o ar desconfiado, olhando para sua mala, dando voltas em torno dele, hesitando um pouco, pensando com certeza que ele devia estar transportando maconha ou latas de petróleo, fazendo idas e voltas entre o deserto e os corredores do Metropolitano, revendendo sua matéria bruta por um preço vil, desorganizando assim a política energética do Estado, interpelando-o, pegando-o pelo braço, sem exibir nenhuma patente policial, colando-o contra o muro, tomando a mala de suas mãos, pondo-a no chão, apressando-se em abri-la, metendo os pés pelas mãos no exame dos vidros de pimenta vermelha, cheirando o grosso albornoz de lã crua, o paletó de cotim... jogando tudo no chão, vingando-se nele pela fuga do camelô, ridicularizando-o diante de dezenas de passantes intrigados e até mesmo amedrontados pelo imigrante que eles encaravam com ares distantes e de desprezo; e a batida policial só dura o espaço de um estrondo fulgurante, quando da passagem de um trem em direção da próxima estação (Europe, ou Liège ou Trinité ou Havre-Caumartin ou Madeleine) de acordo com a direção que ele toma (Pont de Levallois ou Pleyel ou Porte de la Chapelle ou Porte des Lilas ou Mairie d'Issy). Ele está atrapalhado e não consegue entender principalmente os olhares desconfiados das pessoas que passam diante dele e lançam um olhar de conivência ao fiscal concentrado em sua tarefa, agachado com dificuldade por causa de sua barriga grande que o incomoda, suando muito e resmungando com sua barba, fazendo caretas ao cheirar os pedaços de pau de canela, os cravos, as pétalas de jasmim, a assa-fétida, o benjoim, as pastilhas de pimenta-do-reino e gengibre, as contas do rosário de Meca etc. Ele guardava a memória das ofensas e não queria implorar mais nada depois que duas ou três pessoas o tinham insultado, mandado ao diabo, desprezado, quando ele tentava lhes pedir uma informação sobre o caminho. Agora ele sentia raiva da outra, decidido a andar continuamente até o esgotamento, perguntando a si mesmo por que tanta gentileza — ela não o tinha acompanhado até sua última estação, depois, imaginando de repente o sarcasmo dos velhacos, ele batia depressa em retirada, renunciando a suas repreensões, recalcando suas recriminações pois os outros com certeza teriam dito: "Mais essa agora! Você não ia querer que ela virasse tua escrava e depois, não foi só ela que te deu um bolo, tem também o jogador de fliperama, o compatriota e alguns outros que tentaram uma."

Mas não havia apenas isso em sua memória: a imagem de um enorme bebê sentado num piniquinho brincando com um rolo de papel higiênico inteiramente desenrolado esparramado por todo o aposento em que ele se encontra, o chão coberto por um tapete de motivos um pouco indefinidos, de tons azuis e cinzas. O bebê rechonchudo tem a pele colorida de rosa, os cabelos louros e encaracolados, os olhos azul-pastel. Ele ostenta um sorriso levado e mãozinhas gorduchas. O piniquinho sobre o qual está sentado tem formas aerodinâmicas e cores (branco-creme-e-rosa-velho) suaves. O rolo de papel com o qual ele brinca e que está desenrolado por todo o aposento é cor-de-rosa e lembra inevitavelmente a cor de sua pele como se quisesse sugerir não somente a suavidade do papel, mas também seu vigor e sua solidez. No fundo do aposento, um pouco imersa na sombra, descobre-se uma porta semi-aberta que dá para algo que não se vê, mas que se adivinha — é um corredor —, mas a cor cinza da porta e a sombra que a envolve não servem para nada, a não ser para reforçar o contraste com a cena (o bebê, o piniquinho, o tapete e o rolo de papel) invadida pelo brilho dos projetores invisíveis sobre a fotografia, é claro, mas que não se pode deixar de imaginar devido à flagrante violência da luz, ainda mais que não há nenhuma fonte de iluminação (lâmpadas no teto, abajur, lustre etc.) aparente. A menos que aquela porta entreaberta esteja lá para sugerir simplesmente que a mamãe do bebê não está muito longe e que ela tem toda a confiança naquele papel a ponto de ser capaz de deixar seu bebê sozinho, no piniquinho, brincando com o rolo, jogando-o através do aposento, como uma enorme serpentina esparramando-se pelo tapete e fazendo sobre ele uma espécie de cicatriz espessa pelúcia como se fosse coberta por uma espuma leve e rósea recobrindo artificialmente a folha de papel como se ela tivesse sido colocada ali muito antes de sua fabricação, com a ajuda de um instrumento sofisticado (pistola, pulverizador etc.). O todo é recoberto por pontos aumentados pela objetiva e cuja dispersão cria uma espécie de morfologia subjacente que provoca no observador a tentação de ligar os pontinhos com um lápis, criando assim um desenho concreto e delgado como um sombreado rosa rubi contrastando com os motivos aéreos do tapete de lã de discretos tons azuis e cinzas. Mas essencialmente toda a cena está imersa numa atmosfera aconchegante, agradável e até mesmo serena como para atenuar o aspecto escatológico que poderia chocar os espíritos mal intencionados. Tudo concorre para o esquecimento da defecação, dos maus odores, do pinico de laterais arredondadas, da incongruidade da coisa a fim de que a atenção se concentre no papel higiênico embandeirando todo o aposento e colorindo-a de cor-de-rosa pelúcia e musgo. Antes de mais nada o próprio bebê, magnífico, gorducho, sorridente e alegre, apaga de imediato o mal estar que os passantes poderiam experimentar ao ver assim exibida, diante de todo mundo, a intimidade mais repugnante e vergonhosa. Depois a forma do pinico e sua cor permitem que se faça desse recipiente cuja simples visão poderia provocar ânsias de vômito, um objeto artístico, graças ao jogo de luzes, à sua concepção totalmente modernista e à sua cor agradável, tudo isso fazendo com que se esqueça de seu uso e sua finalidade e fazendo lembrar certos quadros cubistas (castiçal, pote e panela esmaltada, por exemplo) pendurados nos museus do mundo inteiro com as sombras trincando os objetos e dando às curvas uma rigidez toda angular ou hexagonal ou quadrada ou retangular. Depois o tapete de lã, com seus motivos e tons, vem imprimir no espírito das pessoas uma idéia de suavidade, de calor e de paz pastoral (a lã) ou vesperal (a cor azul). Depois, ainda, a porta entreaberta e crivada de sombra abre na memória dos observadores uma brecha pela qual se engalfinham tantas felicidades familiares, serenidades maternas, lares cheios de paz etc. Enfim, o papel é fotografado de acordo com as técnicas de ponta a tal ponto que ele perde sua objetividade fria e excrementicial para se transformar numa forma diagonal de textura semelhante à pelúcia, fofa e musgosa, que evoca a suavidade, a sensualidade e o conforto ainda mais que ele não é um papel higiênico qualquer com tudo o que isso subentende de sujeira, de descarga anal, de complexo fecal, de hemorróidas dolorosas, de intestino preso incômodo etc., mas sim um brinquedo que a criança maneja com tanta graça e desteridade, esquecendo completamente sua tarefa ingrata e pouco agradável, fazendo serpentear o rolo de papel (LÓTUS É SUAVE COMO A PELE DO BEBÊ) através do aposento, criando assim um agenciamento sobreposto aos outros (tapete, pinico, porta) estruturando o aposento, listrando-o com uma faixa transversal rosa-ocre por causa das zonas de sombra e das zonas de luz que se seguem umas às outras, que se interpõem, opõem e formam no rosa-pelúcia-granuloso-musgoso do papel manchas estagnadas ou restritas que fazem a alegria do bebê aumentando a poesia geométrica das formas aqui pouco volumosas — e de forma alguma vertiginosas como aquelas do mapa do metrô seja ele gráfico seja luminoso, mas jorrando nos dois casos, fervilhando e transbordando e sobrecarregando o espaço, isto é, a folha de papel revestida de um verniz bege — de ornamentos entrelaçados de formas e de traços trincando toda perspectiva, toda possibilidade exterior a elas mesmas, devorando os signos à maneira de um caleidoscópio voraz faminto de cores crespas tendo convulsões eletricamente e de íons desintegrados e grotescos num salpicamento que parece jorrado do próprio material, o papel reforçado e revestido por um produto incolor e transparente numa efervescência calamitosa dando-lhe dores de cabeça ainda mais que ele não entende nada da escrita (LÓTUS: O DETALHE QUE FAZ A DIFERENÇA) cingindo a imagem (LÓTUS É SUAVE COMO A PELE DO BEBÊ) mas ele reconhece com facilidade a flor de lótus estilizada substituindo o O de lótus ainda mais que a fruta amarelo-açafrão é conhecida, no Piton, por suas propriedades mágicas, e mesmo afrodisíacas (*os lotófagos serviram lótus aos companheiros de Ulisses, que assim esqueceram sua pátria.* Homero, *Odisséia*, 9), bastante experimentadas no Piton. O que aumenta sua perplexidade, já que ele não entende qual a relação entre a planta que cresce na região dele, perto do mar, e essa criança, esse pinico, esse papel que se desenrola como uma fita em cima do tapete, tentando interpretações complicadas, pensando que a criança talvez seja vítima de uma mistura mágica à base de folhas e frutos de lótus (em sua língua também diz-se lótus) e de cânfora e de óleo de amêndoa doce e de alúmen, que a teriam feito engolir e que a deixou eufórica e alegre, mas sempre sem compreender o que é que o papel vem fazer naquela cerimônia ritual. O desenho estilizado da folha de lótus que substitui a letra O reforça a ofensiva poética cuja magia tende a apagar do espírito das pessoas toda e qualquer reação cômica ou toda perturbação (o belo bumbum do bebê pode despertar a ironia de algum brincalhão satânico, parecido com os velhacos que ficaram lá longe e que continuam a dormir até tarde, a fazer a sesta e a dar algumas cochiladas curtas durante o dia para poderem passar a noite bem acordados e sardônicos, aproveitando de festins memoráveis, incapazes de compartilhar a vida dos camponeses do Piton, que se levantam com o sol, que morrem de trabalhar para fazer surgir da terra rochosa e pobre em húmus e adubo orgânico algumas espigas de centeio ou de aveia ou de cevada, voltando com o cair da noite, estafados e decepcionados, no momento em que eles começam a ficar agitados, excitados, no momento em que começam realmente a viver...) porque a palavra *lótus* é legendária desde que Ulisses foi hóspede dos lotófagos que lhe serviram folhas de lótus de propriedades excitantes que podem ser confundidas com a palavra *nenúfar*, cuja forma e porte totalmente asiáticos lembram à imaginação bacias de manhãs tranqüilas nas quais banham tais flores, templos de silêncio e de meditação, atitudes ascéticas, formas de vida monástica voltadas para a beleza, a paz e a serenidade; e também porque foneticamente o L inicial e o S final são ambos letras dentais, suaves e fluidas, mesmo sendo verdade que o L é vibrante-sonoro e o S é antes de mais nada fricativo-sonoro, o que não impede que essas duas letras sejam da mesma família sonora (as dentais) com uma pequena diferença determinando cada uma das duas em relação à outra. De qualquer modo, não satisfeitos em brincar com a psicologia das massas, em intervir em seu inconsciente brumoso e enrolado em torno dele mesmo, os criadores de publicidade intervém numa gama multiforme na qual tudo conta: a imagem, o som e a interpretação criando em volta da palavra *lótus* toda uma floresta poética e harmoniosa com o único objetivo de ocultar a repulsa que uma tal imagem deveria provocar em qualquer um, transcendida graças a todos esses artifícios, sublimada a ponto de o papel higiênico ir bem além de sua função excremencial imediata para deixar sonhador o ingênuo que, ao pensar lótus, pensa lotófago e, a partir daí, ei-lo rumo a uma ilha extraordinária cujo charme é louvado por outros cartazes (É O TEMPO DE UMA VIAGEM, E VOCÊ ESQUECE TUDO, A MULTIDÃO, OS PROBLEMAS...VOCÊ DESCOBRE DE NOVO NÃO SOMENTE O AZUL DO MAR, A SUAVIDADE DA AREIA, MAS TAMBÉM O ESPAÇO, A LIBERDADE, A DESPREOCUPAÇÃO... FAÇA COMO ULISSES! VENHA DESEMBARCAR NA ILHA DOS LOTÓFAGOS) e cuja hospitalidade é cantada por Homero. (*Os lotófagos serviram lótus aos companheiros de Ulisses que assim esqueceram sua.*) O que prova que eles — os publicitários — conhecem os clássicos na ponta da língua e sabem servir-se deles quando a ocasião se apresenta, para atrair as massas do Metropolitano, apertadas, esmagadas num espaço (VENHA DESCOBRIR O ESPAÇO!) restrito, úmido e sufocante, esperneando nele como animais tomados pelo pânico, assediados por essa avalanche de imagens que furam profundamente a matéria cinzenta, imprimindo-se sub-repticiamente e endurecendo depois, transformando-se em sonho confuso ou em pesadelo trepidante ou em desejo lancinante ou em projeto mítico (Ulisses, ilha dos lotófagos, evasão, fuga, viagem etc.) ou realizável ou realizado esvaziando-se de sua potencialidade fatigante, perdendo seu valor sublimatório, apagado! Decidido a continuar andando até sua morte, sem abrir o bico, começando, ele também, a usar aquela máscara rígida que ele vira sobre o rosto dos outros, assaltado pelos painéis publicitários e por aquela imagem que o irrita como um dente que tivesse nascido doente, de repente, em sua sensibilidade, perseguindo-o e acuando-o, obrigando-o talvez a essa caminhada sem fim, sem plano elaborado previamente, sem itinerário traçado pelo imaginário, sem objetivo a atingir já que ele só anda em círculos, liberando sua memória de tudo, esvaziando-a, para guardar nele apenas as ofensas e a imagem daquela criança sentada no piniquinho, brincando de jogar serpentina fazendo pensar (na luz escarlate, projetores iluminam o palco, enquanto atrás, mas fora do campo de visão, a voz da mamãe do modelo o encoraja, dizendo-lhe que ela está ali perto, que ele não precisa ter medo, que ele deve sorrir para o moço, não o da câmara, mas para o outro, que está do lado direito e fora do quadro, ele também, imitando um palhaço para fazer rir o menino pouco a pouco tranqüilizado, pouco a pouco confiante e que acaba por sorrir, com o chefe de gravação regendo tudo e esperando um sinal do diretor para começar a filmar pela décima vez, temendo que a criança acabe se irritando e que, em vez de sorrir ou de rir diante do jeito fingido do outro esmerando-se em inventar novas tiradas, comece a urrar, preocupando a mãe prestes a se emocionar, a se dar da crueldade daquelas pessoas, ameaçando pegar de volta seu filho caso...) naquele monte de confetes amontoados pelos varredores de rua, no dia seguinte das festas patrióticas ou religiosas ou pagãs, carretas repletas, desde a alvorada, depois da passagem das procissões ou dos carnavais ou das fanfarras ou dos cortejos presidenciais ou dos desfiles militares ou das voltas triunfais dos times de futebol vencedores ou. com os adornos, as roupas velhas, as casacas, os smokings, as roupas de baixo que tudo isso supõe; também com as máscaras das pessoas arrumadas de acordo com as circunstâncias e ostentadas com aquela mistura de apatia, agressividade e frenesi conferida por qualquer atitude emprestada como se os trajes heteróclitos e alugados em qualquer alfaiate futurista e um pouco pancada, fossem os mesmos que travestem os passageiros os usuários debatendo-se no ar quente e pegajoso no qual eles parecem flutuar na espessa camada atmosférica viciada, como peixes da cabeça grande e escamosa e abatida, a boca desmesuradamente aberta para aspirar alguma partícula de ar fresco durante a passagem, do qual seus pulmões tanto precisam. E ele, assemelhando-se a eles cada vez mais, esmigalhado entre os insultos que sofreu e o enigma do bebê, ele se põe, por sua vez, a fazer contorsões e a mover-se de maneira um pouco mais grotesca, não tendo nada mais a perder, o ombro direito mais caído do que nunca, o maço de papéis meticulosamente arrumado mas inútil e incapaz de erradicar o desespero que se apossa dele à medida que o gota a gota do tempo esverdeado e pesado destila em suas entranhas um líquido ácido que perfura seus órgãos mais vitais e provoca nele uma expressão de enorme zangão zumbindo raiado de estrias de movimentos furta-cor e fastidiosos, condenado que ele estava a andar de um lado para o outro nos corredores, a olhar as imagens murais e a pavonear sua cabeça vazia de tudo com exceção de algumas ofensas gotejando aqui e acolá (vai tomar no — idiota — que cara-de-pau — imbecil — que tipo podre — você tá fedendo — volta pro seu buraco — o que foi agora? — só faltava essa — toma esse dinheiro e some

— é a tua! etc.) junto às pessoas que gostam de determinadas flores, de cães de raça, de corridas de cavalo, de mulheres esguias e, acima de tudo, de cortesia!

Depois os outros imaginando ou sonhando que ele lhes enviou um telegrama não para tranqüilizá-los mas para incomodá-los, contradizê-los (Cheguei), ridicularizá-los (São e salvo), irritá-los com esses (Pare) colocados em qualquer lugar e tampando o sol com a peneira, no caso, o sentido do texto que eles precisaram decodificar, eles que tinham se acostumado a codificar tudo o que passasse por eles! (artigos de jornal, palavras de bêbados, segredos de polichinelo, fofocas de mulheres, delírios de almuadem, soluções especiais de problemas do jogo de xadrez etc.), passando entre eles o telegrama imaginário, examinando-o nos mínimos detalhes, ajudados nisso pelo vapor da inteligência que torna a gente mais sagaz porém também mais friorenta, dizendo ao mesmo tempo em que jogavam damas dominó ou xadrez ou ao mesmo tempo em que consertavam o velho projetor ou penduravam e dependuravam alguns pedaços de banha de carneiro pela metade embolorados porque eles tinham esquecido de virá-las de lado; dizendo, então: "Mas o que é que deu nele? Ele ficou louco, a ponto não somente de se aventurar até o país dos outros, mas ainda para zombar da gente com um telegrama desses, quando ele sabe muito bem que a gente pode propagar nosso malefício até o outro lado do mar. Ah, não, ele está louco, com certeza! Ele não sabe o que o espera, pois é claro que o labirinto já é em si uma provação, mas isso não é tudo. Ainda tem os canteiros de obra, os altos-fornos, os quilômetros de rua para varrer, as toneladas de neve para aplainar, as minas e outros subterrâneos que acabariam de uma vez por todas com ele, isso na hipótese otimista de a polícia não implicar com ele, de os proprietários de hotel não procurarem chifre na cabeça de burro quando ele quiser alugar um quarto, de os moleques não lhe mostrarem a língua, de os percevejos não devorarem sua pele, de os sortilégios não fazerem com que ele perca a cabeça, de os valentões não o assassinarem numa esquina escura porque — ele deveria ter aprendido a falar francês — ele tem um sotaque horrível, ou porque as fêmeas parecem estar enfeitiçadas por ele... Ah, não, quem ele pensa que é? Ele acha que está salvo porque atravessou o túnel sem cair numa cilada. Que idiota! Ele não aprendeu coisa alguma. Ele não guardou nada do que aprendeu. E tudo isso pra criar problemas pra gente, pra fazer com que a gente entre numa tremenda fria aqui, quando nossas relações com os doutores já estão bem ruins! E para privar a gente dos raros adeptos que ainda vêm até a gente por razões diferentes das que imaginamos. Ele ainda não viu nada! Ele não viu as favelas, não viu os necrotérios, não viu as delegacias de polícia, não viu os quartos de hotel com os montes de beliches separados uns dos outros por uns trinta centímetros que representam todo o espaço vital do qual os locatários podem dispor não somente quando estão dormindo, mas também quando estão descansando ou sonhando, ou quando estão pensando, deitados em seus ninhos de rato úmidos e embolorados e furados, com a crina escurecida proliferando para todos os lados, fumando um cigarro depois do outro para matar a saudade, afogar na fumaça os percevejos e outros animais ávidos e decolar do real sórdido alçando-os, assim, acima de um teto apodrecido com largas manchas verdes, azul escuro, com uma lâmpada raquítica balançando sob o peso dos insetos roendo, sem vergonha, o fio elétrico, e um solo glacial, de cimento, furado por dezenas de rachaduras que machucam os pés mal protegidos por sandálias de borracha. Difícil dormir nos lençóis que outros acabam de usar deixando neles seus cheiros, seu hálito, seus escoamentos noturnos e sua raiva e seus pesadelos e seus sonhos e seu horror e seu suor, deixando no marrom do lençol cujos vestígios de vida nunca foram lavados desde que ele foi comprado; amontoando-se a vinte ou trinta naqueles redutos constantemente ocupados, jamais ventilados nos quais eles tossem loucamente a cada despertar traumatizante e desencorajador, esquentando o café amanhecido em panelas amassadas, às escondidas do gerente, um homem que como eles veio do País, perdeu-se em labirintos, enriqueceu por obstinação e esqueceu depressa dos tempos passados quando era parecido com eles como duas gotas de café preto que eles estão esquentando escondido e do qual bebem panelas inteiras cheias daquele suco que queima e irrita não apenas o estômago e os intestinos, mas também o nó da desgraça amarrado na barriga deles intumescida de tantas privações, de tanto abuso da cerveja de má qualidade e de tanta acidez das madrugadas franzinas e cinzentas e mal lavadas pela noite, que os vê indo embora com um passo pesado e com acessos de tosse insistente, tropeçando uns contra os outros nos espaços entre as camas, fazendo a toalete do lado de fora, barbeando-se às cegas com ajuda de um espelho opaco e estragado no qual eles se refletem grotescamente com o nariz cortado em dois, os olhos vesgos revirando de um lado para o outro, bocas desdentadas etc., impedindo-os de tomar boas decisões para o resto do dia. E com as roupas deles penduradas nas paredes, trajes usados mas que eles escovam a cada domingo antes de estreiá-los como se fossem ternos novos e luxuosos, cobertos de papel jornal, balançando pra lá e pra cá, um pouco à imagem deles mesmos: enforcados esperneando porque estão com frio nos pés, irrisórios e enfáticos como fossem túnicas bordadas de ouro e prata e cortando — esses ternos — o espaço em diversos pontos. Mas o corte horizontal que faz cada cama no espaço não basta sequer para fatiá-lo, subdividi-lo e torná-lo menor, mais vetusto e estragado! Suspiros. Pontas incandescentes de cigarros tragados na escuridão para encontrar um calmante para as coceiras que espreitam no alto da cabeça. Insônias. Misturas. Fendas. A pena derrapa e torna-se sentimento desiludido e desesperado e a cidade, lá fora, continua a zumbir, ainda que desertada por seus habitantes, por todas as luzes esbranquiçadas dos revérberos ou das luzes coloridas dos painéis publicitários ou pelas luzes cintilantes dos milhares de janelas estriando os edifícios de alvéolos abertos e de listras repetitivas fazendo espécies de mutilações espessas na noite em que a bruma se esparrama em placas consistentes acima dos imóveis, das ruas, das estradas, dos canteiros de obras que eles conhecem bem e onde se entortam aglomerados fantásticos de cabos e telas que surgem a céu aberto entre os guindastes adormecidos, os pescoços arrastando pela terra como estranhos dinossauros e os andaimes desengonçados em graus sobrepostos como uma escada em direção ao abismo ou em direção ao céu, isso de acordo com a perspectiva do observador, empoleirado no alto ou preso numa cilada embaixo, um pouco como aquelas camas amontoadas umas em cima das outras, ocupadas por alguém vinte e quatro horas por dia sem parar com o mau cheiro dos gases deletérios, das fermentações de tubulações fétidas, do bafo de podridão requentado, dos cheiros de coisa fechada, de bolor, de sujeira e de perfume barato; ele não viu os olhares hostis das megeras, nem os olhos lânguidos das fêmeas, nem a tristeza das estações de trem, nem. Repetindo, que idiota! E pensa que é rápido e ligeiro! Ele ganharia mais pegando o primeiro navio de volta, isso o teria livrado dos zombeteiros, das más línguas e de outros amigos de más intenções, mas não! Está louco para zombar da gente, como se a gente pudesse ser atingida por isso (Não tente roubar! Isso não é um joguinho de dominó. Xeque-mate!), quando na verdade a gente se esforçou tanto para não incomodá-lo com nossas boas maneiras, nossas leituras eruditas e nossa paixão pelo xadrez... O que é verdade é que vai ser preciso preparar uma bebedeira gigantesca para esquecer o ingrato que foi embora só para se mostrar, ignorando feitiços, má sorte, maus olhados e labirintos intermináveis. Mas não."

Mas não, não é possível, dizia o jogador de fliperama, eu o vi muito bem e até o acompanhei até a plataforma da Gare d'Austerlitz, na direção Église de Pantin, já que, indo para a Porte de Clichy, ele tem que ir até a Bastilha e lá trocar de trem e tomar a direção Pont de Neuilly, isto é, a linha nº 1, que vai de Château de Vincennes até Pont de Neuilly etc. Você diz que eu conheço tudo isso de cor. Sempre gostei dos itinerários e sempre viajei pelo prazer do itinerário, e não pelo prazer da paisagem. Itinerário de uma bola. Itinerário de um trem. Mas não, não é possível que ele tenha levado tanto tempo assim. Se eu soubesse, eu o teria acompanhado. Claro, é demorado mesmo. Mais ou menos dezessete estações e quatro mudanças de direção. Ou estou enganado? Posso até mesmo recitar todas as estações. Merda! Merda! Eu devia. Ele não abria o bico, mas ria quando eu falava do fliperama. Como é que eu poderia estar a par? Vocês não põem a fotografia deles no jornal, não é? Eles não são fotogênicos. É difícil ser fotogênico quando dez crápulas te pisotearam o corpo. Eu não gosto de ir ao necrotério, mas, se isso pode ajudar a fazer... claro, eu estou pronto para testemunhar. Ele estava são e salvo por volta das 10-11 horas da manhã. Ele até carregava uma mala, num estado lamentável, é verdade, e se debatia para abri-la e me dar algum presente. Eu repito: muito simpático. Mas uma palavra sequer! Ele era mudo? Ah! Estou perguntando só pra saber. Aquele lá eu não vou esquecer. E agora está morto. Se vocês tivessem publicado a foto dele nos jornais, eu teria entendido. Mas como é que vocês querem que. Ai, que fora... Eu teria podido salvar a vida dele. Assim eu aprendo. Eu tinha um encontro importante e... ah, não, não é o que você está pensando. Eu disse a ele, aliás. Mas a gente tem. Eu falei do fliperama. Parecia que ele se interessava pelo assunto. Uma palavra sequer! Gestos, gestos... Na verdade, a gente se entendia bem. A gente até riu pensando em eventuais recepcionistas que soubessem falar a língua deles e que os ajudassem a se achar naquela confusão incrível. Nem todo mundo tem a chance de apreciar os itinerários e depois, eles, eles desembarcam assim. Ponha um francês comum no metrô de Tóquio e você verá o resultado! É claro que o vi. Até desenhei pra ele um esquema com as linhas, as estações, as direções e o resto, mas ele não tinha jeito de entender muito bem. Agora está morto. Ele sofreu demais? Mas estou perguntando só pra saber... Assim vou aprender! Eu não devia tê-lo abandonado. Ele deve ter pensado que eu era um maluco, com minhas histórias de fliperama. Eu deveria ter falado pra ele prestar atenção: todos esses assassinatos quotidianos... Aconselhá-lo a voltar para o país dele. Isso o teria envergonhado, mas agora ele estaria vivo. Para que servem todas essas lamentações? Para muitas coisas, é o que você deve imaginar. Mas publicar a foto dele no jornal, isso ninguém quer saber, não é? Qualquer frentista de posto de gasolina esfolado vivo por alguns adolescentes em busca de alguma grana tem direito a um retrato em três exemplares em todos os jornalecos do pedaço. Mas eles não são nem um pouco bonitos. Você tem medo de amedrontar as pessoas direitas. Uns vadios, ora essa! Mas ele tinha um ótimo aspecto, sabia? Mas numa hora dessas deve estar num estado lamentável... Tenho certeza que vocês não vão fazer quase nada para encontrar os assassinos. Falsificações. Jeitinhos. Dossiês extraviados. Não será a primeira vez. Por que razão eu calaria a boca? Você está a favor da verdade, não é mesmo? Pois foi o que você me disse agora mesmo. Não será a primeira vez. De qualquer forma, lá pelas 11 e meia ele estava são e salvo. Isso é certeza. Ele estava até contente. E ria das minhas besteiras. Com certeza ele teria gostado do fliperama. Às 11 e meia ele estava saindo da Gare d'Austerlitz em direção à Bastilha.

Então ele estava decidido a se render, a deixar que o empurrassem, esmagassem seus pés, tudo sem nenhum protesto (como protestar na língua deles?), sem nenhuma recriminação. Ele continuava a andar de um lado para o outro nos corredores e plataformas sem pedir nada a ninguém, com os nervos à flor da pele, à flor do fôlego, a barriga oca e a cabeça vazia não sentindo mais a mala na ponta do braço anquilosado, habituado agora a essa carga incrível, sem pensar nela de jeito nenhum. Avançando mecanicamente, ele atravessava as distâncias, protegido por essa camada espessa da atmosfera, envolvendo-o completamente e dando-lhe uma segurança no fundo de si mesmo, supersticiosamente, da mesma maneira que perdia a esperança de encontrar de novo alguém que viesse até ele, como Celine (Aline?) — aureolada de qualidades excepcionais, espécie de amazonas tumultuosa provocando nele um movimento de contracorrente e pena por sua própria sorte — e que o ajudaria a se reencontrar naquele novelo de lã que se enrola e desenrola em volta dele ao sabor dos círculos concêntricos figurando sobre o mapa que ele continua a olhar de tempos em tempos, cortado em dois e tomado por algo entre a fascinação e a náusea, sem saber como abordá-lo e sobretudo como decifrar aquela escrita que ele sabia, instintivamente, primordial. O dédalo o prostrava e desdenhava o sentido de orientação, ele continuava a perambular, enfiado num solilóquio interior e afônico, com raiva só dele mesmo e dos velhacos, arrependendo-se de se ter deixado levar pela vívida miragem do além-mar marulhando e que tinha sido uma obsessão para ele durante noites e noites, acreditando que tudo o que tinha a fazer era trabalhar para juntar um pouco de dinheiro e voltar depressa para o Piton para comprar uma boa vaca leiteira a fim de substituir a sua vitimada pelo mau-olhado ou pelo charlatanismo dos velhacos, viver de suas economias, um pouco como eles três (ou quatro?) que vivem entregues à preguiça, jogando baralho e lançando maus-olhados aos inimigos. Era a hora em que os vendedores de flores murchas irrompiam nos corredores do metrô que eles ocupavam com cestas cheias até a boca de velhas rosas, tulipas tristes, gerânios rabugentos, dálias descoradas, cravos cansados etc., com suas mulheres esganiçando para louvar o artigo como se estivessem no comando de uma magnífica exposição floral, andando de um lado para o outro em volta da banca rudimentar, dando encontrões nele e na mala, o olho pregado nas saídas mais próximas, prontas para dar um sinal aos machos da pele escura e embaçada, vestindo terno e usando chapéu, um lenço vaidoso em torno do pescoço e uma bolsinha vermelha para mostrar que pertencem todos a um mesmo grupo, ou um estandarte minúsculo ou. vendendo à força as pobres flores que a atmosfera ambiente não ajuda a desabrochar e que será preciso transportar por trens e corredores até os HLM* desagradáveis onde elas serão postas em vasos ao lado de outros vasos onde hibernam, sem água, esplêndidas e autárquicas flores de plástico! E ele sempre em sua maratona alucinante, andando em círculo, dando encontrões nas pessoas, nem mais sequer exprimindo com algum gesto um "desculpe", invadido pelas luzes insossas, os camelôs tonitruantes, os batedores de carteira pegajosos, os bêbados em equilíbrio precário, os vendedores negros exibindo estatuetas folclóricas e feias, os vendedores barbudos e abarrotados de anéis e colares, as moças vestindo sáris e elogiando os perfumes e incensos da Índia, os traficantes de angústia fugazes e licorosos, os tocadores de violão aproveitando, sem escrúpulo, o eco das abóbadas, os cegos vendendo bilhetes de loteria, os revendedores de tíquetes de metrô, os jovens implorando por dinheiro, os estrambóticos de todas as espécies anunciando o fim do mundo ou o nascimento de uma nova seita etc. Andando em círculo, dando encontrões nas pessoas, nos objetos e nos símbolos jogados entre ele e as coisas como um último ponto que ele

---

* *Habitation à loyer modéré,* apartamento popular com aluguel subsidiado pelo Estado. (N.T.)

não chegava a sobrepujar apesar da tentação que ressecava sua boca, porque ele não tinha mais nada a que se agarrar. Ébano. Esbelto. Silencioso. Ia e vinha através da multidão, balbúrdia, artéria, raiva e mutismo e ele sabia, então, conservar aquela insolência original e salvadora e nada mais poderia fazê-lo desviar-se dela, nem sequer seu interesse vital, nem as recomendações de seus amigos íntimos, segundo o costume, numa narrativa tentacular cujo perigo eles não viam, pois acreditavam que ele era ao mesmo tempo realista e dócil, e tinham certeza de que ele voltaria logo para eles, desde a chegada na primeira cidade mais próxima do Piton, que o amedrontaria com tantos carros, vitrines e asnos carregando no rabo placas de licenciamento aritméticas e brilhantes para agradar os policiais altivos e desconfiados mas logo tranqüilizados por seus próprios apitos: prova musical de suprema autoridade —, confiantes em sua modéstia legendária e em suas raízes profundas ligando-o eternamente ao húmus do Piton plantado francamente entre a torrente e o céu; contentes ao saber que ele vai dar uma passeada por alguns dias a fim de constatar que o mundo existe de fato apesar das asneiras de alguns fanáticos que fazem circular, com conhecimento de causa, o rumor segundo o qual a vida só existe no Piton preservado dos progressos técnicos e da ira de Deus; divertidos por toda essa comédia um tanto quanto exagerada já que eles tinham visto amontoar-se, na mala que ele tinha vindo pedir emprestada, as roupas minguadas e os inúmeros pacotes enviados pelos habitantes do Piton a seus próximos, a seus amigos ou a vagos conhecidos; rindo às escondidas de seu projeto mítico de atravessar o mar, ainda que um pouco preocupados depois que viram a menina esmerar-se para escrever o endereço de um primo dele (que tinha partido ao mesmo tempo que eles, mas que nunca tinha voltado porque estava agarrado na barra da saia de uma matrona meridional e friorenta, que se casara com ele unicamente para esvaziá-lo de todo o sol que ele tinha e com a qual ele fizera um bando de crianças depois de ter assinado um papel no qual ela aceitava repatriar o corpo de seu marido num caixão chumbado, mandando-o para o Piton, no mesmo dia de sua morte), o braço rígido, a mão úmida, manchando a folha sobre a qual ela escrevia, esmagada pela tarefa, imbuída de sua importância, ainda mais que a tribo fazia um círculo em volta dela como se quisesse protegê-la de alguma maldição sempre possível quando se é capaz de manipular tais hieróglifos bárbaros, a não ser que aquilo fosse uma tentativa para barrar o caminho deles, a fim de que não viessem girar em torno da aluna estudiosa recopiando numa outra folha — assumindo agora a aparência de um palimpsesto de tanto que envelheceu, recolada mil vezes e mil vezes rasgada não agüentando mais, pior até do que a mala que ele transporta de estação em estação e de corredor em corredor — o endereço do primo, que caiu na armadilha, atolado nas delícias da sociedade industrial até as narinas. Copiando — a menina — meticulosamente, com uma pitada de vaidade ao passo que eles se sentiam realmente infelizes no dia de sua partida, mas sem se preocupar tanto assim, pensando que caso ele escapasse do naufrágio, haveria depois o labirinto que o enlouqueceria e que se, por milagre, escapasse dali, não poderia suportar as fichas de desembarque, as favelas, os quartos de hotel, os cafés turcos, as perquisições, as fiscalizações sanitárias, os canteiros de obras, as putas rabugentas, as batidas para controle de identidade, os contramestres corsos ou italianos ou poloneses, os homossexuais em caça, os fornos industriais, a garoa, as moças lânguidas e possessivas, a geada, o clima, o frio, a comida preparada às pressas em alguma panela amassada, os martelos-pilão, o acrílico, as flores de plástico, os mapas do metrô, o gás carbônico, os HLM etc. Mas ele, esbelto, ébano e silencioso, decidido, mais do que nunca, a não perguntar mais nada, a não ser mais xingado, continua a andar de um lado para o outro no dédalo, a contar os degraus, a medir as distâncias, a acreditar um pouquinho que ele vai acabar encontrando algum conhecido, algum amigo dos sacanas, por exemplo (Por que não? Eles tinham tantos amigos!) ou alguma dulcinéia rechonchuda cheirando a leite, que, à maneira de Celine (Aline?), poderia ajudá-lo a chegar a seu ponto final, ou algum jogador de fliperama que não teria um encontro urgente e muito secreto e que poderia levá-lo pelo menos até a plataforma certa. Mas enquanto espera ele esquadrinha todas as direções: Pont de Levallois-Bécon, Pleyel, Porte de la Chapelle, Mairie d'Issy, Mairie des Lilas. Ele hesita. Diz que pode ir para qualquer lugar, pegar qualquer trem e que depois vê no que dá. Depois, sem saber, com o coração batendo forte, a amargura cortante e o cansaço à flor das olheiras, ele acaba pegando a boa direção, por acaso, um pouco instintivamente, no momento em que ia cair na loucura ou na morte. Três estações a percorrer na linha 13 (3,865 quilômetros):

SAINT-LAZARE – LIÈGE
LIÈGE – PLACE DE CLICHY
PLACE DE CLICHY – LA FOURCHE

Resmungando eternamente, sempre de mau humor, como se isso fizesse parte da panóplia do perfeito investigador, ele dizia: "Então é assim, ele chega por acaso até La Fourche sem a ajuda de ninguém depois de ter passado duas ou três horas passeando nos corredores de Salazare: 32.552.421 pessoas passam a cada ano nessa estação, é isso mesmo, sim senhor! Quando na verdade ele tinha cinco possibilidades, portanto cinco direções para tomar, então você acha que ele tirou na sorte cara ou coroa, não é? Essa não, como é que você pensa que vou engolir essa? Ah, estou vendo muito bem o que você quer dizer, está insinuando que até ali ele tinha simulado tudo e que sempre soube falar ler e escrever mas que estava fingindo para provocar as pessoas com seus inúmeros pedacinhos de papel que ele enfiava no nariz dos outros, uma espécie de provocador né, um perturbador, e um subversivo também, porque foi assassinado na saída por um grupo de jovens dos quais zombou durante vários minutos e que no final eles acabaram se irritando e um deles querendo amedrontá-lo meteu-lhe uma bala em pleno coração só que o problema é que ele não foi assassinado por uma bala mas sim por objetos contundentes e cortantes um verdadeiro arsenal! O laudo do médico legista é formal, não pense que ele tem alguma benevolência com esses tipos que vêm aqui encher a paciência em vez de ficar lá no canto deles enferrujando ao sol, ah, não! Não e não, mil vezes não! Tudo isso não passa de história, com certeza alguém o trouxe para cá, um barbudo qualquer querendo extorquir dele alguns francos em troca do serviço prestado ou um compatriota dele eles são uma legião lá por aquelas bandas ou uma moça que o teria achado tocante e talvez sedutor, também... com todas aquelas taradas sexuais que assombram o metrô ou outra coisa vai saber mas que não venham me dizer que em Salazare ele não conversou com ninguém essa não sabemos que foi revistado por um fiscal e que duas ou três pessoas o mandaram ao diabo precisamos ir pedir informações aos ciganos que começam a vender flores a partir das 5 da tarde ou aos negros que vendem umas quinquilharias de ébano tratem de me encontrar algum tocador de violão que se lembre dele ou algum vendedor de revista aleijado ou algum vendedor de perfume chinês ou algum pederasta me espanta muito que eles não o tenham abordado, aqueles lá vivem à caça de estrangeiros, eles os preferem aos nativos vai saber por quê, mas você faz muito mal seu trabalho, meu chapa! Por mais que você fale, você fica enrolando no pedaço sem obter resultado algum claro você tá pouco se lixando sou eu que dou a você as idéias mas isso nem lhe interessa é como você diz um a mais um a menos eles são prolíficos mas isso não é problema meu, quanto a mim eu quero é provas e pistas pois nada prova que se trata de um assassinato racista e não é porque encontraram os documentos dele e algumas notas de 100 francos em seu poder e que sua mala estava intacta que se deve tirar conclusões apressadas. O que é isso meu chapa? Trate de se apressar um pouco e não esqueça que logicamente ele não poderia descobrir sozinho a direção certa depois de ter arrastado aquela mala durante uma parte do dia nos corredores e não venha me enrolar com essas elucubrações sobre. porque aqui e até segunda ordem quem manda sou eu será que não daria pra você pôr um pouco menos de perfume?"

O passageiro levado pelo impulso dos outros se vê catapultado para fora e por pouco não cai se esparramando inteiro, sua mala escapando das mãos e escorregando por dezenas de metros antes de parar chocando-se contra o pé de um banco, esparramando pacotes, potes, roupas, amuletos e encomendas que ele pega depressa sob os olhares desaprovadores ou indiferentes ou malévolos ou inconsoláveis dos usuários que estão com pressa e não entendem que se atrapalhe assim a passagem numa plataforma de metrô às 8 horas da noite. Catapultado e com sua mala caída com um estrondo pavoroso apesar do rumor persistente, dos barulhos abafados dos pés avançando pelas lajotas e a passagem tonitruante dos trens circulando agora uns após os outros com um intervalo de um minuto e meio, aproximadamente. Ele se precipita arrumando todos os pacotes impregnados do cheiro do Piton, pisoteados pelos passantes, esmagados pelos pés deles, ainda mais que a sirene automática que anuncia o final do tempo de parada de um trem expirou, ela não pára de esguinchar como se estivesse com pressa também, ao passo que durante todo o resto do dia ela não funciona. Depois de ter arrumado tudo e de ter fechado e amarrado a mala, ele se levanta para dar de cara com um cartaz percebido em outra estação, mas sem saber que está na boa via e que — milagrosamente — conseguiu chegar à estação La Fourche. Mas por causa do cartaz publicitário, ele pensa que se enganou e entra em pânico de novo, desamparado e decepcionado por ter voltado à estaca zero. Para ter certeza, ele procura outro cartaz, o do bebê sentado no piniquinho e logo o vê revestindo as paredes da plataforma dianteira e se repetindo insaciavelmente (LÓTUS: UM IMPORTANTE DETALHE PARA OS QUE SABEM VIVER A VIDA) cavando em sua cabeça abalos sísmicos, sobretudo porque o outro anúncio exibe uma imagem de velha camponesa de cócoras, vestida com uma calça comprida bufante verde, uma camiseta de algodão amarela de mangas compridas e um xale cobrindo-lhe os ombros e as costas, na cabeça um chapéu de palha de abas largas e decoradas com motivos octogonais e pretos, sobrepujado por um cone ligado às abas por três cordas grossas, pretas também, e trançadas com o mesmo material do chapéu. A velha está rodeada por cestas, sacolas e baldes contendo figos ou tomates ou cebolas ou frutas-do-conde cujas cores (vermelho, marrom e verde-amarelado) combinam com as roupas da vendedora. A foto deve ter sido tirada em alguma feira semanal do Atlas médio*, porque atrás da camponesa vêem-se outros camponeses usando o mesmo chapéu de palha de abas largas, pedaços de tenda, montes de frutas e legumes. Toda a cena está mergulhada no sol abundante e brilhante, multiplicando as manchas de luz que constrastam com as manchas de sombra (rosto coberto da velha, cesto ao lado dela coberto pela sombra etc.) e manchas vagas. Mas o que surpreende é o amontoamento do espaço no qual ela se mantém (SE O VERÃO JÁ TENTA/SEDUZ VOCÊ) e a impressão de abundância e prosperidade subentendendo a idéia de que tudo é barato nos países ensolarados (É O TEMPO DA VIAGEM E VOCÊ ESQUECE TUDO...) e que a viagem (inclusive a ida e volta de avião) é oferecida gratuitamente pela companhia turística que quer a você um bem imenso e que vai levá-lo não somente para experimentar todas essas frutas exóticas — figos e frutas-do-conde — mas também outros prazeres (...O AZUL DO MAR, A SUAVIDADE DA AREIA, MAS TAMBÉM...) cujo sentido permanece vago e que adquirem assim uma auréola secreta e excitante para os espíritos ingênuos prontos aos maiores sacrifícios para esquecer o sufoco, a enxaqueca, o intestino preso que o outro anúncio lembra irresistivelmente, bem em frente daquele que louva a ilha dos lotófagos ou mais

---

* Cadeia montanhosa argelina. (N.T.)

claramente a ilha dos comedores de lótus: DJERBA (LÓTUS É SUAVE COMO A PELE DO BEBÊ) e sobre o qual se estende o rolo de papel higiênico como uma chaga escatológica perseguindo os eventuais utilizadores no metrô. Pegos na armadilha, da mesma maneira que ele, mas por razões diferentes, tropeçam também, no real sórdido e que a imaginação dos criadores torna mais insuportável, pois, se o passageiro é maltratado por esse enigma do cartaz e tem a impressão de evoluir perpetuamente no mesmo lugar por causa dessa uniformidade publicitária, os outros, os que dão encontrões nele, insultam-no ou mandam-no ao inferno, tampouco sabem o que pensar de tudo isso, perplexos e indecisos entre a suavidade da areia (... A MULTIDÃO, SUAS PREOCUPAÇÕES... VOCÊ VAI REDESCOBRIR A SUAVIDADE DA AREIA...) e a suavidade do papel higiênico (LÓTUS É SUAVE COMO...) entre os lótus e os lotófagos, sabendo mais ou menos que existe uma relação, mas sem chegar a determiná-la de maneira precisa, definitiva (SE O VERÃO JÁ TENTA/SEDUZ VOCÊ, FAÇA COMO ULISSES: DESEMBARQUE NA ILHA DOS LOTÓFAGOS! BASTA O TEMPO DA VIAGEM, E VOCÊ ESQUECE TUDO, A MULTIDÃO...)

... A multidão o incomoda em sua meditação e bloqueia suas funções reflexivas, e como os outros ele se dá conta de que a fronteira entre o real e o imaginário é factícia: ele é maltratado por essas imagens que pensa serem decorativas e das quais nem sempre ele entende a significação as quais o põem num estado de irritação insuportável e apagam as pistas porque fazem com que o espaço se subtraia. Ele tem a impressão, cada vez que avança em certa direção, de voltar rapidamente ao ponto de partida, um pouco como a esteira rolante sobre a qual ele chegou a subir no sentido contrário e que o levava apesar de todo seu esforço, para o ponto de partida, incansavelmente. Assim ele tem que fazer tudo de novo e a decisão de tomar às cegas um trem qualquer não melhorou nem um pouco as coisas! Muito pelo contrário... Os cartazes, como as escadas rolantes, como os passageiros recalcitrantes, como as pessoas grosseiras, como as moças compadecidas, como os jovens apaixonados por fliperama e por itinerários metropolitanos, como os compatriotas desajeitados, fazem parte de um vasto complô urdido por algumas forças ocultas das quais os velhacos não deviam estar completamente por fora já que eles tinham conservado uma rede de relações e ligações no país em que tinham passado trinta anos de suas vidas, mantendo com essa rede um contato epistolar e discreto, e morrendo de ciúmes, naquela altura, por ele ter ido embora sem o consentimento deles, privando-os da alegria de escrever para ele o endereço no pedacinho de papel, sem reconhecimento pelo esforço que eles tinham feito para ser simpáticos com ele, aceitando jogar dominó e dama com ele, quando na verdade desprezam esses jogos sendo que a única paixão deles é o xadrez (Xeque-mate!), controlando-se para não blasfemar em sua presença, tendo cuidado durante anos e anos da vaca velha dele, levando o zelo até o ponto de permitir que ela dormisse no antro entre as placas de banha salgada e seca e as emanações do haxixe dando-lhe beatitudes extraordinárias e aliviando seus últimos sofrimentos, evitando contrariá-lo adotando um código que permitia, assim, não magoar demais sua susceptibilidade à flor de. lendo para ele os jornais, escrevendo as cartas dele, traduzindo para ele os livros de botânica chinesa vindos diretamente da RCV, prescrevendo-lhe remédios para que não fizesse filhos demais com sua mulher. Maltratado pelas imagens, atormentado pelas luzes, confundido pelas campainhas estridentes, rejeitado, invadido pelo delírio interior, sentindo raiva de si mesmo, da gente do Piton, dos donos dos carimbos e de outros responsáveis por sua desventura, ele acabou cedendo de novo e pronto! De novo ele se foi, os músculos tesos pelo desejo de sobreviver, de não morrer sufocado, de esgotamento, de fome, de vertigem. Ele se vai de novo, em direção dos outros mais calmos e educados depois de passada a hora de pico, pega de novo seus papeizinhos e dirige-se ao assalto das máscaras fixas tentando — com gestos — chamar a atenção delas para seu caso desesperado, desdenhando os cartazes com a imagem da velha vendendo seus figos, seus tomates, seus pepinos, seus melões, suas melancias, suas frutas-do-conde etc. e desdenhando também a outra imagem, a do bebê que ele não consegue compreender, desdenhando o impacto, ainda quente em sua pele, da mão de Celine (Aline?), indo em frente, tomado por uma fome mecânica, tirando da tocaia os leitores detrás de seus jornais, fazendo com que uns senhores muitos dignos balbuciem alguma coisa atrapalhados por sua mudança repentina, tentando emergir do fundo como um afogado tomado pela esperança, atacando de frente, obrigando os homens a lerem o que ele lhes mostra e eles, subjugados pelos acontecimentos, pegos de surpresa, amedrontados, dão explicações, mostram-lhe com um dedo reticente ou enojado ou solidário uma direção, uma plataforma, um corredor pelos quais ele se enfia sem escrúpulo.

Eles — os sacanas — tinham-se esmerado em tratar de sua única vaca atingida pela tuberculose, ao passo que ele afirmava que o animal tinha sido vítima de mau-olhado. De fato, ela dava um leite rico, gordo e imaculado, que virava a cabeça das mulheres do Piton, e eles tinham suspeitado que algum marido ciumento tinha envenenado o animal mas tinham uma grande experiência com as vacas pelo fato de terem trabalhado em fazendas lá no estrangeiro, habituados, assim, aos mugidos familiares dos animais que os acolhiam balançando as tetas opulentas para todos os lados, inquietas para serem esvaziadas o mais depressa possível e levadas aos pastos acetinados de orvalho nos quais eles se enfiavam até o pescoço, quando a primavera faz o gelo derreter e a água cascateia através dos campos, sob os pés dos ruminantes gigantescos e róseos na bruma das manhãs cinzas. Eles, desde o nascer do sol, agachados, cada qual sob sua vaca, mantinham com elas conciliábulos em seu dialeto da montanha com o objetivo de adulá-las e fazer com que elas os seguissem, no momento oportuno, para ir vendê-las no mercado de animais e desaparecer no mundo, abrigando-se assim das necessidades durante vários meses, constituindo uma reserva de garrafas e cachimbos; ensinando-lhes, desde a alvorada, o essencial — algumas palavras — para que elas os seguissem sem problemas, para que não bancassem as caprichosas na última hora e fizessem assim fracassar a tentativa deles de compartilhar os bens; segurando as tetas que espirram e mancham as mãos com um líquido que não tem nada a ver com o leite mas que vem com o primeiro jorro matinal. Então, imediatamente, eles perceberam que ela estava tuberculosa, sua enorme vaca que tanto despertava inveja no Piton! Eles tinham cuidado dela, acalentando-a e até mesmo compartilhando com ela o antro transformado em curral, descobrindo neles próprios pendores para veterinários, lendo livros de zoologia, botânica e veterinária, injetando-lhe fortes doses de antibióticos, falando com ela como eles haviam aprendido a fazer lá no estrangeiro; em vão, aliás, pois o outro continuava a acreditar que tinha sido mau-olhado e que eles não poderiam fazer nada. Então acabaram se resignando a vê-la morrer, assistindo os quatro (ou três), em sua companhia, à agonia que havia durado tanto quanto a de sua primeira mulher, levada pelo tifo. Mas eles o tinham iniciado também no dominó, ensinando-lhe a jogar científica e não sentimentalmente; haviam-no informado sobre os métodos contraceptivos mais modernos para evitar que sua segunda mulher morresse de parto; e tinham permitido que ele aprendesse o código factício e bem fácil de se decifrar para agradá-lo, criando, por outro lado, outro código bem mais complexo e difícil e bem mais aperfeiçoado. Mas isso não o impedia de repetir a si mesmo: tomara que eu saia dessa, nem que seja só para enviar a eles um telegrama que vai fazer com que percam o sono durante pelo menos três dias, o que acabará impedindo também que bebam à noite, porque são incapazes de permanecer em vigília se não completarem suas doze horas de sono, fazendo com que os outros pensem que já labutaram o suficiente nas fábricas e nos canteiros de obras para ter agora direito ao repouso. Nem que seja só para lhes enviar um telegrama: CHEGUEI. PARE. SÃO. PARE. SALVO. PARE.

Linha 13 bis

Arrastando em sua passagem uma dulcinéia rechonchuda e perfumada com talco de bebê, os três velhacos (o quarto, o proprietário da mercearia, jamais saíra do Piton) faziam, outrora, parada nos cafés-turcos-hotéis-restaurantes situados entre Barbès – Rochechouart e Porte de la Chapelle, menos para exibir uma nova aquisição do que para se reanimar nas salas de jogo sempre cheias de compatriotas deles em caça de fêmeas ou de notícias frescas chegadas do País por intermédio de algum inevitável e desajeitado viajante que levava horas e horas para sair do labirinto dedaleano do subterrâneo, ou então informações de primeira mão sobre algum canteiro de obras em que as contratações seriam organizadas clandestinamente, sem necessidade de exibir um monte de papelada que eles não tinham, na maioria dos casos. Vestidos com macacões azuis de operários amassados e muito prosaicos, eles camuflavam a glote proeminente sob lenços de seda muito chiques, de cores flamejantes e deixavam cair em seus sapatos de malandros impecavelmente encerados as dobras rigorosas de calças compridas de pura lã, tentando livrar-se assim, a poder de enormes despesas, da origem camponesa que conservavam, além do mais, com os bigodes agressivamente abundantes, um cheiro de terra cultivada e de abricôs secos (postos para secar nos tetos de velhas telhas milenares e trincadas cujas rachaduras atraem, quando chega o verão, toda uma fauna trepadora e grácil, da cara constantemente virada em direção ao sol como se quisesse aspirá-lo para esquentar o ventre branco e liso dando arrepios nas mulherres alçadas, lá no alto, numa nuvem de tecidos, e alinhando as frutas cortadas em dois, esvaziadas dos caroços e que se enrugam depressa ao contato do dilúvio solar pintando-os de sardas e de calorias consumidas durante o rude inverno que se instala por três meses no alto do Piton...) que eles não chegavam a eliminar apesar dos litros de água de colônia muito máscula e picante que eles despejavam na cabeça e no corpo, o que tornava patética a passagem brutal que eles efetuavam do campesinato pobre a um proletariado precário e instável com tentações dominicais para o arrivismo, apesar dos macacões de operário que representavam, para eles, o sinal de ligação com os explorados e do qual eles não queriam, por nada nesse mundo, se livrar, apesar dos olhares críticos e pouco amenos dos donos dos bares, que suspeitavam deles, pensando que fomentavam, entre os clientes, uma greve de zelo ou uma greve dos aluguéis, mas que não podiam colocá-los no olho da rua por medo de provocar rebeliões, tanto era grande a popularidade deles e era real a fascinação que provocavam nos recém-chegados, porque sabiam tomá-los sob tutela, oferecer-lhes os primeiros cigarros Gauloises com gosto de nitrato, os primeiros tragos traiçoeiros, o primeiro albergue, o primeiro emprego; e, constantemente em alerta, arranjavam sempre uma potra enfeitada — sã de corpo e dentes — para andar atrás deles regularmente, uma potra de peito generoso e cuja doçura maravilhava os clientes dos cafés nos quais eles faziam uma parada no sábado à noite e domingo durante o dia, de acordo com os ritos imutáveis de uma turnê de inspeção como para se dar conta do estado moral e material da incontável tropa virando-se bem ou mal no emaranhado das dificuldades quotidianas que lhe caíam sobre a cabeça desde o despertar matinal marcado, entretanto, por uma benevolência forçada e veiculada através das vozes amolecidas ao sair do sono, apesar dos relógios de pulso que os imigrantes compram desde a primeira semana de trabalho e que eles não perdem nunca de vista como um enorme olho turvo assombrado por um mecanismo diligente, luminosos e abrasando seus sonhos rançosos cortados em doze segmentos fraturando o mostrador brilhante novinho em folha, através de signos e de marcas e de números formando uma topografia, no fim das contas semelhante à do mapa do Metropolitano estalando de densas linhas luminosas serpenteando e se retraindo bruscamente, formando — de qualquer maneira — transbordamentos anárquicos que, em vez de ir buscar em outras formas (quadrados, retângulos, losangos) as dobras necessárias para a sobrevivência e para sua secreção perpétua, contentam-se em sobrepor os círculos concêntricos, em acumulá-los numa febrilidade interior que não perde necessariamente a agilidade mas que torna difícil toda possibilidade de se reencontrar num tal desdobramento generoso que só dá conta do grau de concavidade necessário a seu próprio equilíbrio e à sua própria lógica interferindo na rede de linhas emaranhadas umas nas outras, detendo-se arbitrária ou anarquicamente de acordo com as curvas maléficas no ponto em que menos se espera, cortando-se com um desprezo de todas as leis geométricas, encavalando-se, ramificando-se, desdobrando-se, encarquilhando-se um pouco à maneira dos sonhos rançosos incrustados nos meandros do tempo enlouquecendo-se, bloqueando-se, retomando o controle, até mesmo, através de um gaguejar matinal e glacial da chuva gotejando numa lata de urina colocada lá, para evitar que os locatários saiam de noite para fazer suas necessidades, através do teto podre que deixa passar a água, quando o quarto enorme e cheio de gente respira um ar sulfatado e rígido como plástico em placas cobertas de geada depositando no interior dos pulmões um resíduo cortante e doloroso que se acalma com doses de quinina diluída em tigelas de café fortíssimo e fervendo o qual solta um cheiro de exílio e calcinado. Nas salas enfumaçadas de assoalhos salpicados de serragem absorvendo as viscosidades sanguinolentas dos tísicos desgrenhados, adquiriu-se o hábito de ovacioná-los, de ceder a eles e às suas protegidas de lábia exagerada mas deliciosamente suave para as orelhas dos infiéis, os lugares mais próximos do aparelho de aquecimento, de pagar para eles as turnês de reconhecimento até o dia em que endurecem, abandonam seus lenços espalhafatosos e suas calças compridas última moda e se põem a transportar nos bolsos bombas e panfletos, decretando que o álcool é proibido, bem como o haxixe e as melodias do Oriente Médio substituídas pelo hino nacional — outro sinal de comunhão política — escandido bem na barba dos patrões, imigrantes divididos entre a colaboração com a polícia e o apoio ao movimento que nasce. Naquela época, ninguém os reconhecia. Eles não arrastavam mais com eles, aliás, nenhuma dulcinéia rechonchuda e coberta de talco. Não jogavam mais dominó nem dama. Não divagavam sobre os aromas dos abricôs secos. Não posavam mais para os jogadores — nas salas de trás transformadas em salas de jogo. Não atacavam mais os almuadens, estabelecendo com eles uma trégua bem provisória, que tinham certeza de quebrar um dia. Eles não divertiam mais ninguém... Mas tinham começado a se dedicar ao xadrez para acalmar os nervos e para se iniciar na arte militar da tática e da estratégia, nas vésperas dos grandes terremotos que eles preparavam meticulosamente, atravessando de um lado para o outro a Megalópolis de lambreta, os dois primeiros na frente e o terceiro vindo mais atrás, esparramando seus pacotes bem amarrados com barbante nos lugares em que era preciso; eles tinham se organizado para recolher as cotizações e passar em todos os quartos dos hotéis, das pensões, dos restaurantes e dos bares sórdidos situados em passagens fechadas para a esperança, chegando sempre antes da polícia para recolher o dinheiro, as ordens e as pistolas-metralhadoras; eles tinham começado a comprar os cabos córsicos e os comissários desonestos; e assim, continuamente em alerta, desencaminhando as moças unicamente em nome da causa, trocando de quarto todas as noites, indo dar voltas de trem até Mourepiane, assediando os que ficavam de tocaia, os molengas e os filhos da puta, surpresos a cada manhã ao ver que continuavam tendo um rosto e uma barba para fazer, metamorfoseados, esvaziados de sua verborréia lendária em todos os bares entre Barbès – Rochechouart e Porte de la Chapelle, taciturnos, glaciais, concisos, mas constantemente em alerta! Eles tinham aprendido então, de cor, todos os itinerários do metrô e conheciam todos os seus cantos, todas as saídas, todas as linhas, todas as estações, todas as escadas rolantes, todos os portões automáticos, todos os meandros e todas as curvas, já que marcavam nele seus encontros clandestinos, depositavam nos cestos de lixo armas e panfletos que os outros vinham, discretamente, pegar, fazendo-se fotografar só para fazer pose diante de uma das bocas de entrada, a fim de afastar a desconfiança das sentinelas que vigiam os cruzamentos estratégicos.

Nos quais o outro persistia em se extraviar continuando a dizer a si mesmo que o mais simples seria topar com algum amigo dos velhacos ou com uma de suas conselheiras secretas, com certeza agora envelhecida, mas nostálgica em sua soberba, reconhecendo-o pela maneira de andar ou pelo cheiro de terra cultivada ou de cevada ou de abricô seco ao sol polindo a carne e bombardeando-a com milhões de calorias cons. chamando-o de longe, correndo atrás dele, perguntando se ele não tinha notícias dos três velhacos desaparecidos de circulação há uma eternidade, mortos talvez afogados no rio durante as batidas policiais de 1956 ou nas perseguições em massa de 1961, ou livres milagrosamente entregando-se aos braços de mulheres vestidas de tecidos multicoloridos rodeados pela filharada, eles que proclamavam por toda parte a esterilidade e o ódio de toda essa prole para escapar dos pedidos de casamento, chamando-o de longe, pois, suplicando para que responda, e ele, aliviado, tendo ouvido os patronímicos dos três velhacos naquela avalanche de palavras esfalfadas, mostrava seu papelzinho prometendo pagar-lhe com um cuscuz de cevada feito no capricho pelo primo em cuja casa ele devia aterrissar; ou algum habitante do ninho de águia encurralado entre a planície e o deserto, a leste do País, tendo chegado a uma prosperidade duvidosa mas que ele saberia detectar através do montão de roupas sobrepostas em seu corpo, suas maneiras afetadas e seu chapéu escondendo uma calvície precoce, caindo-lhe sobre os olhos e cuja silhueta original carregada do frio de além-mar ele chegaria a reconstituir, mas que logo seria remodelada por intermédio da lembrança trazendo as coisas de volta para seu lugar: rosto curtido pelo sol e contrariado por um desemprego sem fim, sob a pele coceiras internas herdadas das caravanas de outrora perpetuando o périplo e levando-a rumo a regiões paradisíacas em que ele precisaria se untar com o óleo rançoso do exílio, cobrir-se de maneira inverossímil com roupas usadas e contentar-se com uma imitação de social, trabalhos que sujam e cheiros de pés que não têm tempo para sair de dentro dos sapatos durante meses e meses, pois a água é fria e tem um gosto de detergente de nitrato de prata, até o dia em que ele acaba comprando, a preço de banana, um café-hotel-restaurante e se põe por sua vez a espremer os velhos suores dos escravos-nova-moda e a se fantasiar com um monte de. ou um varredor de rua preto que ele vira de manhã subindo a escada rolante, a cara enfiada na vegetação esmirrada de sua vassoura e que sabia salmodiar versículos corânicos como ninguém! Apreendidos em alguma escola construída sobre pilares em alguma Casamance mítica também; ou algum jogador apaixonado por fliperama; ou algum compatriota afetuoso; ou alguma amazona audaciosa ou algum operário sem preconceitos; ou algum guitarrista dos olhos aguados; ou algum chefe de estação da carinha bonita que o teria achado sedutor e que teria intimado alguns vândalos que davam pontapés em sua mala, com uma ordem curta e grossa: "Andando, vamos, circulando!"

Indícios sinais mapas esquemas e sei lá o que mais detalhes concretos nada disso como é que eles eram? Quantos eram? Que roupas usavam? Que idade tinham? Quais eram suas preocupações? E suas ocupações? E o outro zuavo o que é que ele andou aprontando entre 20 horas e meia-noite e meia na estação La Fourche? Quatro horas para percorrer duas estações da sub-linha nº 13 bis (2,665 km)

LA FOURCHE – BROCHANT
BROCHANT – PORTE DE CLICHY

eu sei eu sei que há a eventualidade de um erro que com certeza ele deve ter cometido: na estação La Fourche ele teria pegado um trem que ia para Porte de Saint-Ouen na linha Salazare – Carrefour Pleyel, ou seja, a linha 13 pois de dois trens, um vai para Porte de Clichy na linha La Fourche – Porte de Clichy, ou seja, na sub-linha 13 bis mas uma vez que se chega à estação Carrefour Pleyel é de se supor que ele tenha cometido esse erro e tudo o que tinha a fazer era voltar e tomar o trem seguinte, que o teria obrigatoriamente conduzido até Porte de Clichy tudo está indicado no interior dos vagões com uma cor diferente para cada destinação azul para Porte de Clichy laranja para Carrefour Pleyel ou vice-versa trate de verificar isso para mim! Isto é, no terminal da sub-linha 13 bis... mas diabos o que é que ele ficou fazendo durante quatro horas e meia? Claro, temos o depoimento de um comerciante compatriota dele instalado aqui há dez anos e que é gerente de um restaurante no Quartier Latin, um tipo do povoado dele que fala o dialeto dele e que o reconheceu apesar dos anos de separação que o levou até a plataforma em direção de Porte de Saint-Ouen ou de Porte de Clichy (isso depende dos trens que passam se revezando nessa linha que tem uma bifurcação), pretendendo tê-lo convidado para jantar na casa dele mas ele teria recusado categoricamente argumentando que seu primo o esperava e que ele estava encarregado de entregar um monte de pacotes para o pessoal de seu país que vivia segundo o comerciante por perto do seu primo casado com uma francesa não sei o que é que elas vêem neles de especial! E que teria portanto se separado dele por volta das 22 horas depois de os dois terem papeado um pouco sentados num banco esperando a chegada de um comboio é preciso lembrar que numa hora daquelas os comboios são raros verifique também isso qual o intervalo entre os trens a partir das 22 horas e como o comerciante via que o trem não chegava ele foi embora dando como pretexto uma compra urgente ou uma mulher irritada ou sei lá que outra baboseira mas a testemunha não tinha jeito de ter certeza do que dizia mas que diabos ele pode ter feito durante quatro horas e meia? Eis aí um detalhe que você nem notou! Recapitulemos então 22 horas ele ainda está na estação La Fourche mas eu me pergunto por que ele desceu nessa estação talvez ele tenha percebido que o trem ia na direção de Carrefour Pleyel e que era preciso descer lá para esperar o trem que se dirigiria para Porte de Clichy o problema é que não temos nenhum depoimento para confirmar isso! Pois o posto de controle do chefe da estação fica no extremo oposto da plataforma exatamente na saída do túnel isso explicaria porque ele não viu nada, não é? Mas lá nós temos ainda mais problemas do que no caso da estação Bastilha ou Salazare ou Concorde onde tudo é muito mais simples há apenas uma única plataforma por volta das 22 horas ele sobe num comboio do metrô e se dirige para a estação Brochant e para Porte de Clichy eventualidade mais feliz ou seja em direção da estação Guy Môquet Porte de Saint-Ouen e Carrefour Pleyel e nesse caso também ninguém o viu e o chefe da estação terminal Pleyel não observou coisa alguma e é aí que me faltam elementos mas por favor será que você não poderia usar outro perfume? E aí que a sua competência começa a me incomodar em vez de repetir como uma ladainha suas histórias de linhas de segmentos de curvas e de. supondo que ele tenha se enganado e que seu compatriota idiota, não sabendo ler, não tenha podido entender a inscrição luminosa azul ou laranja assinalando de acordo com o caso a direção do trem em La Fourche como isso acontece quando uma sub-linha Bis Carrefour Pleyel (luz azul) Porte de Clichy (luz laranja) isso foi verificado dessa vez e linhas como essa não existem aos montes há exatamente apenas três: a sub-linha 13 bis que liga Château-Landon a Porte de la Villette já que a linha 7 vai de Château-Landon a Pré-Saint-Gervais e a sub-linha 3 bis que liga a linha 3 (Pont de Levallois-Becon – Gallieni) à linha 11 (Châtelet – Mairie des Lilas) e que vai de Gambetta na linha 3 até Porte des Lilas na linha 11 você parece espantado com isso, né? Eu já repeti mil vezes que sou sempre eu que faço o trabalho olhe por exemplo o cara do fliperama, o metrô é coisa que ele conhece como a palma da mão mas por mais que você investigue há semanas e semanas isso permanece um enigma para você não venha me dizer que não gosta do cheiro deles porque vai acabar me fazendo perder a cabeça voltemos a nosso assunto portanto no máximo ele teria feito o percurso de ida e volta La Fourche – Carrefour Pleyel, ou seja, 4 (estações) x 2 o que dá oito estações mais o percurso La Fourche – Porte de Clichy, ou seja, duas estações o que dá dez estações à razão de um minuto e meio por estação porque naquela hora tem pouca gente e os trens vão bem mais devagar estando a rede quase vazia, ou seja, quinze minutos no total isso tudo nos leva à hora de 10 horas e trinta no mais tardar faltam duas horas e você não está com jeito de quem vai arranjar um depoimento que nos daria alguma informação sobre isso, né, mas não esqueça que aqui quem.

O mapa recheado de linhas, de números e de inscrições forma círculos concêntricos cujo centro geométrico estaria situado na estação Palais Royal, na intersecção das duas diagonais: a primeira ligando Pont de Neuilly (Norte-Leste) a Mairie d'Ivry (Sul-Leste) e a segunda ligando Église de Pantin (Norte-Leste) a Pont de Sèvres (Sul-Oeste) ou, com o mesmo resultado, na intersecção de duas perpendiculares, a primeira indo — horizontalmente — de Mairie de Montreuil (Centro-Leste) a Muette (Centro-Oeste) e a segunda indo verticalmente — de Carrefour Pleyel (Centro-Norte) a Porte d'Orléans (Centro-Sul). Ele comporta cinco excrescências das quais três são abertas, em forma de forquilha de dois dentes e constituídas de um lado pelas linhas 13 e 13 bis e de outro pelas linhas 7 e 7 bis e, um pouco mais abaixo, pelas linhas 3 e 3 bis, enquanto as duas outras são fechadas e compõem a primeira um quadrado de cor amarela, ao passo que a linha 7 se enrola em torno de si mesma e desenha um quadrado do qual cada lado constitui um pedaço situado entre duas estações que se articulam da seguinte maneira:

BOTZARIS – PLACE DES FÊTES
PLACE DES FÊTES – PRÉ-SAINT-GERVAIS
PRÉ-SAINT-GERVAIS – DANUBE
DANUBE – BOTZARIS

e a segunda, uma figura de cor preta assumindo o aspecto de uma garrafa quadrada cujo gargalo é materializado no esquema gráfico pelos intervalos entre as estações Javel – Église d'Auteuil e Javel-Mirabeau na linha 10 ligando Auteil à Gare d'Austerlitz (na qual o outro desembarcou no quente dia de 26 de setembro de 1973 de manhã, maldisposto, mal barbeado, flutuando num macacão de operário azul cujas laterais se batiam contra seus flancos, vestido com uma calça comprida de cotim impresso de pontos cinzas e vermelhos, apelidado de faquir pelas velhas aposentadas que tricotavam na plataforma da estação onde elas vêm se divertir vendo partir e chegar enormes trens numa embrulhada de vozes misturadas e inaudíveis parasitadas por alto-falantes de baixíssima fidelidade e sobrepujados pelos enigmas da linguagem de interferência. Era um dia de semana por volta de 11 horas da manhã e o começo da indizível errância de um ingênuo atravessando o perigo, marcial e com o braço esquerdo sempre um pouco caído para a frente e precedendo o próprio corpo, na extremidade da mão a mala costurada de mil chagas e cheia de mil caroços e um pedaço de papel preso entre o polegar e o indicador da mão direita e um tíquete de metrô, também, dentro do bolso de uma camisa cáqui, bem de encontro ao coração, chave do enigma ao mesmo tempo e pesado testamento dos velhacos que o tinham dado a ele — sub-repticiamente — no momento em que na bagunça da separação ninguém prestava atenção neles; exultando por ter escapado ao naufrágio, depois de uma travessia marítima movimentada que ele tinha passado escorado num pilar da ponte do navio sem jamais ter a coragem de olhar para o pacote espumante azul e branco do mar, feliz por não ter sofrido nenhum dano) e cuja extremidade oeste, em forma de garrafa com paredes de forma mais para quadradas do que redondas, constitui os trechos seguintes:

ÉGLISE D'AUTEUIL – MICHEL ANGE – AUTEIL
MICHEL ANGE – AUTEIL – AUTEIL

depois,

MICHEL ANGE – MOLITOR – CHARDON – LAGACHE
CHARDON – LAGACHE – MIRABEAU

e cujo fundo é materializado pelo trecho Auteuil – Michel Ange – Molitor. Do mesmo modo que as excrescências abertas (13-13 bis, 5-5 bis, 3-3 bis) constituem uma curva ampla e liberada indo bater-se contra o amarelo levemente pontilhado de vermelho, assim também as excrescências fechadas representando a periferia no gráfico (7) + (10) têm um aspecto intratável, hostil e confuso como se cada um de seus caracóis — que poderiam facilmente ser ligados por uma diagonal passando por Strasbourg – Saint-Denis, Palais Royal e La Motte-Picquet – Grenelle — conservasse, com uma vigilância um tanto quanto listrada, as duas saídas leste e oeste da cidade à maneira de dois ninhos de cegonha empoleirados no alto da ponta de duas linhas (amarela e preta) aparentemente sem ligações mas terrivelmente solidárias e sobre as quais vêm — no alto e em baixo — despedaçarem-se várias outras linhas (8-11-3- irremediavelmente, sem nenhum recurso possível, ao passo que todas as outras linhas, com exceção das que ostentam os números 13, 13 bis, 7, 7 bis e 3, 3 bis, não são nem abertas nem fechadas mas apagadas, desaparecendo bruscamente como por encanto indo parar não se sabe onde, talvez em alguma realidade geográfica que mal se adivinha, além do mapa, um pouco como a curva do rio, azul, é claro, mas que se termina sem mais nem menos sem que nada anuncie uma embocadura, ou um mar ou um outro rio no qual ele desembocaria... Mais ou menos da mesma forma como é materializado o canal Saint-Martin, a noroeste do mapa, com um traço azul da mesma cor que o rio em sua curvatura francamente ampla, mas com a diferença de que aí o traço é mais fino exprimindo assim a estreiteza do canal o que é uma precisão interessante mas que não sugere de onde vem esse meandro azulado que parte do noroeste (Église de Pantin) e vai chocar-se duramente contra um conjunto de linhas convergindo todas elas em direção da estação Republique com uma espécie de alça perpendicular chegando do norte situada um pouco mais a oeste que o arco de círculo ele próprio vindo mais do lado de Aubervilliers e morrendo aos poucos contra a curva suavemente, um pouco à maneira de um trem entrando na estação e parando molemente a alguns centímetros do obstáculo que limita sua passagem. Mas as forquilhas, os caracóis, as curvas do rio e os dois traços materializando o canal Saint-Martin, ainda que periféricos e por assim dizer marginais, não escapam à lei do conglomerado que amontoa tudo, embrulha tudo mas corta em pedaços também, e espedaça tudo por meio de um tecido de linhas cuja única moleza e única doçura vêm daquela concavidade incansavelmente espiralada no seio de si mesma e atenuando a rigidez da fratura perpétua desagregando curvas e segmentos e pontos, contorcendo-se com uma diligência espantosa como se estivesse em busca de alguma trégua, já que o horizonte, em seus pontos estratégicos, tornou-se fechado por causa daquelas nodosidades encaracoladas ou bifurcadas como sinais do desespero e do mal-estar que vai se abater sobre o passageiro assediado pelo sol que ele não esperava, imaginando que aqui a neve cai em abundância durante o ano inteiro, começando mal o seu périplo, evaporando seu suor, agitando em volta de si mesmo um ar gelatinoso e úmido do qual ele não suspeitara — no trem disparado a cento e cinqüenta quilômetros horários com a

tranqüila segurança de um animal atávico que sabe aonde vai
— a umidade embebendo, através da armadura cimentada da
cidade, a confusão de avenidas, praças, carros, edifícios vistos
de muito longe, espelhada nos flancos do comboio tomado
por uma irresistível tentação maquinal de sair dos trilhos para
ir destruir o conglomerado arquitetônico ao alcance da rua
ou aglutinando-se paralelamente sobre diferentes níveis alçados acima das cabeças dos passageiros, animados também,
por um impulso mecânico desde que são abandonados à
própria sorte na plataforma do metrô onde são acolhidos por
uma mulher sorridente que segura pela mão uma criança alegre, exibindo-se em imensos cartazes, como para lhes desejar
as boas vindas e não para fazer propaganda de um produto
a ser ainda determinado.

A fotografia pregada desperta imediatamente um impulso
de simpatia que não deixa de ter ligação com a nostalgia que
ele sente diante da idéia de realmente ter desembarcado no
país alheio e não ter a mínima possibilidade de voltar atrás,
certamente por causa dessa alegria irresistível que emana dos
dois personagens: uma mãe e seu filho. A mulher está usando
um vestido de algodão marrom estampado de listras transversais amarelas, cujas mangas compridas dobradas até os cotovelos revelam punhos muito finos enfeitados com pulseiras
de bijuteria de cor nacre. O vestido, decotado no alto e pondo
à mostra um colar em volta do pescoço, é muito comprido
e chega quase até as canelas, o que dá à mulher um gênero
um pouco fora de moda e em conseqüência disso tranqüili-
zador e credível. Sob seu braço esquerdo, ela traz uma bolsa
de couro marrom combinando portanto com o vestido, bem
como os sapatos de saltos altos com cordões em volta das canelas, que são de cor marrom na ponta do pé e bege do lado.

A cintura está emoldurada por uma correia preta bem fina. Seus cabelos acaju e semilongos repartidos do lado esquerdo são flexíveis e estão um pouco despenteados — exatamente o necessário — por uma brisa que se adivinha leve e morna por causa das cores alegres do vestido, dos antebraços e do alto do peito desnudados e enfim pelos calçados leves e primaveris. Ela avança numa rua que se imagina abrigada por arcadas um pouco provinciais e sorri de maneira muito simples para a objetiva, sem nenhum exagero ou afetação. Atrás dela as silhuetas dos passantes um pouco vagas e sem nitidez mas vestidas com mantôs como para sugerir que o inverno foi rude e que apesar da primavera algumas pessoas continuam desconfiadas e preferem premunir-se contra uma mudança brusca de tempo ou uma chuva repentina, pouco provável, com certeza, mas não impossível; bem como uma vitrine fotografada em série, a de uma farmácia talvez, por causa das propagandas louvando as pastilhas contra a tosse ou o nestogeno pendurado nas paredes entre três portas. A calçada sobre a qual ela caminha é coberta de lajotas marrons, e bem abaixo de seus pés e dos pés da criança aparece exatamente uma dezena de fileiras de lajotas vitrificadas pregadas ao chão, que fazem manchas de luzes na matéria que o recobre. A criança que ela segura pela mão está vestida com uma calça comprida de veludo preto, um pulôver branco listrado de vermelho e azul perto da cintura, dos punhos e do decote em forma de V, uma camisa branca de algodão xadrez de vermelho e preto com o colarinho aberto e, embaixo dela, uma camiseta branca. Os sapatos que ela usa são amarelos e percebe-se que são macios. A mãe e seu filho avançam com passos apressados em direção do mesmo ponto, o que deixa supor que viram alguém de quem gostam ou que adoram: um conhecido, um parente, ou um marido ou pai etc. O movimento da caminhada não é sugerido somente pela posição dos pés, um depois do outro, no que diz respeito à mulher, com o pé de trás levemente levantado, e os dois pés, evidentemente, distanciados, mas quase na mesma altura, no que diz respeito à criança, o que dá a idéia de que ela vai bem menos depressa que sua mãe, que é obrigada a segurá-la para que ande na mesma velocidade arrastando-a com a mão que ela aperta vigorosamente; mas também pela ondulação percorrendo o vestido de algodão da jovem mulher, partindo de baixo e criando uma espécie de contracorrente que atinge o alto das mangas cujo tecido adere ao contorno do corpo e exagera um pouco suas formas arredondadas, bem como pelo braço direito da criança ligeiramente distanciado do corpo como para ajudá-la a andar um pouco mais depressa (à maneira dos esportistas em competição, que fazem movimentos mais rápidos, mais irregulares mas com os antebraços dobrados, um pouco grotescos como que movidos mecanicamente mas emergindo de estradas cintilantes cujo asfalto se desagrega grão por grão sob seus passos de corredores alucinados pelo cansaço, no limite do espaço e da paciência, aspirados por seus próprios movimentos e pela luz que os fura com manchas sobrepostas de dois tons. Desengonçados. Desarticulados. Lamentáveis!) E dando-lhe um aspecto de desequilíbrio, certamente por causa do outro braço em posição vertical, sustentado pela mão da criança apertando vigorosamente a sua, aspecto que agrava o movimento da calça comprida balançando-se acima dos sapatos e o bolso proeminente no joelho direito formando uma saliência ao mesmo tempo cômica e pueril.

Ele, comovido, absorve-se na contemplação da fotografia e, não podendo ler, faz abstração do slogan impresso em letras azuis sobre fundo branco (AMIRA, O VERDADEIRO TAMPÃO SUAVE) dizendo a si mesmo que os velhacos deviam tê-lo prevenido que a recepção nas estações de metrô era boa e que chegavam até a gastar dinheiro para fazer aquelas imensas fotografias representando uma mãe feliz e sua criança não menos feliz para desejar as boas-vindas a todos os infiéis da terra e ele está tão comovido que pensa de novo na filharada abandonada, quando ele estava no Piton, em proveito dos amigos que operavam a partir do antro cheirando a suarda e canela, e sente-se transpassado de um remorso depressa apagado pela presença, no bolso de sua camisa cáqui, bem de encontro a sua pele e seu coração, do tíquete de metrô, chave da cidadela a ser conquistada e última prova de amizade dos melhores companheiros que naquela hora deviam estar exultantes de saber que ele tinha chegado bem, como se — em seu espírito — eles o seguissem com o auxílio de algum radar intuitivo inventado por eles mesmos, tanto eram hábeis e versados na alquimia das comunicações telepáticas. E eles, lá longe, reunindo alguns comparsas e lhes indicando num mapa pregado na parede, com a ajuda de uma longa vareta de pau de oliveira, os detalhes do itinerário do qual eles exageravam — sardonicamente, um pouco à maneira do observador — a complexidade, como se quisessem mostrar com isso que já tinham visto coisa pior, mas que, quanto a ele, ele não tinha a menor chance de se safar e que eles já estavam esperando — ao mesmo tempo em que continuavam a demonstração geográfica — a chegada do carteiro, por eles dada como certeira, trazendo um telegrama com o anúncio de sua morte por afogamento no grande mar ou por sufocação no imenso labirinto; explicando as linhas, as direções, as curvas, as excrescências, os caracóis e os meandros;

dando-se como base de partida a Gare de Lyon e imaginando que ele tomara inicialmente a linha 1 (Château de Vincennes – Pont de Neuilly), quando na verdade ele tomara a linha 5 (Place d'Italie – Église de Pantin), sem saber que o trem fora desviado de sua estação habitual, no último minuto; tomados de surpresa mais tarde, quando colocados a par dos detalhes exatos do périplo, eles não quiseram retificar as informações porque estavam tristes demais e cansados demais e porque não queriam perder os raros adeptos que tinham ainda alguma confiança neles, depois que a morte do imigrante fizera com que a maior parte da população do Piton se coligasse contra eles, com exceção de alguns energúmenos cabeçudos sempre cheios de uma devoção fruto do interesse. Ao passo que ele, maravilhado pelo sol, enfeitiçado pelo sorriso (o rosto da mulher, um pouco distanciado do rosto da criança, é mais sombrio e vago, o que dá a impressão de que os traços bastante finos da jovem mãe estão um pouco apagados (à imagem daquelas velhas estatuetas milenares cujo nariz ou pálpebras foram consumidos pelo tempo fazendo-as perderem seu estilo figurativo em proveito de uma abstração que o artista não desejou mas que dá ao objeto de arte um aspecto inacabado que reforça sua beleza) enquanto sob os olhos as olheiras cavam profundamente a pele, enrugam-na e arroxeiam-na por meio de um traço horizontal que parte do canto do olho e vai até acima da maçã do rosto saliente (APENAS UM ESPECIALISTA PODERIA DESENVOLVER UM TAMPÃO COMO AMIRA: SUA TÉCNICA DE DILATAÇÃO PROGRESSIVA E LATERAL, SUA MATÉRIA LISA E MACIA, SEU PEQUENO TAMANHO ADAPTAM-SE PROGRESSIVAMENTE AO CORPO FEMININO, OFERECENDO SEGURANÇA ABSOLUTA E CONFORTO TOTAL) e contraída pelo sorriso discreto da mãe, contrastando com a alegria juvenil de seu filho, o que realça a idéia de que a mulher, mesmo um pouco cansada, ainda não está moribunda e pode deslocar-se pelas ruas, sob as arcadas de uma cidade provincial segurando vigorosamente pela mão seu garoto turbulento e vivo, talvez pelo fato de ela alimentá-lo com...) da fotografia, prepara-se para se embrenhar no dédalo subterrâneo inconsciente do perigo que o espreita, tranqüilizado por essa acolhida fotogênica, esquecido da profecia dos velhacos, que não tinham chegado a confiar-lhe o segredo codificado da lengalenga deles.

Depois os corredores sucedendo aos corredores enfiando-se uns nos outros e dando voltas em círculo, enrolando de acordo com uma circularidade sistemática edificada em dogma pelos construtores delirantes e líricos que não têm a mínima confiança na retidão das linhas, preferindo as curvas amplas e sensuais aos segmentos de reta secos e frios, ainda mais que com essa forma se volta sempre ao mesmo ponto tal como um navegante dando a volta ao mundo e incansavelmente trazido de volta a seu ponto de partida, o que limita a aventura e torna todo périplo aleatório já que os extremos se tocam e que a partida se confunde com a chegada; ao passo que o náufrago, continuando escorado à sua mala, dá encontrões em pessoas hirsutas que lhe pedem 1 franco para ir comprar um aparelho de barbear e ter de novo um rosto branco e céreo como uma máscara de carnaval sobretudo que os incontáveis músicos alteram seu caminho em direção de plataformas problemáticas em sua ubiqüidade infernal umas diante das outras, semelhantes em todos os sentidos, com os mesmos cartazes, as mesmas cores de cerâmica cobrindo as paredes, os mesmos guichês-gaiolas envidraçados de onde chegam campainhas estridentes cortadas bruscamente por palavras esquisitas como que moduladas elasticamente e repercutindo em sua memória, ao passo que nos bancos homens e mulheres de olhos cheios de infelicidade curtem cada qual no seu canto sua dor e seu vinho na indiferença total que o surpreende no momento em que, em cada extremidade da plataforma, escorchados vivos monologam sermões ansiosos e fazem eco uns aos outros sem levar em conta a lógica das interferências do discurso de um sobre o outro, um pouco como as linhas ziguezagueando através do mapa de fundo branco envernizado que eles coloriram de amarelo, azul, verde, de amarelo depois de azul de novo, mas sombreado de vermelho depois de verde mas sombreado de branco e imbricando-se para ir terminar estupidamente sem mais nem menos, não sabendo mais aonde ir, um pouco como os discursos de dois homens fechados cada qual em suas idéias fixas e suas fantasias e interferindo-se sem nenhuma ordem aparente mas tendo como linha diretriz o desgosto da vida, a solidão e o ódio dos outros. Os corredores, portanto, sucedem-se aos corredores, sempre os mesmos, sempre sistematicamente sem nuance alguma, rebarbativos e sempre com seus cartazes cor-de-rosa e vermelhos como esparadrapos de feridos graves fazendo cicatrizes na superfície sem brilho e vazia, cuja feiúra é aumentada pelas fotografias que o subjugam, incomodam e irritam como um dente cariado plantado entre seus dois olhos, e ele jurando que não vai mais olhá-las, mas depressa entregue à exigência delas, ao colorido e às formas listrando duramente a cerâmica melancólica e esbranquiçada e jorrando de novo sobre sua própria visão caótica naquela luz branquicela de fim do mundo, chuviscando das lâmpadas invisíveis e incrustadas nas dobras bem no alto das paredes, invariável em sua mediocridade como se não houvesse nem tempo radiante nem tempo ruim nem chuvas nem granizo nem dilúvios nem frio nem ventos nem pólos nem trópicos, envolvendo-o da cabeça aos pés, imprimindo em suas roupas uma cor indefinível como se o macacão de operário tivesse sido coberto de cinzas e a calça comprida de cotim imersa na água de lavadeira... Agora, ele se sabe cativado não somente pelas linhas do mapa que impregnam seu crânio, mas também por aquela camada de luz pálida e a tal ponto triste que ele nem sequer mais tem a idéia de se safar, tendo apenas que escolher entre duas plataformas aquela em que se encontra e a outra que está diante dele, não tendo mais escolha alguma a fazer, abandonado pelo companheiro apressado por algum negócio suspeito e dando como pretexto uma matrona irreprimível, que funciona de acordo com a hora eletrônica dada por uma rádio privada que ela escutava da manhã até a noite, mesmo quando o aparelho de televisão estava ligado; ou então tropeçando na fixidez das meninas dos olhos desbotadas de qualquer interesse daqueles que passam diante dele apressados para não perder o trem, como se a segurança que eles têm em relação à direção que vão tomar os tornasse mais agressivos, grosseiros e solitários ainda. Com a alça da mala penetrando as carnes mortas de sua mão, ele é assaltado nos cruzamentos por pessoas cansadas, absorvendo vergonhosamente suas sombras numa maneira de andar oblíqua como se eles — diferentemente dos agitados — estivessem indo para o suplício dos quartos estreitos e tristes e frios onde vão abortar sonhos quiméricos e purulentos; talvez então, nesse momento, o passageiro de rosto lívido e corrompido pela luz e pelo metal, ponha-se a parecer com um palhaço amargo e perplexo com os olhos muito próximos das orelhas, cheio de tiques devidos ao cansaço, a menos que se trate de sua origem camponesa que venha à tona e torne seu modo de andar mais fulminante e mais perturbador no futuro dos corredores entupidos e hermeticamente fechados, enquanto o esgotamento bombeia nele toda a energia e o criva de intumescências que lhe dão ares anacrônicos, de tantos périplos que ele completou, a contracorrente e a contragosto sem ter a possibilidade de discernir o real do fictício, com raiva de si mesmo por ter considerado o sorriso da jovem mulher com o menino alegre como uma marca de hospitalidade do mesmo modo que ele sente raiva por não ter compreendido as mensagens sibilinas dos velhacos entoando a lengalenga dele durante noites inteiras sobre um assunto tão grave quanto esse da inextricabilidade da rede do Metropolitano, cujo mapa eles acabaram pendurando na parede, a fim de explicar a seus cúmplices a inelutabilidade de sua morte, condenado ao afogamento ou ao sufocamento. Avançando, tremendo de raiva e de cansaço sob as moléculas fervilhantes na estreiteza da luz percorrendo sua própria história pavimentada de cadáveres e de preces, trazendo ainda, como em filigrana acolchoada assombrando o juízo, a armação de um cadafalso desenhado num reflexo cromático e uma trava de segurança cortando sua carne tumeficada, tatuando sua pele de camponês pobre ao alcance dos assassinos.

Um pouco como o outro fechado há vários dias e repetindo em sua cela: "Mas por que eu o teria matado? Ele não sabia ler e eu lia para ele, com seus olhos. Ele não sabia escrever e eu escrevia para ele, com sua própria mão. Ele não sabia se orientar e eu o guiei com seu próprio discernimento. Eu não o ajudei! Eu me misturei com ele e me desdobrei nele. Por que eu o teria matado com tal crueldade? Sobre as fotos que você me faz olhar todos os dias para que eu acabe confessando tudo, nem sequer pude reconhecê-lo, de tanto que ele estava deformado, moído, quebrado, estourado. Com o caminho indicado num pedacinho de papel que ele queria me impor hipnotizando-me silenciosamente, ele ignorava a trapaça que eu trazia em mim porque tendo que escolher entre ele e uma fêmea langorosa, decidi não perdê-la, ela, ainda mais que aqui elas são mais teimosas do que se imagina e nossa felicidade é tão rara que não hesitamos em deixar de lado um irmão quando a outra espera, com seu calor que cura as frieiras e sua saliva que dissolve as apreensões cada vez que me encontro diante da beatitude com gosto de pecado e de coisa proibida. Com o caminho indicado num papelzinho sobre o qual ele crispava o indicador e o polegar e que com certeza ele queria me impor em nome de uma solidariedade cuja necessidade ele sentia confusamente, como se eu fosse uma terra firme reencontrada, de repente, durante um naufrágio constituído de ramificações, de cruzamentos e de direções múltiplas e imbricadas seguindo o mapa da demência e da ruptura das linhas, à luz dos diques carregando com eles a debandada e a incoerência. Depois sua morte, com o coração aberto, por uma cambada que nós conhecemos muito bem, ainda que tudo o que façamos seja passar por suas fábricas apenas pelo tempo necessário para fundir nosso sonho no aço a fim de torná-lo mais sólido e pronto! Até logo! Chega de trabalho! Restos de naufrágio! Jogados de trens de mercadorias em caminhões de lixo, eles começam uma busca alucinante e mantêm-se à base de café forte e amargo que preparam eles mesmos para economizar o dentifrício e ter o hálito perfumado quando mostram os dentes aos contramestres balofos que cheiram azedo. Ele não estava a par de toda essa tragédia vivida todos os dias sem a consistência de um urro quebrando o ronrom infernal das máquinas. Uma vez que tinha um papel com o endereço escrito, ele acreditava no futuro, e no futuro da tribo que ficara pendurada no Piton, tranqüilo por séculos e séculos pois ele estava convencido da inelutabilidade do signo desenhado a tinta, ainda mais que ele não entende nada de todas as insanidades e armadilhas que ele veicula. Eu nem pude reconhecê-lo, de tanto que ele estava acabado. Desfigurado. Atordoado. Apagado. A não ser que fosse algum outro... Tem tantos que desembarcam às cegas e assombram os corredores do metrô. Mas a única coisa que fiz foi acompanhá-lo até a estação Concorde, depois eu o deixei pra lá para ir ao encontro de uma fêmea exigente em termos de horário sentimental. Eu tenho um álibi, portanto. O que não impede de dizer que eu o traí. Essa história da marca de sapato não tem sentido. Você diz isso para me intimidar mas tenho os pés limpos na falta de ter mãos imaculadas: isso seria bem difícil com toda a graxa que sou obrigado a engolir com a nostalgia do patrimônio a ser reencontrado. Sei também que, sempre que se trata de um de nós, trata-se de falsificação. Por mais que você diga e resmungue contra o seu assistente, você se parece com ele, só que você é mais cínico e mais primário. Por que então eu o teria matado? Para roubar? Se ele tivesse dinheiro, não teria vindo se perder na armadilha da Megalópolis e eu não seria um Operário Especializado devidamente sindicalizado, explorado, maltratado e desprezado e, por mais que eu faça, continuo sendo o mesmo para você. Agora você vem querer me intimidar. Ele pensou que eu era um privilegiado só porque eu sabia ler seu papelzinho. Deve ter pensado que eu tinha cara de traidor! É claro! Ele não estava completamente errado. Com o pretexto de que tenho uma carteira de trabalho assinada, um número de inscrição na seguridade social e um holerite no bolso, acabei cedendo à facilidade, abandonando-o lá, na estação Concorde. Ele tinha razão de desconfiar de mim. Não queria nem sentar. Eu não podia nem olhar para ele. Mas essa história de marca de sapato também já é demais. Estou acostumado!"

Enrolando a língua, engolindo palavras, ele acabava nem entendendo mais o que ele mesmo dizia, acabava perdendo o fio da meada das idéias, dizendo: "Bom, onde é mesmo que a gente estava? Você pode dizer o que quiser ele não tem culpa nenhuma mas vou querer que ele fique retido aqui assim mesmo, ele tem um jeito assanhado demais para um. ele fala demais e bem demais quem foi que o ensinou a falar exatamente como você e eu? Acho até que ele é mesmo bem impertinente um sindicalista com certeza mas pode deixar quando o processo for arquivado aliás ele não tem que ser arquivado sem que tudo seja feito para encontrar esses engraçadinhos eles com certeza não foram avisados que aqui é meu setor caso contrário teriam ido aprontar em outro lugar e ele o que é que veio fazer aqui ele bem que poderia ter ficado no país dele qual é mesmo a data exata do decreto de suspensão da imigração decidido pelo grão-vizir deles foi no dia 19 ou 20 de setembro?

Comunicado oficial de nosso correspondente

Argel — O jornal *El Moujabid* sai nesta quinta-feira, 20 de setembro, com as seguintes manchetes estampadas em vermelho:

"Racismo: suspensão imediata da imigração de argelinos para a França, decisão tomada pelo Conselho da Revolução e pelo Conselho Ministerial. Não-alinhados: exame das perspectivas de uma ação prevista para os próximos três anos."

Depois de expor os resultados do recente encontro dos países não-alinhados, o comunicado oficial declara:

"*O Conselho da Revolução e o Conselho Ministerial estudaram a situação dramática em que se encontra a emigração argelina que se destina à França, especialmente após a onda de racismo que se abateu sobre nossos trabalhadores às vésperas da realização da quarta conferência dos países não-alinhados.*

Examinando esse problema delicado com todas as suas implicações, o Conselho da Revolução e o Conselho Ministerial, inclinando-se em nome da memória desses novos mártires, fizeram questão de homenagear, por um lado, a maturidade política da emigração argelina, que soube contornar os fatos e permanecer imune a todas as provocações e, por outro lado, às vozes francesas que se indignaram contra todas as manifestações do racismo que resultam, hoje, em atentados criminosos.

O Conselho da Revolução e o Conselho Ministerial denunciam vigorosamente todas as forças ocultas que trabalham contra a promoção das relações entre a Argélia e a França, e até mesmo entre o Terceiro Mundo e a França. Certas medidas foram decididas, especialmente a suspensão imediata da emigração argelina com destino à França, enquanto as condições de segurança e dignidade não forem garantidas pelas autoridades francesas aos imigrantes argelinos"

E esse imbecil que resolve vir pra cá bem no dia 26! Ele bem que deveria ter desistido parece que ele veio só pra que eu tenha todas essas complicações não pense que as coisas vão se passar assim sem cerimônia processo arquivado também tanto faz um a mais um a menos! Eu bem que teria concordado mas basta cair depois com um juiz implicante e humanista e pronto é garantia de encheção de saco e isso nunca! Eu tenho uma ótima reputação na praça e vou mantê-la claro você tá pensando que eu sou um velho que tem mania de provas, né, mas isso também precisa ser provado não é mesmo o que é que você tá pensando? Tá pensando que vai dar as ordens aqui, vou avisando: seus colegas não vão com a sua cara ah não, não é devido a esse caso! Não, em relação a isso eles tendem mais a concordar com você pode estar certo nem é por causa do perfume que você usa eles não têm tanto faro quanto eu! Mas seu jeito seu comportamento quotidiano seus sapatos suas gravatas eles não gostam de nada disso qual é o problema com você você tem mania de proibição ou o quê? Ou será que tudo isso é por causa do seu sangue de siciliano? Bom mas não vamos perder o fio da meada voltemos ao nosso caso essa marca mesmo correspondendo ao sapato desse filho da mãe de Operário Especializado intelectual de merda é ridícula e depois que o original foi... como dizer... reencontrado... é isso mesmo reencontrado! não se pode mais utilizar essa marca contra ele e aliás eu não quero saber dessa barafunda no meu pedaço cedo ou tarde isso me cai sobre as costas e pronto é comigo mesmo, e ninguém mais, que a coisa pega... não vai ser você o responsável apesar da antipatia que você tem por eles sabe de uma coisa basta uma mudança na política de um daqueles zuavos lá no país deles basta que um só venha aqui assinar um contrato de venda de algumas latas de gasolina e opa! é a maior reviravolta e salve-se quem puder... eles ficam de beijoca pra lá e pra cá na maior troca de amabilidades aí é um tal de eu tomar descomposturas e ameaças e telefonemas ministeriais, e então eu em tudo isso, como é que eu fico? E você? Você não conta para eles o chefe do pedaço sou eu e não se esqueça disso! Bom, vamos recapitular, onde é que eu estava? Ah, é isso, então ele fez a viagem entre as estações La Fourche e Carrefour Pleyel término da linha 13 depois ele foi de novo de Carrefour Pleyel até La Fourche e portanto voltou para o mesmo lugar ele com certeza nem percebeu o idiota! Ele fica esperando chegar o trem seguinte que deve logicamente se dirigir para Porte de Clichy ou seja na sub-linha 13 bis a menos que — e isso é bem provável — ele não tenha perdido pela segunda vez o trem que ia para Porte de Clichy que talvez tenha passado quando ele estava perambulando na linha 13 o que significa que então ele teria feito o mesmo percurso diversas vezes e perdido, portanto, duas horas e meia até tomar por acaso um comboio em direção de Porte de Clichy porque é certeza que ele chegou mesmo até essa estação já que foi lá que o assassinaram e lá está ele portanto fazendo e refazendo o mesmo percurso sem jamais poder chegar a seu destino continuando a esfregar seus pedacinhos de papel no nariz de uma gente cansada, estafada, que às vezes faz o esforço de lhe indicar — o mundo está cheio de boas intenções — a outra plataforma, que ele então vai medir andando de um lado para o outro na espera de. e depois disso não sabemos mais nada! Ninguém o viu em Carrefour Pleyel e numa hora daquelas não tinha muita gente o chefe da estação foi categórico ora essa! Mas que falta de sorte! Como botar a mão nos engraçadinhos se não conhecemos todos os detalhes do itinerário dele pois todo o segredo da investigação policial está aí ah isso eu garanto: no detalhe! o detalhe é o que se ensina em todas as boas escolas da polícia.

Indo e vindo, estafado e sonolento trancado no túnel oscilante e cheio de solavancos dos sonhos dos outros misturados aos seus e entrechocando-se no interior dos crânios rígidos esvaziados de toda a superficialidade do dia e amontoados numa hora daquelas (11 horas da noite) numa precariedade totalmente estranha, ao passo que os passageiros tinham sido, no decorrer de todo o dia, vítimas patenteadas das máquinas, dos escritórios, dos relógios, dos chefes de serviço, dos clientes e de aborrecimentos de todos os tipos, eles evacuam no torpor e no superaquecimento todas as afrontas vividas ao ritmo irregular do trem que vai desembestado, quebrando a noite do túnel eterno e despedaçando a moleza do espaço. E ele, cada vez mais teimoso em conservar sua mala na mão esquerda, em ter um ombro mais alto do que o outro, em estreitar um maço de papéis do qual emerge apenas um que tem algum interesse, o da letra da garota (destronando os velhacos de sua dominação sobre o clã, surpreendidos pela repentina reviravolta da comunidade até lá inalterável em sua docilidade fastidiosa que começava a lhes causar problemas a ponto de torná-los suscetíveis e tagarelas, deixando-se cair na facilidade e repousando sobre louros duvidosos, quando tinham preconizado aos outros a vigilância definitiva, surpreendidos, pois, pela repentina e irreprimível reviravolta da pobre gente do Piton, que até então fora sustentada pelo dinheiro e pela lengalenga deles, que lhes dava não somente o que comer, mas também o que pensar e meditar, e que agora os privava de sua suprema prerrogativa: escrever cartas e outros textos de qualquer gênero, fazendo assim com que eles ficassem macerando nos afãs do rancor e dos solilóquios da insônia perdendo de repente a vontade de beber, a vontade de fumar e a vontade de esganiçar, jogando xadrez sem parar botando todo mundo pra fora dispensando todos os parasitas — sabendo o que faziam — esparramando o rumor de que os sacanas não estavam assim tão zangados por terem sido destronados do posto de escrivão público mas que a razão de eles se tornarem tão rabugentos era a partida do outro a quem tinham emprestado uma mala coletiva tendo sonhado com a morte dele, todos os três — ou quatro, caso o proprietário da mercearia também fosse considerado cúmplice — na mesma noite e vendo as mesmas imagens, que eles depressa contaram para todo mundo de manhã e que eles tinham decidido censurar no que dizia respeito ao restante da comunidade a fim de que ela não os tratasse como pássaros de mau augúrio e para que depois do anúncio da morte do outro na saída do metrô ela não os linchasse acusando-os de alta magia...) quase apagada numa hora daquelas, obrigando as pessoas a pegarem os óculos e colocá-los para decifrar as letras e dando a outras a idéia de tirar dos bolsos pequenas lupas que colocavam perto do papel estragado cujos diferentes estratos apareciam então como crateras abertas na própria matéria celulósica. Ele faz o vaivém entre La Fourche e Carrefour Pleyel pela sexta vez, localizando-se, na primeira estação, graças ao painel publicitário da jovem mãe com seu filho, colocado em certo nível da plataforma, bem do lado de uma pequena máquina amarela chumbada à parede não muito no alto e na qual se vêem, através de um vidro, bolas vermelhas, amarelas e azuis (balas? chicletes?) e que ele considera — por causa do sorriso, com certeza — a expressão de boas-vindas, o que reforça sua confusão porque até então ninguém tinha tentado acolhê-lo com exceção, talvez, do jogador de fliperama, que não parava de dizer: quando é que vão providenciar umas recepcionistas bonitinhas vestidas de cores alegres para receber os caras como você? Mas, sabe, o fliperama é o compatriota erudito, Celine (Aline?), que o tinha maravilhado, o tipo da escada rolante, que não tinha ousado olhá-lo, o gerente de restaurante que acabava de se separar dele etc... e que lhe permitia — o painel publicitário — descer sempre na mesma estação (LIBERDADE DE MOVIMENTO E DE ESPÍRITO, SEGURANÇA, DISCRIÇÃO, SEM ESQUECER A SUAVIDADE, ISSO É O QUE UMA MULHER TEM O DIREITO DE ESPERAR, HOJE EM DIA, DE UM PROTETOR FEMININO) em vez de continuar e ir além da estação La Fourche em direção de Place de Clichy, Liège (ATENÇÃO! ATENÇÃO! A ESTAÇÃO LIÈGE ESTÁ FECHADA AO PÚBLICO ATENÇ.), Saint-Lazare etc., e de se orientar em Carrefour Pleyel graças à voz balbuciante num microfone: TERMINAL! CARREFOUR PLEYEL TERMINAL CARRE... Indo e vindo com os olhos exorbitantes devido ao cansaço, não entendendo mais nada, seguindo as instruções dos que faziam o esforço de lhe dar uma informação com alguns gestos, chegando às vezes até a pôr os óculos ou utilizar lupas e lápis, e mesmo assim dando encontrões contra o painel de um lado e contra a voz amplificada pelo alto-falante fanhoso e estridente do outro; enlouquecido na infernal balbúrdia, entregue às batidas e aos sobressaltos da máquina andando com todas as molas para fora, comprimida por suspiros frenéticos. Sozinho! Arrebatado! Extenuado! A mala na mão mantendo-se agora fechada só por um fecho num último sobressalto de dignidade empinando-a mais do que o necessário, como para poupá-la da desordem derradeira.

Com os sorrisos desembestando em sua cabeça, o do menino mais falso que o da mãe pois ele exagera um pouco demais a tal ponto que os olhos dele fazem preguinhas e ele chega a ter uma cara de eurasiano, ao passo que sua mãe tem os olhos bem abertos e o tipo europeu, o que pode sugerir que o pai talvez seja um asiático mas nada permite tal dedução a menos que realmente se extrapole por causa das dobrinhas dos olhos simplesmente desejadas pelo diretor de criação, que deve ter achado que assim ele acrescentaria uma nota exótica ao todo, o que faz esquecer o objeto do qual só se vê, na parte de baixo do painel, a caixinha que o contém, o que o poetiza de certa forma apesar do texto longo demais, um pouco como um discurso pseudocientífico maçante e enfadonho e sanguinolento (A MISTURA DE ALGODÃO E DE CELULOSE DE QUE É FEITO O TAMPÃO AMIRA ABSORVE O SANGUE SEM BLOQUEÁ-LO, VOCÊ ESTEJA DE PÉ, SENTADA OU DEITADA) e sugerindo a possibilidade, para a mulher, não somente de andar, mas também de andar depressa, correr (por que não?), de puxar seu filho pela mão, sem cair jamais, sem desmaiar ou deixar-se esvaziar de seu sangue rubro pelo orifício que inunda o tampão e o rejeita para o lado de fora apesar da fabricação científica e das matérias resistentes e absorventes que o compõem. Mas tudo isso não passa de um efeito da imaginação mórbida do observador, que não pode se impedir de desnudar o avesso da decoração, de tornar vulgar o que outros tentam poetizar fartamente e a poder de muito uso de técnicas de ponta, de conhecimentos científicos, literários, lingüísticos e psicológicos pois no fundo trata-se de uma encenação e não há razão alguma para crer que a modelo naquele dia estava realmente menstruada pois as olheiras não querem dizer nada: muitas mulheres têm o rosto descansado e radiante durante o ciclo menstrual ainda mais que as olheiras da jovem mulher da foto devem-se com certeza às pinceladas de um maquiador hábil, sobretudo porque o diretor de fotografia conhece a psicologia feminina e só insiste um pouco nas olheiras, o bastante para culpabilizar as consumidoras e levá-las a comprarem aquela marca ao invés de outra, como se ele quisesse exprimir, por meio das olheiras, a idéia de que, com Amira, a mulher não somente se sente feliz, mas ela ainda perde automaticamente aquelas malvadas nódoas desde o instante em que introduz o tampão daquela marca, tudo isso visando de forma óbvia e astuciosa à vaidade feminina. Trata-se, portanto, apenas de uma encenação, aliás com jeito de clichê e estereótipo decorrendo não somente da banalidade da fotografia, tranqüilizadora, com certeza — pelas razões evidentes da moral corrente — a tal ponto que ele, o da mala, foi enganado pela cena, jubilando-se e extasiando-se sob o sol quente (nove horas de sol por dia) naquele 26 de setembro de 1973, diante da estação Austerlitz – Gare d'Orléans — mas sem nenhuma originalidade, por causa de um texto apostando numa espécie de objetividade científica de especialista (APENAS UM ESPECIALISTA PODERIA CONCEBER UM TAMPÃO ULTRA-SUAVE, O TAMPÃO AMIRA COM SUA EXTREMIDADE ARREDONDADA, QUE PERMITE UMA APLICAÇÃO FÁCIL E

DIRETA COM TODA DELICADEZA) longo e desajeitado demais e que ninguém tem vontade de ler. Com a imagem bem-sucedida, evidentemente, pois permite pôr em destaque a textura da pele da jovem mulher, a risadinha da criança, as olheiras, as dobras do vestido colorido de algum tecido de algodão ou de cetim ou de seda misturada com fibras sintéticas (náilon, acrílico ou...), as veias aflorando na região da tíbia da mãe etc., mas que não chega a dar especialmente vontade de comprar tal marca, daí o recurso à intimidação que o diretor de criação vai utilizar sem ter certeza do efeito que vai obter e até mesmo correndo um risco enorme pois ele pode também obter um resultado contrário a seus desejos, fazendo com que as mulheres, graças à legendária intuição que têm, relacionem as olheiras, coisa desagradável, à marca sobre a qual então irão atribuir, em seu inconsciente crítico, todas as desgraças que se abatem sobre uma pessoa vaidosa (rugas, nódoas sob os olhos, cabelos brancos, celulite, excesso de peso etc.) e se recusarão categoricamente a comprar o produto, organizando comitês de boicote contra a marca, fomentando — talvez — rebeliões para acabar com os homens e sua misoginia, que faz com que não possam conceber uma mulher menstruada sem olheiras, ou uma mulher sem mau hálito caso ela não utilize essa ou aquela marca de creme dental, ou uma mulher sem mau cheiro caso ela não conheça este ou aquele desodorante; como se o homem, ele, jamais tivesse mau cheiro, como se não suasse, com o pretexto de que ele não tem ciclo fisiológico como a mulher! Mas também o texto exala certa linguagem de boticário (O TAMPÃO AMIRA DILATA-SE LATERALMENTE PRESERVANDO ASSIM A ZONA SENSÍVEL DA VAGINA) um tanto quanto depravada utilizando palavras que nem por isso deixam de exprimir — apesar de pertencerem à terminologia científica — um órgão capaz de excitar a cobiça dos homens largados no metrô e que de repente poderiam resolver atacar as mulheres... Mas ele, de qualquer modo, não faria isso nunca! Perplexo e em pânico e sem entender coisa alguma daquela enxurrada de palavras que continuavam sendo signos mais do que cabalísticos, enganadores e pérfidos mas privados de todo e qualquer significado, dementes já em sua própria gesticulação caligráfica, listrando o painel de grafismos azuis ou laranja e organizando maquiavelicamente contra-sensos como montes de mal-entendidos mórbidos e hipócritas criando algo como uma lubricidade sanguinolenta e de mau quilate um pouco como a atmosfera dos bordéis freqüentados pelos imigrantes lá pelos lados da rua de la Charbonnière, dos quais os velhacos jamais tinham ousado falar, não por um pudor deslocado qualquer, mas porque eles jamais tinham conseguido se resignar a expor diante dele a sordidez daquelas espeluncas especializadas no revezamento ultra-rápido de clientes e relativamente baratas, a fim de permitir aos operários estrangeiros mantidos do lado de fora de tudo em circuitos estanques, à margem da vida real e expulsos de toda afetividade, sem nenhum escrúpulo mas não sem certo orgulho, que viessem evacuar o excesso de ansiedade e febrilidade nas megeras autóctones sacrificadas pelas necessidades da causa da rentabilidade... Perplexo e em pânico e fascinado pela imagem invertida do trem refletida na parede fracamente iluminada do túnel como um animal encaracolado apressando-se grotescamente em direção a algum infinito enevoado e constantemente estriado por inscrições despedaçadas e repetitivas (DU-DUBON-DU-DUB) como que deglutidas, vomitadas pelo muro desbotado, espirradas pela própria cor de vinho, vulgar e macabra; ele avança assombrado por essa trapalhada de impressões, objetos, imagens e signos, enrolando incansavelmente novelos invisíveis e fechando-o numa rede alucinante cujo grito, constantemente recalcado, engolido de novo no fundo da garganta, seria a única transcrição autêntica capaz de exprimir essa apreensão confusa do real tremulando na voz interior modulando o urro retido e cuja prolongação em sua cabeça é um tilintar cristalino e duradouro e circular cortando veias e artérias por meio de uma dor sólida como uma barra de ferro fechando o horizonte de uma vez por todas, sem nenhuma esperança subsidiária. Aniquilantemente!

...Sacrificadas pela necessidade da causa da rentabilidade e conscientes disso, tirando de maneira ostentatória de seus sutiãs peitos gigantescos e flácidos ou cotos mirrados não conseguindo mais — diziam os velhacos em seu código ultra-secreto, que eles tinham acabado de inventar desde que o outro acabara decifrando o morse inicial — conter todo o medo circulando nos dedos deformados pela terrível labuta e trêmulos de nostalgia e de pavor diante da carne patética das matronas alegres e indiferentes ao frenesi deles e à tristeza bebida no seio de uma animosidade toda alcalina fedendo a produto químico de privadas, lembrando os cheiros fétidos dos refeitórios das fábricas e o mau cheiro enojante das lavanderias colossais; apegando-se a essa imitação de calor humano; penetrando vergonhosamente uma carne marmórea e arroxeada pelo frio dos quartos sem aquecimento ou pelas doenças traiçoeiras ou vergonhosas, salpicada de bulbos azulados como tetas lúgubres e duras estalando nos corpos obscenos de tanta obesidade ou magreza, escórias das sociedades implacáveis, à deriva da morte da boca aberta entre as pernas delas, cabeludas e gordas, através de uma carne entumecida até a vermelhidão de uma vulva ríspida e pegajosa ao mesmo tempo, pronta, apesar do entumecimento pélvico, a absorver a maior horda lugubremente em busca de desastres de sangue e de poeira e de sacudidas telúricas abalando a indiferença do mundo e levando-o à sua própria fonte, precária, com certeza, e até arcaica, mas constituindo apesar de tudo a única saída ressurgente dos fundamentos da própria felicidade, espezinhada banalmente em vez de ser aspirada de forma rabugenta e voraz num acesso febril e delirante, desdenhando a seiva ressecada há um tempão e a virulência repreendida pela acumulação do silêncio e amordaçada pela vergonha coletiva daqueles que fazem fila diante das portas dos hotéis esperando sua vez com soluços na garganta, crispados e atormentados entre a fuga e a cópula, entre a demência e o afã sem dúvida miserável mas capaz de expulsar toda aquela obsessão e solidão do homem transtornado pelo desprezo que ele lê quotidianamente nos olhos dos vizinhos e que lhe é lido nas gazetas matinais trazendo — no café da manhã — sua abjeta literatura. E medo da horrível carne azulada, tal qual um enxame de moscas verdes aglutinadas em torno da morte, jorrando espessa e bexiguenta numa cratera fervilhando de pesadelos e obsessões, verticalmente estendida numa rigidez toda cheia de fístulas purulentas como uma abjeção fendida de um lado até o outro e na qual se deve obrigatoriamente mergulhar sob pena de morrer sufocado pela veemência das formas entrevistas num piscar-de-olhos-relâmpago ao longo do dia, cada vez que uma dulcinéia rebocada e perfumada passa pelas proximidades; e medo também de um entalho virulento assediado pelo delírio graças a uma agitação fabulosa aspirando as coxas gorduchas de alguma horrorosa rejeitada dos lugares de prazer para esses guetos do azar e da infelicidade quotidiana. De todas as maneiras, não se tinha escolha — repetiam os velhacos batendo na testa — ainda mais que a maldição do dédalo continuava a persegui-los nos quartos abomináveis em que eles tentavam pescar um segundo de prazer em meio à algazarra tonitruante do metrô aéreo, passando acima das cabeças deles e indo de Barbès-Rochechouart até Porte de Clignancourt, pondo as mãos martirizadas pelas máquinas na trapalhada dos pêlos úmidos enrolados em si mesmos, enquanto a mulher-bicho-papão incomensuravelmente sonoro como que para lhes tirar toda vontade de deslizar pelo orifício sórdido, fazer o vaivém timidamente, ir à luta, espernear em todos os sentidos e finalmente perder-se na felicidade que jorra quente deles próprios, mas que os deixa mesmo assim numa insatisfação dolorosa. Sem falar — repetiam os sacanas — das potras de preço exorbitante que bancavam as sabichonas e recusavam todo e qualquer contato com eles, mandando-os de volta, sem delicadeza, para suas favelas ou guetos ou quartos de hotel para lá morrer de desprezo mal digerido atravessando os pulmões que, neles, eram delicados e frágeis; e sem falar, tampouco, dos senhores de idade de voz suave que lhes preparavam verdadeiras emboscadas sob a ponte de Clichy a partir das oito da noite, quando eles voltavam do trabalho esfalfados e com saudade de uma canção do país deles que não pára de se repetir em suas cabeças inchadas como um odre cheio de vinho de seiva de palmeira no outono...

...No outono, e que é deixado pendurado na ponta do galho nos povoados em volta do Piton, em meio a uma floresta de palmeiras serpenteando a linha caprichosa do rio transportando no inverno enormes blocos de gelo cristalino e sempre cheio, no verão, ao passo que lá no alto, no flanco da montanha, povoados ocres e milenares debulham-se numa fascinação arquitetônica feita de formas e volumes inseridos completamente no embrechado ao redor, dissimulados num precipício natural em alturas inexpugnáveis que lhes permite ver o intruso ou o conquistador constantemente desafiado graças ao agenciamento do espaço e à cor ocre transformada em branco que cega quando o flamejamento solar atinge seu paroxismo como um estratagema tático totalmente natural que os antepassados guerreiros, intratáveis, utilizavam, outrora, para se desfazer do invasor catapultado em direção à morte e caindo no barranco porque ele se obstinava em acabar com a raça daqueles que ele regava de napalm e de bombas, destruindo paredes, tetos, colheitas, mas raramente chegando a destruir os fundamentos dos povoados incrustados na rocha cortando a memória dos invasores e perturbando-a graças ao cheiro virulento dos zimbros atrapalhando sua empreitada e seu comportamento, teimando apesar do ocre e do azul inexpugnável em perpetuar o massacre no odor dos abricôs que secam nos tetos de inclinação suave pondo o infinito ao alcance dos defensores, deliciando-se com a fruta adocicada e nutritiva ao mesmo tempo em que espreitam o inimigo enlouquecido pela excrescência cortante e pela acumulação implacável dos materiais abrindo falhas na sagacidade de qualquer estrangeiro. E ele, sacudido, no infernal túnel tomado pelo delírio, continua tendo saudade daquelas misturas de cores obtidas a partir do ocre, que realizam formas dementes cuja aspereza se difunde através do espaço, além das montanhas e até o deserto em que outros povoados completamente semelhantes são roídos pela areia e, embora abandonados pelos habitantes, guardam intactas suas formas e agenciamento e cores, adquirindo certa pátina nascida dos ventos arenosos e das miragens fervilhando até as lagunas que ele sabia atravessar antes de vir se fechar naquele labirinto, na ampla liberdade de seus movimentos apesar do arrastar contínuo de bichos de todas as espécies e da solidão das grandes distâncias modeladas de acordo com três estratos: o do céu, viga azul leitosa cingindo o horizonte, o da atmosfera, milhares de miríades abundantes de branco aço e o da areia, amontoado concêntrico ocre e vermelho fechado pela imensidão, do qual ele sente saudade, ao passo que sonolento e semi-idiota, ele continua a não entender por que o espaço também vem contribuir para confundi-lo, quando ele já penou tanto para chegar a um resultado tão medíocre.

Desde essa manhã em que ele desembarcou na Gare d'Austerlitz, feliz por ter conseguido vencer o mar, pronto para enviar a seus antigos comparsas um telegrama triunfante (CHEGUEI. PARE. SÃO. PARE. SALVO. PARE), aqueles mesmos que o tinham definitivamente destinado ao naufrágio, jubilando por descobrir os sorrisos da jovem mãe e seu filho, dirigidos a ele e especialmente pregados lá para lhe desejar as boas-vindas, ele sente raiva pelo fato de os outros não o terem posto a par de tamanha delicadeza, carregando sua mala que nem aparecia muito — apesar de suas fechaduras, suas excrescências e caroços — de tanto que sua maneira de segurar com a mão direita o memorável pedacinho de papel tinha algo de insólito e extravagante. Ele não pára de dar encontrões no enigma vibrátil entortando em seus miolos a imagem de um inseto cavando transversalmente e em profundidade sua seiva espessa de tanto turbilhonar no interior do círculo enrolado em volta dele mesmo e em volta de suas obsessões mudas, pois em sua sagacidade camponesa ele sabe que sua aparência tem que ser irrepreensível, o que o obriga constantemente a passar por cima das recriminações e a assumir — em silêncio — suas nevralgias oscilatórias que lhe cortam o crânio em diversos pontos. Rememorando tudo, sem perder de vista coisa alguma, mas confundindo tudo sob o choque da agressão sofrida neste país de além-mar, ele conserva uma porção da memória armada contra os velhacos, para ele ao mesmo tempo falta de sorte e boa estrela, desde que resolveu se comprometer num embarcadouro que o trouxe direto para o centro da cidade estrangeira flanqueada de guindastes e pontões e imóveis apertados uns contra os outros e de ruas descendo a prumo onde, para seu grande espanto, ele deu de cara — rua Tancrède — com um cacho cheinho de adivinhos instalados confortavelmente no chão diante de bandejas cheias de areia por meio da qual eles prediziam o futuro daqueles que desembarcam como ele naquela casbá européia, mal consigo mesma e extravagante, plantada em meio ao cheiro do *pastis* e o adorno de um sotaque que dói. Depois uma noite de trem e aquela chegada em grande pompa com os sorrisos fotogênicos, os convites das vendedoras de flores e o sol abundante no rés-do-chão e imprimindo na retina cores vermelho-verde anunciadoras de uma sonolência à beira da paz, da suavidade e da profusão ainda mais que o legado dos velhacos, batendo junto a seu peito no ritmo do coração jorrando do torpor e do medo, dá a ele alguma tranqüilidade até o momento em que, encontrando-se diante das sete perfuradoras automáticas de tíquetes, verdadeiras máquinas de guerra inoxidáveis, maciças, alinhadas agressivamente, com catracas semelhantes a espinhos de três galhos, prontas para socar seu ventre caso ele quisesse passar sem pagar a passagem, indicando sentidos proibidos e sentidos obrigatórios, com luzes verdes luzes vermelhas e fendas dissimuladas por todo lado e que é preciso saber descobrir, coisa que ele não sabe fazer, preferindo, então, ostentar o tíquete amarelo como uma bandeira branca e pular agilmente a catraca, desdenhando o olho eletrônico que capta seu gesto e o transmite através de um circuito complexo e emaranhado de fios e conexões até uma campainha vigilante e alcagüeta esguinchando de repente sua estridência malévola até suas orelhas enlouquecidas e pondo em rebelião os vigias, os fiscais e os inspetores das redondezas, cercando-o, pegando de sua mão o pedacinho de cartolina amarela com a escrita às avessas intimando-o com a ordem de voltar para o outro lado e validar seu tíquete engolido e devolvido pela minúscula fissura do monstro, depois olhando-o sem ir embora, nos olhos uma ironia misturada com desconfiança, um deles dizendo: "É, esse aí ainda nem começou a pagar seus pecados..."

POSFÁCIO

Morte e vida magrebina
Flávia Nascimento*

Nos corredores da linguagem

Em *Topografia ideal para uma agressão caracterizada* (1ª ed. francesa: 1975), de Rachid Boudjedra, escritor que a editora Estação Liberdade publica agora pela primeira vez no Brasil, o espaço a que alude o título limita-se aos corredores do metropolitano parisiense, no qual se desenrola, pela breve duração de um dia, a aventura do herói anônimo — um imigrante argelino — que consiste em perder-se neste labirinto urbano subterrâneo do qual ele não sairá vivo. A intriga é, portanto, minimalista. Mas seu poder de impacto sobre o leitor é desconcertante, e ele vem todo da sofisticada arte do narrador.

Examinemos, pois, o funcionamento deste narrador. Qual é seu ponto de vista? Logo veremos que o narrador, aqui, entorpece deliberadamente o leitor através das oscilações de foco narrativo. Ora ele se confunde com o personagem central, ora

---

* Doutora em Letras e Ciências Humanas pela Universidade Paris X e tradutora literária e de humanidades.

assume a fala de outros personagens que aparecem episodicamente no decorrer de seu percurso pelo metrô parisiense. Em muitos momentos, o imigrante perdido no metrô é quem sente, mas quem fala, por sua voz, é outro. Retomando os termos de Gérard Genette (em *Figuras III*, Estação Liberdade, a sair em 2008), diríamos que, na narrativa de Boudjedra, a focalização é "variável", oscilando entre uma "focalização zero", que corresponde à onisciência do narrador, e uma "focalização interna", que narra de acordo com o que sabe, vê e sente o personagem. Tal oscilação já revela, em si, uma estratégia narrativa do extravio, e seu impacto é ainda mais eficaz pelo fato de tornar possível a construção do texto colando-o à própria intriga minimalista de que falávamos há pouco: para contar o extravio de um homem perdido nos labirintos da cidade grande, nada melhor do que confundir deliberadamente os focos narrativos de modo a extraviar o próprio leitor, fazendo com que ele também se perca pelos corredores da linguagem.

A este expediente vem sobrepor-se outro, que diz respeito à maneira pela qual é tratado o tempo. Podemos dizer que a delgada intriga obedece à regra aristotélica clássica de unidade de tempo, conformando-se à medida temporal de vinte e quatro horas. Mas o narrador explode esta regra, pois o tempo característico da sucessão cronológica abriga, na verdade, um tempo incomensurável e esmagadoramente maior, que é o da temporalidade vivida pelo personagem central. Este vem se sobrepor ao primeiro por meio da utilização do estilo indireto livre, que permite profundos mergulhos na consciência do personagem: assim é que suas lembranças, projetos, temores, sonhos, vêm misturar-se a suas percepções presentes. Desse modo as impressões do herói substituem a importância da ação, praticamente nula numa narrativa sem intriga. Além disso, o desfiar das lembranças e percepções reproduz, de certa maneira, um tempo em estado puro, isto é, o tempo em sua perpétua passagem, deslizando diante do leitor tal como as próprias palavras, imagens e frases*. Em muitos momentos, a utilização do monólogo interior vem ainda reforçar a apreensão do caráter de "passagem" em que consiste o presente. Este recurso produz uma linguagem como que em surdo estado de larva, uma linguagem que não cessa de jorrar, minuto a minuto, das profundezas do espírito, que não pára de misturar as lembranças e sensações mais diversas. A matéria do monólogo interior é o próprio fluxo da consciência, pelo qual o personagem central é representado em seu solilóquio; seu objetivo não é o de contar uma aventura passada. Antes, o solilóquio permite vivenciar um presente que se esvazia continuamente, formando uma torrente de palavras e imagens em meio às quais o leitor às vezes sente dificuldade em se localizar. De fato, o monólogo interior é a forma mais perfeita para sugerir um presente visto de perto, bastante difuso e, ao mesmo tempo, suficientemente aberto para abarcar a totalidade do tempo: passado, presente, e projeções do futuro.

Um narrador que oscila constantemente de enfoque, um tempo delimitado que se desdobra em muitos outros: tais flutuações conferem uma ambigüidade ao texto, que será reforçada pela ambigüidade do espaço. Um único

---

* Um expediente que viabiliza este efeito é a utilização sistemática do gerúndio (pouco usual na língua francesa, aliás). Em nossa tradução, de maneira geral foi possível manter o uso deste tempo verbal.

espaço — o metrô parisiense — desdobra-se em outro, por meio de um jogo que consiste em alternar as descrições do espaço urbano e a rememoração do espaço de origem - a aldeia natal. Assim o relato evolui em espirais, em idas e voltas constantes, e neste labirinto em que se sucedem as diferentes porém sempre idênticas linhas do metrô — linhas 5, 1, 12, 13 e 13 bis — o único fio de Ariadne de que dispõe o leitor é a angústia do estrangeiro entregue à cidade devoradora.

"Butim de guerra"

É sabido que a obra literária basta-se a si mesma. Mas nem por isso algumas indicações sobre o contexto em que ela nasce deixam de ser úteis. Daí o interesse de lembrar aqui alguns dados históricos. Antes de tudo, o passado comum entre França e Argélia, ou melhor, o passado colonial: a ocupação francesa teve início em 1830, data da invasão de Argel pelas tropas a serviço de Charles X, e só chegaria ao fim 132 anos mais tarde, após uma terrível guerra de libertação que durou de 1954 a 1962, e da qual a Argélia finalmente saiu independente. A literatura argelina de língua francesa nasceu por volta de 1920 e afirmou-se entre 1945 e 1950, com o florescimento do gênero romance; os romances publicados então consistiam sobretudo em descrições da vida cotidiana de cunho etnográfico, sempre marcadas pelo impacto da colonização; a partir de 1950, com a crescente mobilização pela independência nacional, os romancistas de então (entre outros, Mohammed Dib e Moulod Feraoun) colocaram-se progressivamente a serviço da revolução.

POSFÁCIO

Rachid Boudjedra pertence a uma geração posterior — ele nasceu em 1941 — para a qual este engajamento já não era imperioso, posto que toda sua obra foi concebida após a independência da Argélia. Entre seus temas mais recorrentes, aparecem, por exemplo, as contradições da sociedade argelina do período pós-independência, dilacerada entre modernidade republicana e respeito às tradições de cunho feudal (seu primeiro romance, *La Répudiation* de 1969, é um violento grito de revolta contra a situação da mulher e o esmagamento das gerações mais jovens pelo peso da figura do pai). Sua obra insere-se no espaço geral do romance argelino do pós-guerra, que não se limita apenas às fronteiras do país de origem, mas que compreende também, por razões históricas, a imigração argelina européia, especialmente francesa, tal como se vê em *Topografia ideal para uma agressão caracterizada**.

Toda a literatura argelina de expressão francesa é, pois, resultante deste fenômeno que consiste em se apropriar da língua do colonizador — a língua do Outro — como língua literária. Kateb Yacine, outro grande escritor argelino, hoje desaparecido, referia-se à língua do colonizador como um verdadeiro "butim de guerra". De fato, a tensão dialética decorrente desta apropriação que muitas vezes conferiu à língua do colonizador-invasor um caráter de fala libertadora, também abre, de certa forma, um caminho de passagem mais direto do local ao universal.

---

* Nos últimos anos, Boudjedra tem escrito também em árabe.

O mito às avessas

Estes elementos históricos remetem a outro aspecto interessante da presente obra , que é também uma narrativa que põe em cena a capital francesa, e que faz pensar no mito literário de Paris, este "mito moderno", como disse Roger Caillois. Um mito de diversas facetas, entre as quais a de "cidade-luz", expressão imortalizada pela memória coletiva, e segundo a qual a capital francesa aparece como um concentrado de esplendores: cidade da cultura e das artes, da revolução, do amor, das canções, dos prazeres mundanos. Mas a perspectiva da representação de Paris aparece aqui como que invertida, pois a topografia parisiense segundo Boudjedra reduz a cidade a um lugar subterrâneo, a uma região de obscuridade simbólica por excelência, pela qual se constrói a imagem de uma Paris antípoda do mito da "cidade-luz". Tal inversão se completa pelo fato de a narrativa pôr em cena ainda a relação de um homem triplamente despossuído de si mesmo — estrangeiro, imigrante e analfabeto — com a cidade de Paris. E como se não bastasse, uma Paris transformada em palco do ódio racista.

O mito é aqui visitado na pele do personagem extraviado nas tripas urbanas do metropolitano; assim, às avessas, ele desvenda o ódio da alteridade que explode na confrontação de dois mundos: de um lado, o excluído, o analfabeto em busca de trabalho e sobrevivência e, de outro, a cruel e opulenta urbe ocidental, "cosmos lingüístico" (Walter Benjamin) repleto de imagens, de ruídos, de signos, enfim, de tudo o que o estrangeiro abominado não pode decifrar. A universalidade deste tema que já originou tantas obras em línguas diversas encontra um eco longínquo, por exemplo, tanto em certos versos de João Cabral de Melo Neto quanto no poema "Construção", de Chico Buarque. E sua atualidade é desesperadoramente real: quer sejam eles nordestinos ou bolivianos em São Paulo, indianos em Londres, haitianos em Nova Iorque, turcos em Berlim, angolanos em Lisboa ou argelinos em Paris, nosso mundo ainda está repleto de "severinos".

COLEÇÃO
ATITUDE

A coleção Latitude é uma seleção de ficção contemporânea produzida nos países e regiões de língua francesa. Ela é fruto da colaboração entre a Editora Estação Liberdade e os serviços culturais franceses, suíços e canadenses. O objetivo é abrir uma janela para as literaturas da francofonia que contribuíram para o florescimento desta importante língua literária, assim como dar espaço para autores, obras e editoras nem sempre contempladas pela lógica do mercado.
A coleção é dirigida por Ronan Prigent e Angel Bojadsen.

OBRAS JÁ LANÇADAS

O convidado desconhecido
Olivier Cadiot (França)

As formigas da estação de Berna e outras ficções suíças
Bernard Comment (Suíça)

Alá e as crianças-soldados
Ahmadou Kourouma (Costa do Marfim)

Vidas minúsculas
Pierre Michon (França)

Baixo calão
Réjean Ducharme (Canadá)

ESTE LIVRO FOI COMPOSTO EM GARAMOND
CORPO 10,7 POR 14,8 E IMPRESSO SOBRE
PAPEL PÓLEN SOFT 80 g/m² NAS OFICINAS DA
ASSAHI GRÁFICA, SÃO BERNARDO DO CAMPO-SP,
EM ABRIL DE 2008